国家出版基金项目
NATIONAL PUBLICATION FOUNDATION

古代西南少數民族漢語詩文集叢刊·回族與土家族卷

總　主　編　徐希平
分卷主編　孫紀文
分卷副主編　王猛　楊學娟　丁志軍

巴蜀書社

候蟲吟草

附馮文顧詩（上）

〔清〕馮世瀛　撰
丁志軍　整理

圖書在版編目(CIP)數據

候蟲吟草:附馮文願詩/(清)馮世瀛撰;丁志軍整理. —成都:巴蜀書社,2024. 12. —(古代西南少數民族漢語詩文集叢刊·回族與土家族卷/徐希平總主編;孫紀文分卷主編). —ISBN 978-7-5531-2315-8

Ⅰ. I222. 749

中國國家版本館 CIP 數據核字第 2024NK7294 號

HOUCHONG YINCAO(FU FENGWENYUAN SHI)

候蟲吟草(附馮文願詩)

(清)馮世瀛　撰

丁志軍　整理

策劃編輯　張照華
責任編輯　張照華　張紅義　白亞輝
責任印製　谷雨婷　田東洋
封面設計　木之雨
出　　版　巴蜀書社
　　　　　(成都市錦江區三色路 238 號新華之星 A 座 36 樓
　　　　　郵編區號 610023)
　　　　　總編室電話:(028)86361843
網　　址　http://www.bsbook.com
　　　　　發行科電話:(028)86361856
經　　銷　新華書店
照　　排　成都木之雨文化傳播有限公司
印　　刷　四川宏豐印務有限公司(028)84622418　13689082673
成品尺寸　170mm×240mm
印　　張　49.75
字　　數　650 千
版　　次　2024 年 12 月第 1 版
印　　次　2024 年 12 月第 1 次印刷
書　　號　ISBN 978-7-5531-2315-8
定　　價　300.00 元(全二册)

古代西南少數民族漢語詩文集叢刊

回族與土家族卷主編

孫紀文

回族與土家族卷副主編

王　猛　楊學娟　丁志軍

回族與土家族卷編委會（參與整理人員）

孫紀文　王　猛　楊學娟　丁志軍　李小鳳　左志南　梁俊杰　彭容豐

凡例

一、整理工作主要包括標點、校勘、輯佚、補遺等方面，除特殊情形需要説明外，一般不作注釋。部分詩文集於正文後增列附録，以利研究。

二、整理後的各集一般沿用原書名及原有編輯體例。有多個子集而無全集者，由整理者根據通行原則命名和編排；集名、體例不明者，由整理者確定體例，并根據通行原則重新命名。

三、各卷依據詩文集篇卷多寡確立分册。篇卷多者，可分多册；篇卷少者，可多人合册。

四、叢書統一采用繁體豎排，新式標點。

五、校勘工作主要對底本中的訛、脱、衍、倒作正、補、删、乙。校記置於篇末，記録异文及校改依據，一般不作考證，力求簡明。

六、俗體字、舊字形及顯見的刻抄錯誤，徑改而不出校。常見异體字不作改動，極生僻的异體字改爲規範字，必要時出校記予以説明。

古代西南少數民族漢語詩文成就及其意義（代序）

中國文學歷史悠久，少數民族文學同樣源遠流長。少數民族文學既有母語文學作品，又有大量的漢語文學作品，都是中華文學的寶貴遺産。早期的少數民族漢語詩文作品，或是少數民族作者直接用漢語創作，或是以本民族語言創作而翻譯成漢語并得以流傳。

中國西南地區族别衆多，少數民族文學成就巨大，但較少爲外界所知，這與其實際成就極不相符。抗戰時期，聞一多先生在參加湘黔滇旅行團指導采風活動時，尤其是在欣賞彝族舞蹈後認爲：『從那些民族歌謡中看出了中華民族的强旺生命活力，這種大有可爲的潛力還保存在當今少數民族之中。』爲此，他曾計劃寫一篇文章，標題下注明了發人深思的要點——『不要忘記西南少數民族』[一]，作出中國文學的希望在西南的判斷。其後，學界日漸重視西南民族文學和文化的研究，成果豐碩。

[一] 鄭臨川：《聞一多先生的中華民族文學觀》，《西南民族學院學報》二〇〇〇年第五期。

早在漢代，西南地區就與中原交往密切，武帝時期開發西南夷，司馬相如爲此積極奔走。蜀郡守文翁在四川開辦學校，以儒家思想教化百姓。漢唐時期，西南地區文學進入中華文學視野，且占有重要地位，所謂『蜀之人無聞則已，聞則傑出』。司馬相如、揚雄、王褒皆爲漢賦大家，陳子昂開闢唐詩健康發展之路，『繡口一吐，便是半個盛唐』的詩仙李白將詩歌帶到盛唐的頂峰。在這個大背景下，西南地區少數民族詩文創作也同樣被載入史册。東漢時期古羌人著名的《白狼歌》堪稱少數民族詩文最早的代表。據《後漢書·南蠻西南夷列傳》記載，東漢明帝永平（五八—七五）年間，居住在筰都一帶的『白狼、盤木、唐菆等百餘國，户百三十餘萬，口六百萬以上，舉種貢奉』，成爲祖國大家庭的一員。在與東漢王朝的交往中，少數古羌部落的首領創作了一些詩歌作品。其中，被譯爲漢文并傳至今日的就有著名的《白狼歌》（包含《遠夷樂德歌》《遠夷慕德歌》《遠夷懷德歌》），成爲中華民族團結、文化交融的經典之作。詩歌之外，還有少量散文作品，如三國蜀漢名臣姜維的書表，也可以視爲西南羌人的漢語創作。

我國西南本來就是多民族地區，氐、羌、藏、漢文化交流源遠流長。二十世紀八十年代初，馬學良主編《中國少數民族文學作品選》，全書共五個分册，共收入五十五個少數民族古今民間文學和文人文學作品六百餘篇，是新中國首部少數民族文學總集，影響深遠。其書序中寫道：

『回族、滿族、白族、納西族等，也早已產生了本民族的用漢文寫成的作家文學。』[一] 其中南詔著名詩人楊奇鯤的《途中詩》，是該書所收録的最早的作家文學作品。該詩收録於《全唐詩》。楊奇鯤還有另一首題作《岩嵌緑玉》的詩，收録於《滇南詩略》。

除楊奇鯤外，南詔國王驃信作的《星回節游避風臺與清平官賦》和朝廷清平官趙叔達《星回節避風臺驃信命賦》二詩不僅韻律和諧，且頗近於隋唐王朝君臣同賦或大臣應制之作。兩詩與稍後的大長和國布燮（宰相）《聽妓洞雲歌》等呈現出西南地區烏蠻族漢語詩文創作之盛。此數詩亦皆被《全唐詩》收録。

據《舊唐書·吐蕃傳》載，貞觀十五年（六四一），松贊干布向唐太宗請求聯姻，文成公主出嫁吐蕃，吐蕃開始『釋氈裘，襲紈綺，漸慕華風；仍遣酋豪子弟，請入國學以習詩書』，又請唐朝『識文之人典其表疏』，漢藏交流十分密切。唐中宗時，吐蕃又遣其大臣尚贊吐、名悉獵等來迎娶金城公主。名悉獵漢學造詣頗高，《舊唐書·吐蕃傳》説他『頗曉書記』，『當時朝廷皆稱其才辯』，皇帝還給與特殊禮遇，『引入内宴，與語，甚禮之，賜紫袍金帶及魚袋』等。特别值得一提的是，他還參與中宗和大臣之間的游戲及詩歌聯句等文字娱樂活動。景龍四年（七一〇）正月五日，中宗移仗蓬萊宫，御大明殿，會吐蕃騎馬之戲，因重爲柏梁體聯句，當

[一] 馬學良主編：《中國少數民族文學作品選》，上海文藝出版社，一九八一年，第一頁。

君臣聯句將畢之時，名悉獵主動請求授筆，以漢語來了一個壓軸之句。其所作『玉醴由來獻壽觴』，不僅表意準確，而且合於格律、平仄、韻脚，相較前面唐朝漢臣所作毫不遜色，令衆人刮目相看[二]。其詩至今仍保存在《全唐詩》中[三]，留下了最早的古代藏族人漢語詩文創作的珍貴文獻記録，也成爲少數民族漢語詩文創作的典型史料。

晚唐五代時期，回族先民梓州詩人李珣、李舜絃兄妹，漢語詩文創作成就甚高。李珣著有《瓊瑶集》，雖已佚，但仍存詞五十四首。作爲少數民族詩人，李珣得以躋身《花間集》西蜀詞人群，十分耀眼。李舜絃作爲蜀主王衍昭儀，有《蜀宫應制》等詩。這些均顯示出西南地區民族文學漢語創作的成果。

宋遼金元時期，西南地區與各地少數民族漢語詩文創作都有了進一步發展。居住在四川成都的鮮卑族後裔宇文虛中及其族子宇文紹莊堪稱代表。宇文紹莊有《八陣圖》等詩傳世。西南大理國白蠻貴族的漢語修養很高，段福爲國王段興智叔父，創作有《春日白崖道中》等詩作，大理國亡時，曾奉元世祖命歸滇統領軍事。元末大理總管段功之妻阿蓋公主本爲蒙古族，所作《愁憤詩》書寫其與段功的愛情，情感真摯，是他們凄惻動人愛情悲劇的原始記載。

[二]（後晉）劉昫：《舊唐書》，上海古籍出版社，一九八六年，第六二七頁。
[三]（清）彭定求編：《全唐詩》，上海古籍出版社，一九八七年，上册，第二五頁。

明清時期，少數民族漢語詩文創作有了極大的發展，不僅作家數量倍增，而且有了大量的個人詩文集傳世。中國社會科學出版社二〇一四年出版的多洛肯《元明清少數民族漢語文創作詩文叙録》著録極爲翔實，大略統計古代西南地區各少數民族作家漢語文集上百家，雖然亡佚不少，但現存的也還有至少八十餘家，其中不乏一些在全國有較大影響的作家，還有許多屬於文學家族。如納西族木府土司木公、木增家族，木公有《隱園春興》《雪山庚子稿》《萬松吟卷》《玉湖遊録》等；雲南白族趙藩爲著名的『武侯祠攻心聯』作者，有《向湖村舍詩》（初、二、三集）；貴州布依族作家莫友芝被稱爲西南巨儒，有《莫友芝詩文集》等。但目前僅有少量的作家文集被整理過，大多數尚未整理，這極不利於對少數民族文學成就的認識、評價和深入研究。近年出版的一些大型叢書，如上海古籍出版社二〇一〇年出版的《清代詩文集彙編》（四千餘種），國家圖書館編、國家圖書館出版社二〇一七年出版的《清代詩文集珍本叢刊》（一千三百六十七種），收録清人别集數量十分可觀，但少數民族漢語詩文集數量有限。其中一個重要原因便是少數民族漢文資料總體上較爲零散，古代西南少數民族漢文别集尤其難覓，缺乏整理。因此，有必要對相關情况予以探討，以便於進一步的整理研究。

西南少數民族漢文文集文獻整理和研究，已取得一定成果，但總體而言，相關研究還是較爲薄弱。無論是稿本、抄本還是刻本，多未揭示和整理，散於各處，既不利於深入研究分析和總體評價，也不利於民族文獻的保護和傳承，需要整合力量，加大力度發掘整理、搶救保護。

西南地區的少數民族中，大約有白族、納西族、彝族、回族、土家族、布依族、侗族等九個民族有漢語詩文集，其中尤以白族、納西族、彝族和回族較多，其詩文集主要留存情況如下。古代白族作家現有二十四人近四十多部詩文别集存世，大概有近二百五十萬字的文學作品。納西族詩人及文集，明代主要是木府家族。首先是木公（總八百七十三首），其次爲木增，此外是木青，有《玉水清音》。清代則有楊竹廬、桑映斗等二十餘家納西族詩文集。彝族詩文集較多，主要有左正、左文臣、左文象、左嘉謨、左明理、左世瑞、左廷皋、左章照、左章曬、左熙俊等左氏詩文集，高光裕、高奣映、高厚德等高氏詩文集，余家駒、余珍、余昭、余一儀、余若琭等余氏詩文集，還有魯大宗、禄洪、李雲程、安履貞、黄思永詩文集，等等。回族作家作品比較多，有沐昂、馬之龍等十餘家詩文集。土家族、羌族、布依族、苗族、侗族作家數量雖不多，但有的影響不小，如莫友芝、董湘琴等，都值得深入研究。此外還有少量少數民族作家文集已散佚，如前面提到的宋金時期的宇文虛中等。

西南各民族漢文别集文獻整理與研究具有十分重要的學術價值和深遠的現實意義。西南各少數民族伴隨着中華民族繁衍交融的足迹生生不息，豐富的少數民族文學不僅是中華民族文學寶庫中不可分割的一部分，更蘊藏着其歷經憂患却綿延堅韌、不失特色的生存密碼。西南地區各族文學不僅與漢文學關係密切，而且各民族文學亦互相滲透和影響。如被譽爲明代著述第一人的四川著名詩人楊慎後半生基本居住於雲南，他不遺餘力地推薦、介紹木公等雲南作家，對西南民族地區文化交流傳播和漢語詩文創作起到了促進作用。由此也可以探討中華多民族文學相互影響和促進發展的過程與普遍規律，同時對各民族對漢語的巨大貢獻，以及漢語文包容多元文化、作爲多民族文化内涵載體的特性和凝聚各民族智慧結晶重要價值等也會有新的認識。中共中央辦公廳、國務院辦公廳於二〇一七年一月二十五日印發《關於實施中華優秀傳統文化傳承發展工程的意見》，指出文化是民族的血脉，特别提到要加强少數民族語言文字和經典文獻的保護和傳播，做好少數民族經典文獻和漢族經典文獻的互譯出版，實施中國民間文學大系出版等工作。因此，全方位清理整合西南各民族漢文别集文獻，對於民族文學史料學學科建設和民族文化保護工作，尤具有特殊的意義。這對增進世人認識瞭解豐富的民族文化與文學成就，搶救和保護民族文化資源，探索民族文學繁榮發展的有效途徑，促進中華民族團結與現代社會和諧發展，都具有十分重要的學術和應用價值。

有鑒於此，我們組織申報了《古代西南少數民族漢語詩文集叢刊》國家社科基金重大招標項目，并獲得立項。本課題首次對西南少數民族漢文文學文獻做了全面系統深入的爬梳、搜集和整理研究，展現其創作成就，説明少數民族文學創作與漢文學之間密不可分的内在聯繫和交叉影響，展示其對中華文化的突出貢獻，并以其依托漢文傳承文化的富有典型意義的綿延發展歷程，爲民族文化保護提供借鑒，也爲中國古代民族文獻整理和當代文學繁榮發展探索有效途徑。

課題目標主要是提供最爲全面的西南少數民族漢語詩文集，爲進一步研究奠定基礎，加深對『一帶一路』背景下南絲綢之路和茶馬古道區域内各民族文化交融的認識，發揮保護和搶救民族文化遺産的重大社會效益。

西南各民族文獻現存情况較爲複雜，各族别文集數量差异較大，極不平衡，文集版本也很混亂。除少量文集當代曾初步整理之外，大多僅存清代或民國刻本，還有一些爲稿本和手抄本，大多不爲外界所知，主要散見於西南地區各圖書館和私人手中。同時，各家文集普遍存在作品收録不全的情况。課題涉及面廣，困難不少。别集的普查，作品的輯佚、校勘，部分古代作家族别歸屬的認定，文字的考訂等，都是課題難點所在。對於各種學術争論歧説，我們本着嚴謹的科學態度，不武斷，不盲從，盡力作實事求是的考辨，力求言之有據，推動學術進步。在此基礎上盡力做成最完善、最全面、集大成的西南少數民族漢語詩文文獻叢刊。

按照歷史區域文化概念，我們原則上搜集詩文的地域主要包括今四川、雲南、貴州、重慶和西藏五省區（不含廣西地區），時間一般爲清末以前，作者身份判别根據出生地、籍貫、歷史淵源、習慣定勢等因素進行綜合考量。每種文集皆校勘標點，并附簡短的叙録。根據各族文集存佚數量情况分爲白族卷，納西族卷，彝族卷，回族與土家族卷，羌族、苗族、布依族、侗族及其他各族卷等五個分卷，分别由西北民族大學多洛肯教授，麗江師範高等專科學校楊林軍教授，西南民族大學曾明、孫紀文、王菊教授擔任子課題負責人。湖北民族大學文學與傳媒學院丁志軍博士除承擔土家族相關詩文集的搜集整理工作外，還參與了點校凡例的起草與修訂。寧夏大學和西南民族大學古代文學、古典文獻學專業的部分教師和碩、博士研究生也參與了課題研究。巴蜀書社張照華先生自課題開題即全程參與，認真審讀書稿，提出許多建設性意見。中國社會科學院學部委員、文學研究所所長劉躍進研究員，國家圖書館原館長詹福瑞教授，《民族文學研究》原主編湯曉青研究員，中國社會科學院民族學與人類學研究所聶鴻音研究員，教育部『長江學者』特聘教授、西北大學李浩教授，教育部『長江學者』特聘教授、北京大學廖可斌教授，西華師範大學伏俊璉教授，福建師範大學郭丹教授，四川師範大學趙義山教授等著名學者給予本課題精心指導和熱情鼓勵。在此謹對付出辛勞和提供支持與幫助的所有朋友致以最誠摯的謝意。

由於各種主客觀條件所限，本課題難免存在一些不足，版本的選擇及文字的校勘等也不盡如人意，希望能够得到專家的批評指正。

徐希平

二〇二〇年十月三十一日於西南民族大學武侯校區宿舍

分卷前言

二〇一七年，由徐希平先生主持申報的課題《古代西南少數民族漢語詩文集叢刊》獲批國家社科基金重大項目。項目的獲批對於古代少數民族文學研究而言，無疑起到了非常重要的支撑作用。本人忝爲子課題《古代西南少數民族漢語詩文集叢刊·回族與土家族卷》的負責人，深感責任大、任務重，故與課題組的各位老師齊心合力，共謀課題研究之路徑，力求早日出成果。如今在巴蜀書社的鼎力支持下，相關的研究成果會陸續出版，欣喜之餘，就這兩個民族詩文創作的風貌略作交代。

在中華民族多元一體的歷史文化進程中，有着兼收并蓄之胸襟的各少數民族作家創造了既屬於自己民族、又屬於中華民族大家庭的燦爛文學。遠離政治文化中心的西南地區，也以其獨特的地域風貌滋養着一批批卓有成就的回族文人和土家族文人。他們的創作既表現出與中國古代『詩騷』『風骨』等文學與文化精神相融通的思想旨趣，又呈現出鮮明的地域特色和獨特的藝術審美風貌。

古代西南地區的回族詩文創作，可謂善於把握中國古代文學發展的歷史脉絡，不斷吸收漢語詩文創作的經驗，涌現出一些名家名作。早在五代時期，回族先民李珣便以自己不凡的創作成就，獲得了很高的文學聲望。李珣，字德潤，著有《瓊瑶集》，惜已散佚，王國維編成輯本《瓊瑶集》，録李珣詞五十四首。李珣被列入『花間詞人』之中，他的富有娱樂性質的小詞被前蜀後主所賞，作品被詞家相互傳誦。李珣之妹李舜絃是五代時期爲數不多的會作詩的嬪妃之一，也是有記載的中國第一位回族女詩人，惜其作品大多失傳，今僅存詩四首。經過宋元兩朝的發展，回族文人逐漸融入中華文化之中，尤其是到了明代，回族作家也都熱衷於成爲儒家文人，故而，明代回族文學也迅速發展。同時，由於文教的日益成熟，西南地區涌現出一批風流儒雅的回族文人，如沐昂、孫繼魯、馬繼龍、閃繼迪等人。沐昂，字景高，作爲明代前期雲南政壇上的領軍人物，其所取得的政治成績是顯著的。而作爲一位文人，他剛健、曠達的作品風格則十分引人注目。不論是抒發理想抱負、針砭時弊、關注百姓生活，還是描寫自然風光、與人交游唱和，都表現出其高潔的人格、豪邁的氣度與曠放的情韻。有《素軒集》行世。沐昂作爲雲南地區重要的文學領袖，主持編纂的《滄海遺珠》，收録大量與雲南有關的文人作品，可謂是明代文學的一顆明珠，對保存西南地區的文人創作風貌具有十分重要的意義。孫繼魯，字道甫，號松山，《滇中瑣記》評曰『觀其詩文，大都雄古道勁，適尚其爲人』，著有《破碗集》《松山文集》，惜已散佚。馬繼龍，字雲卿，號梅樵，著有《梅樵集》，已佚，《滇南詩略》録其詩六十八首。閃繼迪，字允修，著有《雨岑園秋興》《吴越吟草》，均已佚，《滇南詩略》存録其詩六十餘首。他的詩歌多有懷才不遇之慨，詩作格調較高。閃繼迪之子閃仲儼、閃仲侗均有詩名。閃仲侗，字士覺，號知頋，著有《鶴和篇》等。清代是回族文學的繁榮時期。清代日益濃厚的爲學爲文風氣也影響到回族文人，這一時期的回族文學與整個文學發展的大潮流密切相隨，即便是在西南地區，也不乏著名的回族文人。孫鵬是孫繼魯六世孫，字乘九、圖南、鐵山，號南村。他的詩作着重意象描寫，意境開闊，想象奇特，多寫山水田園，展現西南地區特有的自然風光，詩風清新明快。李根源在《刊南村詩集序》中評曰：『英辭浩氣，磊落出群，有不可一世之概。』『氣韻格律，宗法盛唐，間摹漢魏，歸宿子美，昌黎爲近。』孫鵬的散文創作也十分出色，論説文見解獨到，議論不凡，叙事寫人則娓娓道來，情感真摯。《雲南叢書》收其《少華集》《錦川集》《松韶集》，合稱《南村詩集》。馬汝爲，字宣臣，號悔齋，以綿遠醇厚的詩風享譽詩壇，他的散文清麗纖綿，頗具駢儷色彩，有《馬悔齋先生遺集》行世。李若虛，字實夫，他的詞作在清代詞壇中獨具特色。他以卓越的藝術表現手法，爲後人留下了許多真實再現西南邊疆和藏地風貌的獨特作品，有《實夫詩存》和《海棠巢詞》行世。馬之龍，字子雲，號雪樓，他的詩歌簡峭入古，樂觀豪邁，多紀游山水，有《雪樓詩鈔》傳世。沙琛，字獻如，號雪湖，又號點蒼山人。他爲官期間，頗有惠政，審理重案時得罪上司，獲罪戍邊，因萬民請命，感動皇帝，得以奉親歸里。家鄉滇西北旖旎的自然風光成爲他寄情物外的環境依托，多紀游山水、與人唱和之作。也正是這樣獨特的外部環境和其自身的性格特徵造就了他的詩歌多采用即景抒情、吞多吐少、欲放還收的藝術手法，具有高韻逸氣和幽潔之思，有《點蒼山人詩鈔》行世。除此之外，古代西南地區還有許多回族文人，因他們的作品傳世較少，而不被世人獲悉。如馬玉麟所著《静觀堂稿》，已佚；馬鳴鸞所著《密齋詩稿》也下落不明；賽嶼著作繁多，有《夢鼇山人詩古文集》等，可惜這些作品大多已失傳，現在衹能在《石屏州志》等方志文獻中看到他的遺詩遺文。

古代西南地區的土家族詩文創作，可謂善於借鑒歷代漢語詩文創作的成就，不斷豐富創作内容。土家族主要聚居於渝東南、黔東北、鄂西南、湘西北的廣大地區，其中渝東南、黔東北屬於西南地區。這一地區，歷史上曾長期由土司統治，冉氏、陳氏、楊氏、馬氏和田氏是這一區域的土家族土司代表。改土歸流以前，由於統治者要求土司繼承人必須入學接受漢文化教育，以及土司自身對漢文化的嚮往，一些土司家族開始形成前後相繼的家族文人群體。這個群體普遍有較高的漢文化修養，具備用漢語文進行書面文學創作的能力。渝東南土家族漢語詩文的興盛，實肇端於土司文人的創作實踐。根據現存的文獻記載，大約在明代中期以後，以酉陽爲中心的冉氏土司家族，開始出現能文善詩的文人，先後有冉雲、冉舜臣、冉儀、冉元、冉御龍、冉天育、冉奇鑣、冉永沛、冉永涵等文人從事漢語詩文創作。其中曾經結集流傳的有冉天育的《詹詹言集》、冉奇鑣的《玉樓詩卷》和《擁翠軒詩集》、冉永涵的《蟪蛄聲集》，今俱不存。清代改土歸流以後，酉陽設直隸州，轄酉陽、黔江、彭水、秀山諸縣，酉陽冉氏土司雖不復存在，但冉氏家族的進一步繁衍，使得家族文脉得以延續，涌現出更多優秀文人，且多有詩文集刊刻傳播。如冉廣燏有《寓庸堂文稿》《二柳山房雜著》等；冉廣鯉有詩集《信口笛吟草》；冉正維有《老樹山房文集》《醒齋詩文稿》；冉瑞嵩著有《大酉山房集》；冉瑞岱著述甚富，有《二酉山房隨筆》等；冉崇文爲清末酉陽冉氏文人中最有成就者，著有《二酉山房詩鈔》等；冉崇煃有《雨亭詩草》；冉崇治有《容膝軒詩集》。以上所列詩文集今俱未見，但部分詩作由馮世瀛選入《二酉英華》。改土歸流之後，官學教育和科舉考試的普遍推行，加之冉氏與陳氏、馮氏、田氏等家族互通婚姻，使得這一時期的土家族詩人群體更加龐大。如陳氏家族有陳序禮、陳序樂、陳序川、陳汝燮（原名陳序初）、陳宸（原名陳序適）、陳景星等代表人物，他們皆有詩集，其中陳汝燮《答猿詩草》，陳景星《疊岫樓詩草》，陳宸、陳寬《酉陽陳氏塤篪集》，均存民國印本。田氏家族以田世醇、田經畬爲代表，前者有《卧雲小草》等，後者亦有詩集，惜未見傳本。馮氏家族以馮世熙、馮世瀛、馮文願爲代表，其中馮世瀛爲酉陽名儒，是清代後期在經學、文學上均有很高成就的土家族文人，有詩集《侯蟲吟草》，今存同治刻本。此外，土家族名醫程其芝有《雲水游詩草》存世。石柱馬氏土司家族中，能詩善文者亦復不少，但在漢語詩文的創作成就上要遜色於酉陽冉氏，秦良玉、馬宗大以及土司舍人馬斗熞、馬湯等人是其中的代表人物。馬斗熞曾有《竹香齋詩集》結集傳播，後散佚，乾隆間流官王縈緒又輯録《竹香齋拾遺詩稿》傳世，今未見。改土歸流之後，石柱冉氏文脉亦得到傳承，有冉永燾、冉永燮、冉裕垕等代表，惜無别集流傳。秀山楊氏土司家族歷來多軍功卓著者，文人則不多見。改土歸流前，楊氏土司家族尚無在漢語詩文創作上有所成就者。乾嘉以降，平茶楊氏土司後裔、果勇侯楊芳及其子孫輩多文武兼擅，不但從事漢語詩文創作，而且多有作品集流傳。楊芳有《錫羨堂詩集》刊行，後其孫又輯有《楊勤勇公詩》；楊芳子楊承注有《楊鐵庵詩》；楊承注子楊恩柯有《陶庵遺詩》；楊恩桓有《卧游草》。《楊勤勇公詩》《陶庵遺詩》《卧游草》尚有抄本存世，《錫羨堂詩集》《楊鐵庵詩》今未見傳本。黔東北在明以前爲田氏土司所統治，因思州、思南土司在明初相攻仇殺，朝廷遂廢這一區域土司，置流官，建官學、興科舉。因此，明初以後的黔東北，實已無土司家族存在。這一地區的土家族漢語詩文發展，大約與渝東南同步，正德以後，涌現出田秋、安康、田谷、安孝忠、田慶遠、田茂穎、王藩、任思永、張敏文、張清理、張德徽等優秀作家，他們的作品曾結集行世，惜今未見傳本。

古代西南地區回族、土家族詩文之所以能持續發展，并能够在中國文學史上占有一席之地，很大的原因在於西南地區回族、土家族文人的文學創作既受到時代風氣的塑造，又受到地域文化的影響。同時，古代西南地區的回族、土家族文學也是與其他民族文學相交融的產物。西南地區是一個多民族地區，回族、土家族文人在與包括漢族在内的其他民族交往過程中，各學所長，形成了你中有我、我中有你的多元一體的文學格局。如回族詩人沙琛，在與白族文人師範、漢族文人錢灃、納西族文人桑映斗、回族文人馬之龍的交往唱和過程中，不論在詩歌創作風格、取材對象，還是主題内容等方面都相互影響。這就增加了回族文學的多民族因素，使得回族文學的内容更加豐富。

總而言之，古代西南地區的回族、土家族詩文以其鮮明的地域特徵和獨特的創作風貌爲後世研讀者所稱道。這些創作成就，不僅豐富了回族文學和土家族文學的内容，也爲建構更加完整的中國文學史添磚加瓦，頗有傳承價值。

需要説明的是，本卷内文留存了部分原作者對農民起義軍的蔑稱，這顯示了古人的歷史局限性，爲保持古籍原貌，此次整理不一一修改。

孫紀文

二〇二〇年十月二十五日於西南民族大學圖書館

目録

候蟲吟草 一
叙録 三
候蟲吟草初集序 九
候蟲吟草序 一一
候蟲吟草序 一三
候蟲吟草序 一五
候蟲吟草續集序 一七
重訂候蟲吟草自叙 一九
題辭 二一
讀壺川《候蟲吟草》書後 二一

題壺川學博《候蟲吟草》……二三
乞假回籍，于錦城旅寓讀壺川先生《候蟲吟草》，率題五律一章，即以志别……二三
戊午秋日壺川先生由金堂廣文任乞假回籍，出《候蟲吟草》見示，爲賦五律二首……二三
讀壺川《候蟲吟草》，集船山詩，爲十二律題後……二三
評語……二五
候蟲吟草卷一……二七
辛巳……二七
卮言……二七
早春即事……二八
穉松……二八
寶劍篇……二九
名駒篇……二九
擬顔延之五君詠……三〇
初夏同人小集書齋分詠，得鏡燈二題……三一
書債……三一

詩魔……三一
雨後閒眺……三一
幽蘭歎……三二
紫騮馬……三三
蕉窗……三三
閒趣……三三
杜鵑行……三三
雀飛多……三四
天倪……三四
初秋志感……三五
月夜集句……三五
中秋集句……三五
秋晚集句……三六
月夜感懷……三六
閒遣……三六

冬夜偶成……三七
歲暮書感……三七
壬午……三八
柴門……三八
聞鶯……三八
誌夢……三八
妾薄命……三九
出門……三九
夜宿丁家灣……三九
黄蠟池道中聞鵑戲作……三九
涪陵舟中排悶……四〇
岷江雜詠……四〇
舟抵重慶……四〇
義冢吟……四一
榮昌旅夜……四一

柳溝坡……四一
抵省寓法雲寺……四二
甘州曲……四二
帖子識……四三
貢院前三橋石獅子歌……四三
同人小集寓齋，分題得詠物四首……四四
曉鐘……四四
漢州道中望九峯山……四四
闈中夜占……四五
中秋夜登明遠樓……四五
揭曉後率成……四五
錦城閒眺……四六
擬休洗紅二首……四六
歸舟……四六
泊嘉定望雲有感……四七

登凌雲頂東坡讀書樓……四七
自重慶換舟至涪州……四七
枯魚過河泣……四八
歸家戲占……四八
除日雜詠……四九
癸未……五〇
春草……五〇
春晚野坐……五〇
喜晴……五〇
鍾靈山放歌……五一
冒風堆……五一
飯後偶成……五二
白水谿……五二
夏雲……五二
石塔道中即目……五三

白谿……五三
二峯關……五三
晚下麻布溪……五四
秋曉感懷……五四
秋夜夢得二絶……五四
月夜聞笛……五五
別齋中菊……五五
行路難……五五
賀冉石雲登拔萃科，並求爲翰兒作伐……五六
甲申……五七
上館日安臥榻……五七
春郊散步……五七
夜感……五七
薤露歌……五八
病感……五九

散步……五九
喜無……五九
封狼行……五九
七夕戲占……六〇
秋田有膡行……六一
閏七夕……六一
秋夜口占……六一
中秋賞月倣香山《池上篇》體爲同學侑飲……六二
黄葉……六二
落葉……六三
初冬晚眺二絶……六三
解嘲……六三
介廣惠夏姑丈壽……六四
十一月二日出門……六四
小蓋山……六五

自龔灘至江口……六五
邊灘……六六
大霧上柳溝坡……六六
除夕書懷……六六
候蟲吟草卷二……六七
乙酉……六七
春日感懷……六七
九老詩……六八
初夏晚眺有懷芳圃，即以柬寄……七〇
自錦城歸館過繅絲處，偶一屬目，主人疑爲市絲者，因戲占一絶……七〇
青城紀遊……七〇
郫縣道中即目……七〇
郫城客舍醒後戲題……七一
子雲亭……七一
過嚴君平墓道……七一

灌城……七二
鎖龍橋……七二
離堆……七二
出鎮夷關……七四
謁二王廟……七四
將至青城爲雨所阻，遂望崖而返……七四
歸途占……七五
下新津……七五
舟中望見新津山影……七五
大水……七六
雨後夜坐……七六
和王篠泉四燈詩……七六
揭曉後偶成……七七
愁……七八
夢……七八

蹉跎……七八
冬夜偶成……七九
自遣……七九
除夕……七九
丙戌……八〇
移館陳氏借園……八〇
春晚獨坐……八〇
寄芳圃……八〇
消夏……八一
樧蚊三首……八一
中秋客感……八二
夏間傷於瘈犬，服滲洩藥過多，經秋精神猶憊，同學諸子信祈禳，爲余延巫，終夜紛若，明日草此相示……八二
和王藎臣茂才四首……八三
秋晚遠眺……八四

續客中燈……八四
賀王蓋臣新婚……八四
東歸晚泊薛濤井……八五
嘉州登凌雲頂……八五
舟宿南溪……八五
渝州……八五
涪陵……八六
雪夜宿響水洞……八六
下手扳崖……八六
鹽井坡……八七
抵家……八七
雪夜訪芳圃，因宿其家……八七
丁亥……八八
出門志感……八八
元宵舟次長壽，望月有懷……八八

上金銀坡……八九
榮昌道中……八九
途次見早燕……八九
即日……八九
隆昌旅夜題壁……九〇
曉發内江……九〇
資陽道中……九〇
抵省出南門……九一
春曉口占……九一
夏日入城，適烟消雲斂，水天一碧，途次回望，雪山起伏延緣，若遠若近，耳目爲之雙清，占此志幸……九一
夏日雜詠……九二
訪秋……九三
聽秋……九三
蓼花……九三

蘆花……九四
喜饒祥菴、冉崧維至館作……九四
偶成……九五
題賀友人納寵書後……九五
送京菴兄之新疆後，即買舟東歸，途中感而有作……九五
舟中排悶……九六
江口弔長孫太尉……九六
泊舟緑陰軒下偶成……九六
歲暮還里……九七
除夕志感……九七
候蟲吟草卷三……九九
戊子……九九
自笑……九九
寄京菴兄……九九
跋石雲《借病吟草》後……一〇〇

春晚散步……一〇〇
園蔬吟……一〇一
鏡……一〇二
夏雨遣懷……一〇三
早秋夜占……一〇三
雜感集張船山句……一〇三
烏夜啼……一〇四
病起……一〇四
歲暮吟……一〇五
寂寞……一〇五
雪……一〇五
讀南唐書偶成……一〇六
梅花……一〇六
己丑……一〇七
記得……一〇七

山居……一〇七
春郊散步……一〇八
新竹……一〇八
新荷……一〇八
友人約遊二西洞，阻雨不果……一〇九
一枕……一〇九
便宜……一〇九
一雨……一〇九
秋日雜詠……一一〇
懷舊……一一〇
冬雪寒甚，適芳圃家遣人送炭至，喜作長句謝之……一一〇
雪霽……一一一
除夕……一一一
又戲占一絶……一一二
庚寅……一一二

山中有奇樹，寄勉友人作……一一二
石柱……一一二
春郊即目……一一三
喜友人過存……一一三
讀書雜詠……一一三
乞巧辭……一一五
望月吟……一一五
輓莫川冉四……一一五
仲冬又有錦官之行，出門口占……一一六
大江舟中竹枝……一一七
舟中雜詠……一一七
曉發隆昌……一一七
抵省後重過工部草堂……一一八
辛卯……一一九
春日書懷……一一九

浣溪道中占……一一九
青羊宫小憩……一二〇
歸館過蘇坡橋題壁……一二〇
春晚散步……一二一
聞笛……一二一
荷錢……一二二
感懷……一二二
中秋闈中望月……一二二
駟馬橋……一二三
揭曉獲雋志慨……一二三
赴鹿鳴宴……一二三
解館别同學諸子……一二四
嘉定登東坡樓憶京菴兄……一二四
抵家……一二四
壬辰……一二五

祭墓並謁諸同宗……一二五
峽口……一二五
題《邯鄲夢》圖……一二五
送冉石雲之錦官鄉試……一二六
大風雨上隘門關同石雲作……一二六
龍潭舟中……一二六
保靖縣……一二七
銅柱……一二七
鳳灘……一二七
自保靖至辰州，紀以短句……一二八
自辰州至桃源……一二八
桃源道中……一二九
武陵道中……一二九
焦圻阻雨……一二九
舟中偶成……一二九

長湖阻風……一二九
安陸遇順風……一三〇
南陽道中望臥龍岡……一三〇
曉發襄城……一三〇
二馬車短歌……一三一
汴梁道中……一三一
濮州大風……一三二
除夕宿山東腰站題壁……一三二
癸巳……一三三
早發劉智廟……一三三
瓦橋關……一三三
下第……一三三
四月十五日出都……一三四
夜過銅雀臺……一三四
早過黃粱鎮……一三四

沙市病起……一三五
哭覃超……一三五
再過桃源……一三六
晚泊保靖……一三六
七月十八日抵家……一三六
冬夜偶成……一三七
甲午……一三七
過馬喇湖就館……一三七
題城碧山房……一三八
四十自嘲……一三八
春晚偶成……一三八
讀四子書雜詠示同學……一三九
碧山園題辭……一四一
夜坐……一四三
冬晚偶書……一四四

客有見余善病，以導引之術相勸勉者，草此謝之…………一四四
讀嚴麗生舍人《海雲堂詩集》題後…………一四四
除夕感懷…………一四五
候蟲吟草卷四…………一四七
乙未…………一四七
題小鄉嬛書室…………一四七
雙龍寺…………一四七
猛虎行…………一四八
步田旦初題《紀程小草》元韻，即以代柬…………一四八
夜雨…………一四九
九日…………一四九
捫蝨吟…………一五〇
擊楫吟…………一五〇
秋宵夢得一絶，醒後僅記『蕭蕭黄葉半庭秋』句，枕上因足成之…………一五一
續九老詩…………一五一

挽陳鹿泉明經二首，次乃弟立山韻……一五二
丙申……一五三
春日即目……一五三
石鼓溪……一五四
長夏小娜嬛齋中養痾……一五四
幽棲……一五四
五歌……一五五
歸途口占……一五六
冬日偶成……一五六
丁酉……一五六
龍池雜詠……一五六
答冉右之五排四十二韻……一五七
生日石雲以詩見贈，依韻奉酬……一五八
題履雲上人詩後……一五九
偕段臨川及同學諸子遊龍洞作……一五九

次日復成五律二首索諸生和……一六〇
題段臨川山居……一六一
汪翁川司馬以賞菊見招，石雲於席上獻詩六章，僕歸燈下，亦勉成四絶……一六一
戊戌……一六二
春日偶成……一六二
苦節吟爲周夢漁母陳孺人作……一六二
和汪翁川先生海棠詩……一六三
叠前韻……一六四
題李竣齋《同聲集》後並寄令弟旭菴……一六四
送冉崧維朝考北上……一六五
尋秋……一六五
蛩……一六六
蠹柳……一六六
冬日書懷……一六七
己亥……一六七

試筆……一六七
暮春曲……一六八
贈金鳳……一六八
喜晤崧維明經，感舊有作，並示令弟棁菴茂才……一六九
偶成……一七〇
雨後閒眺……一七〇
中秋歸家值桂花盛開……一七一
暮秋夕占……一七一
庚子……一七二
上館……一七二
窻紗……一七三
曾將……一七三
桑陰……一七三
喊水泉……一七三
和冉柯亭鄉試留別元韻，即以送行……一七四

雨中漫興……一七四
十二月八日北上……一七五
再過桃源……一七五
泛舟洞庭……一七六
湖中觀落日……一七六
舟中小憩醒後見君山作……一七六
湖口阻風……一七七
解纜……一七七
登岳陽樓……一七八
除夕岳州舟中作……一七八
辛丑……一七九
黄鶴樓……一七九
襄河舟中雜詠……一七九
近樊城作……一八〇
樊城道中……一八〇

朱仙鎮謁岳廟……一八一
渡黄河……一八一
豐樂鎮阻雨……一八一
曉發邯鄲……一八一
寄家書後夜坐……一八二
閏三月留京志感……一八二
無分……一八二
四月五日從王蓮洲閣學之通州倉督任，泛舟大通橋……一八三
西齋即事……一八三
潞城閒眺……一八三
偶成……一八四
雨夜書懷……一八四
登樓有感……一八四
潞城雜詠……一八五
雨雹行……一八五

夏日閒吟……一八六
秋夜散步……一八六
風雨……一八七
竟夕……一八七
月夜望居庸諸峯……一八七
潞河歸舟……一八八
冬晚枕上偶成……一八八
臈月六日之東鹿就家石洲明府館，出都口占……一八九
宿白沙莊戲書……一八九
東鹿道中……一八九
除夕客懷……一八九
候蟲吟草卷五……一九一
壬寅……一九一
古意……一九一
新正同盧星門、藍星船鄗城閒眺……一九二

二月六日大風晝晦……一九二
二十日得家書，知長子文願入學……一九三
瑤華……一九三
登玉皇觀……一九四
院中只海棠一株，齋僮爲植金銀花二本，已萌芽矣，忽大風，遂黄萎，戲占一絶……一九四
夜坐……一九四
苦熱謡……一九五
玉皇觀避暑……一九五
七夕同藍星船作……一九六
蕭齋……一九六
擬寄故鄉諸同學……一九六
疊前韻……一九七
中秋值家大兄生日，感而有賦……一九七
抽悶……一九七

十月石洲居停調静海任，僕與哲嗣養齋禾莊取道衡水，舟中雜詠……一九八
夜過河間府……一九八
獨流鎮換舟走衛河上水……一九八
署中新築書齋落成，移居志事……一九九
天津曉望……一九九
除夕感舊……一九九
癸卯……二〇〇
元旦試筆……二〇〇
新正同藍星船、家謙齋昆季遊華藏菴……二〇一
題村居圖……二〇一
春曉……二〇二
古槐行……二〇二
隄上晚步……二〇三
初夏重過雨香寺……二〇三
南關樓上縱目……二〇四

長夏雜詠 二〇四
新秋 二〇五
閏七夕雨 二〇五
晚涼 二〇五
中秋同覘山、星船西齋賞月 二〇五
九日書懷 二〇六
暖房辭調星船藍大 二〇六
答人問洞庭 二〇七
獨流旅店題壁 二〇七
季冬書感 二〇七
將以明正入都，除日與同署諸友話别 二〇八
甲辰 二〇八
正月十五日由静海赴京途中作 二〇八
天津燈詞 二〇九
水西莊 二〇九

大學觀石鼓有述……二一〇
蔡廠胡同感舊……二一〇
客邸買牡丹一枝插瓶内，戲占……二一一
黄金臺……二一一
松筠菴……二一一
揭曉後觀演《黄粱夢》雜劇，戲占……二一二
落花……二一二
曉發蘆溝橋……二一三
叢臺懷古……二一三
邯鄲謁盧生祠……二一四
滎澤口待度作……二一四
同易海恬、朱芸皋、吴杏亭買舟樊口作……二一六
舟中遠望……二一六
裡河雜詠……二一七
荆州……二一七

常德舟中夜遭大風……二一八
舟次桃源……二一九
抵家志感……二一九
初冬枕上偶成……二二〇
乙巳……二二〇
春夜遣懷……二二〇
禽言……二二〇
題南屏張五春農小草集後……二二一
去思辭爲署州司馬袁金門作……二二一
接友人見贈七律，依韻奉酬……二二四
夏日即目……二二四
六月麋癸川書來索詩，賦寄七律二首……二二四
擬古……二二五
讀史雜詠……二二五
秋日有懷陸金粟少府，詩以代柬……二二七

衰柳……二二八
秋夜偶成……二二八
同冉石雲訪陸金粟，遂留飲賞菊……二二八
柯亭竹……二二九
歲暮書懷……二二九
候蟲吟草卷六……二三一
丙午……二三一
春初偶成……二三一
園中牡丹盛開，喜而有作……二三二
古意……二三二
春柳……二三二
暮春與客夜話……二三三
四月二十日得王屏山儀部書，志感……二三三
閏五月廿七日束裝之金堂訓導任，臨發口占……二三四
龔灘舟中示柯亭及愘、恕二子……二三四

曉發李渡……二三五
浮圖關感懷……二三五
次李市鎮，夜熱不能寐，因早行……二三五
椑木鎮泝舟内江……二三六
簡州道中……二三六
六月二十二日抵成都後感舊有作……二三六
秋初偕同人遊二仙菴、青羊宫、杜公祠諸名勝……二三七
錦城雜詠……二三九
遊武侯祠，因謁惠陵……二四〇
夜凉……二四一
八月初一日赴金堂任道中作……二四一
抵金堂……二四一
學署即事……二四二
奎閣閒眺……二四二
明教寺……二四二

闈後送柯亭歸里……二四二
棒客行……二四三
冬郊散步……二四四
聽署折臘梅一枝，歸而戲作……二四四
祀竈……二四四
除夕……二四四
丁未……二四五
春日書懷……二四五
喜周星垣、秦芋田來署受業……二四五
錦官道中……二四六
遊薛濤井……二四六
重過浣花溪……二四六
古鐘歌……二四七
自教場歸寓，路過文殊院小憩……二四七
詠泮池荷花……二四八

六月十四日，陳樵伯以賞荷見召，席間見贈七古一章，依韻奉酬，並博松山、蘭階昆仲一粲……二四八
樵伯以鮮笋見贈，乃弟蘭階亦以紈扇相遺，且均有詩，爲乘韋先，因走筆答賦謝之……二四九
步樵伯復贈五律二首元韻……二五〇
漫畫歌……二五〇
長夏偶成……二五一
松徑……二五一
秋日集陶……二五一
曉起……二五二
秋日東冉石雲……二五二
秋夜臥聽周生星垣讀楚詞有感……二五三
九日登北門城樓……二五三
重九後三日小集蘭階靚園賞菊……二五四
初冬散步……二五四

十一月十二日，次子恪至，聞周生梯雲、裴生麟之院試獲雋，喜而有作，即以代柬 …… 二五五
臘日 …… 二五五
戊申 …… 二五六
人日書懷 …… 二五六
春郊即目 …… 二五六
暮春書感 …… 二五七
雨後閒眺 …… 二五七
五月五日同樵伯昆季泛舟趙家渡，紀以長句 …… 二五七
夜宿樵伯志在山水樓 …… 二五八
歸署後樵伯見示七古一章，依韻和之 …… 二五九
再疊前韻寄題志在山水樓 …… 二五九
閒雲 …… 二六〇
讀黃霖《歸農百詠》題後 …… 二六一
長夏雜詠 …… 二六一

松山園亭落成召飲，紀以長句……二六二
秋初城上遠眺……二六三
中秋……二六三
重陽前夕枕上偶成……二六四
擬雞鳴歌……二六四
冬初晚步……二六五
病臂自嘲……二六五
消寒詞……二六六
城上口占……二六六
饋歲……二六七
除夕……二六七
候蟲吟草卷七……二六九
己酉……二六九
古意……二六九
擬企喻歌……二六九

喜冉柯亭、裴麟之、周梯雲、熊升之先後至署……二七〇
初伏小集陳松山箇園，次紅樵李明府韻……二七〇
暖房詞爲樵伯續絃誌喜……二七一
樵伯以所次張和雨學博催粧詩見示并索和，走筆答賦，兼呈和雨先生……二七二
捉搦歌二首……二七三
秋日雅集陳蘭階靚園，和紅樵大令七律元韻……二七三
疊前韻……二七四
中秋後三日，同米紱卿比部、陳樵伯少尹小飲松山園中問字樓，集陶二首……二七四
折楊柳辭送友人還鄉……二七五
聞紅樵明府將調華陽任，感賦四律，即以送行……二七五
再疊前韻酬敖金甫孝廉見和之作，即送其北上……二七六
三疊前韻答劉孟輿先生見和之作……二七七
桂湖謁楊升菴先生祠……二七八
房湖弔房太尉……二七九
菊……二七九

重九後三日閒眺有懷，四疊前韻寄孟輿、金甫兩先生並索和……二七九
重九後五日，紅樵明府召集賞菊，以『采菊東籬下，悠然見南山』分韻，拈得『南』字……二八〇
酬劉孟輿、敖金甫見和《閒眺有懷》，五疊前韻……二八一
孟輿復以前韻見和，六疊答之……二八二
紅樵明府查點保甲，用余送行詩韻，即事見寄，復走筆七疊和之……二八三
十月二日，紅樵大令偕其弟地山暨幕賓劉孟輿、敖金甫、胡念然過訪，因邀集米紱卿比部、松山昆季，以『相見又無事，不來還憶君』分韻賦詩，拈得『見』字……二八四
十月十日，樵伯召集同人餞菊，孟輿以『出門無所詣，動即至君家』分韻，得『門』字，成九言體一章……二八五
貞女行爲金堂張卓氏作……二八六
殘臘志感……二八六
庚戌……二八七
新正錦城聞皇太后上賓，感賦……二八七
三月八日復奉大行皇帝升遐遺詔述哀……二八七

續禽言……二八八
反遊仙……二八九
初秋夜坐……二九〇
節母詩爲漢州謝寶之茂才母劉孺人作……二九〇
讀鄒丹崖學博詩鈔，即用見贈十絶元韻題後……二九一
蒿里吟弔涂次伯茂才……二九二
凜凜崴云暮三首……二九三
辛亥……二九四
元旦試筆……二九四
清明夜占……二九四
古鏡……二九五
俠客行……二九五
逐鴞詞……二九六
五月十日曾庶常樞元至署，喜而有作……二九六
采蓮曲……二九七

夏日清課……二九八
題畫……二九八
秋夜偶成……二九八
冬初晩眺……二九九
除夕……二九九
壬子……三〇〇
試筆……三〇〇
新正值内子六十生辰志慨……三〇〇
黄家灘……三〇一
浣花溪道中……三〇一
夏日即事……三〇一
秋風……三〇二
重陽前夕枕上占……三〇三
鷹……三〇三
柏上烏……三〇三

冬夜讀史遣悶……三〇四
編詩……三〇五
祭詩……三〇五
候蟲吟草卷八……三〇七
癸丑……三〇七
新正錦官道中雜詠……三〇七
駟馬橋……三〇八
錦城夜月……三〇八
偶成……三〇八
喜故人子至……三〇九
夜感……三〇九
五月初旬，擬賦遂初，已具文在告矣，已而爲相知諸君子及門下士所阻留，棧豆之戀，良用恧然，草此寄意……三一〇
告病未諧，因乞假省墓，諸君子競投詩送行，匆匆就道，不及徧酬，謹依張禾雨先生五古元韻，賦短章留別……三一〇

攜手上河梁三首……三一一
曉發韓灘……三一三
出金堂峽望見雲頂山……三一三
晚泊臨江寺……三一三
泊内江縣……三一三
過富順縣……三一四
舟中漫興……三一四
石灰溪曉歌……三一四
瀘州阻雨……三一五
重慶换船後適阻江漲，舟中延望塗山，撫今追昔，率成七古一章……三一五
銅鑼峽……三一六
延江雜詩……三一六
六月二十六日由龔灘起岸，途中遇雨……三一九
便道過裴生麟之，留宿話舊……三一九
廿九日抵家……三二〇

掃墓……三二〇
訪芳圃夜話……三二一
中秋壽志郇兄……三二二
猶子瑞堂及次子恪先後入泮，詩以志幸……三二二
庭桂歎……三二三
感崧維明經見訪作……三二三
誡子……三二四
古意……三二五
泊藺市……三二六
桓侯不語灘……三二七
宿扇背沱……三二七
大佛寺……三二七
渝州夜泊……三二八
曉出浮圖關……三二八
海棠香國……三二九

資陽道中……三二九
折柳橋……三二九
茶店子早發……三二九
抵省寓……三三〇
回任……三三〇
除夕書感……三三〇
甲寅……三三一
元旦試筆……三三一
春日偶成……三三一
生日自嘲……三三二
五月十二日祇領貤封恭紀……三三三
雲頂紀遊與陳松山同作……三三三
書紀遊詩後代柬松山……三三七
聞李紅樵觀察武昌殉難，感而有作……三三八
送人還鄉……三三九

抉目行爲蘄州殉難魏雨山别駕作……三三九
燈……三四〇
除夕懷故鄉諸詩友……三四〇

候蟲吟草卷九……三四三

乙卯……三四三
春日偶成……三四三
桃花……三四三
初夏得家報，知黔匪犯秀山界，已爲鄉兵擊退……三四四
老松……三四四
雨後散步……三四四
李曉樓參戎以行樂畫册屬題，爲依次賦七絶一十六首……三四五
秋感……三四七
寒意……三四七
擬左太冲詠史八首……三四八
十月杪聞黔匪復犯秀山作……三五〇

冬晚雜詠……三五〇
十二月初四日之錦官道中作……三五一
旅夜……三五一
錦城除夕……三五二
丙辰……三五二
元旦占……三五二
新正過温江浣花道中作……三五三
訪王蘭圃明經，留宿話舊……三五三
弔潁川太守毛丹雲三首……三五三
歸過二仙菴小憩……三五四
措大……三五五
孟夏奉檄還鄉團練，率成七律四首，留别金淵諸朋好……三五五
留别同學諸子……三五六
束裝有日矣，既而終不果歸，陳松山參軍、盧衵亭茂才各以詩見慰，叠韻答之……三五七
劉印侯學博用衵亭韻見贈，復叠和却寄……三五八

劉印侯復贈長句，依韻走筆和之……三五九
次陳樵伯見贈柏梁體韻……三五九
積雨排悶……三六〇
七夕……三六一
擬秋懷詩……三六一
秋夜與同學諸子論文……三六三
冬夜獨坐……三六四
臘日感事……三六四
丁巳……三六五
元旦試筆……三六五
春日雜詠……三六五
石犀行……三六六
暇日讀陸次山司馬前後蜀游詩，有懷其人，適案頭見蘇長公聚星堂春雪詩在側，即次其韻，成七古一首寄意……三六六
冶春……三六七

初夏即事……三六七
雨過……三六七
巢菜……三六八
淫霖歎……三六九
雨中雜詠……三七〇
久雨不止，有請以大礮轟陰霾者，鎮廷周大令從之，果得小霽……三七一
雨霽曉占……三七一
燈花……三七二
秋窗夜坐……三七二
彌牟鎮……三七三
駟馬橋即事……三七三
十一月十一日得家書，始悉志郇兄已於八月棄世，哭之以詩……三七三
歸署途中見孤鴈有感……三七四
歲暮書懷……三七五
題《漁趣圖》……三七五

候蟲吟草卷十……三七七
戊午……三七七
哀辭八章爲陳樵伯作……三七七
寄李明府次星乞畫……三七九
梨花……三七九
得假後留别及門、余學博竹亭、芷塘昆季及陳茂才少漁、蓉鏡叔侄……三七九
四月四日束裝東歸，諸朋好祖席相望，米紱卿偕陳松山蘭階，余乾甫汝爲、望之昆季暨余竹亭芷塘、陳少漁各及門復送至姚家渡，供張甚盛，而松山直欲伴余下渝城，賦此誌感……三八〇
舟次懷州鎮，偕松山訪唐子固明經，因與徧覽懷安軍遺蹟……三八一
資陽訪廖達軒、陳雲峰兩學博不遇，明晨二君挈壺榼來舟中送行，暢飲大醉而别……三八二
抵資州……三八三
登重龍山放歌……三八三
資江雜詠同松山作……三八四

濛溪紀事……三八五
内江訪前任成都縣學博江輔臣，歸舟作……三八六
曉發内江……三八七
富順謁凌棣生刺史，留飲望湖樓……三八七
酒後歸舟，棣翁以西湖之勝，侵晨爲最，約詰朝重賞……三八八
瀘州……三八八
遊三官寺……三八九
由江津至重慶……三九一
泊朝天門後江水暴漲，移舟靛馬頭……三九一
次夕雨霽，擬遊真武山，明早視江干，尚隔岸不辨牛馬，余頗有難色，松山意却甚堅，遂由太平門濟，偏歷覺林寺、塗山古刹、覽勝亭諸勝而返……三九二
留別張和雨學博……三九四
重慶舟中與松山作別……三九五
涪州城晤石麐士山長……三九五
端午前一日，麐士招飲鈎深書院，因得偏覽北巖諸勝，日暮歸舟作……三九六

由涪州上龔灘舟中雜感……三九九
龔灘起程道中占……四〇一
五月二十四日抵家……四〇一
長夏里中雜詠……四〇二
初涼……四〇三
秋夜讀史有感……四〇三
九月二十二日凌公棣生、李公萍洲兩刺史奉檄進剿黔匪，發團中丁壯，屬兒子文愿率之，自成一隊，草此戒之……四〇四
雙忠行爲凌、李二公作……四〇五
思渠之役，員弁死事者數人，州孝廉徐京甫、茂才冉樹村與焉，二君皆鄉里保障才也，并弔以短句……四〇六
冬初野望……四〇六
對雪偶成……四〇七
雪霽夜占……四〇七
除夕……四〇七

己未……四〇八
元日試筆，以『不辭最後飲屠蘇』衍成三絶……四〇八
春郊散步……四〇八
自題《清白江歸舟圖》後……四〇九
春雪……四〇九
屠狗謡……四一〇
題陳少府酉樵《蕉窻臨帖圖》……四一〇
清明夜雨枕上占……四一一
題徐秋山別駕《秋江送別圖》……四一二
杜門……四一二
長夏過馬喇湖道中感舊作……四一二
晚宿草壩場人家……四一三
過雙龍寺……四一三
輓冉封翁魁光外叔太父……四一三
秋夜感懷……四一四

冬初紀事……四一五
歲暮書感……四一六
梅花……四一六
訪友……四一七

候蟲吟草卷十一……四一九
庚申……四一九
師稼齋示同學諸子……四一九
讀孟輿先生《溪江詩抄》書後……四二〇
柳枝詞……四二一
健兒行……四二一
花帽歌……四二一
讀劉孟輿《俠女圖題辭》，感而有作……四二三
蠻觸謠……四二三
擬古二首……四二四
種菊……四二四

秧歌……四二五
哀石大令馨士……四二六
長夏師稼齋雜詠……四二七
雨後望月……四二九
感事……四二九
立秋後一日……四二九
雨夜與客説鬼戲作……四三〇
桂花歌……四三一
九日登高寄慨……四三一
夜坐……四三一
南防捷……四三二
凱歌……四三三
冬曉偶占……四三四
善後辭爲署刺史王公个山作……四三四
解館留別諸同學……四三五

紀夢……四三五
辛酉……四三六
元旦試筆……四三六
元夕燈詞……四三六
春日戲占……四三七
重遊泮水辭爲前定興令陳魯亭先生志慶……四三七
枕上偶成……四三八
虞殯辭哭崧維明經作……四三九
與友人登石柱山，觀所築砦堡……四四〇
五月二十五日夜誌異……四四一
擬桃源行……四四一
壽富順楊朗如封翁……四四三
聞粵匪由貴州遵義闌入涪陵之羊角磧，彭水、黔江戒嚴……四四四
哀黔城……四四四
青龍嶺道中……四四五

懷遠關……四四六
哀李魯生學博……四四六
西溪雜詠……四四八
輓詩僧履雲……四五〇
冬日與楊芥菴學博、傅琨巖茂才昆仲登玉柱峯……四五一
前詩脱稿後，覺有餘意未盡，燈下復成七絶四首……四五四
後猛虎行……四五五
苦寒行……四五六
雪夜偶成……四五七
除夕……四五七
候蟲吟草卷十二……四五九
壬戌……四五九
元日……四五九
人日得兒子東防來信，元旦賊撲營，以有備，擊敗去……四六〇
露布引……四六〇

哭冉石雲八首……四六一
讀劉石溪《枕經堂集·秦夫人逸事》書後……四六四
步楊芥菴《齋中賞牡丹》七律原韻四首……四六四
瑶琴怨爲明太常楊玉懷作……四六五
夏日閒遣……四六七
書憤……四六七
初秋……四六七
去冬聞履上人示寂，小詩悼之，今棁菴茂才來，始知傳者之訛，再占四絶解嘲，擬寄上人，以博一粲……四六八
秋齋漫興……四六九
枕上聞樱聲……四六九
秋山别駕以詩乞菊，僕適他往，歸乃見之，因依元韻奉酬……四七〇
自笑……四七〇
壽刺史个山先生八首……四七〇
冬夜偶成……四七二

冬嶺秀孤松……四七二
鍋巴詩……四七三
臈日病感……四七四
癸亥……四七四
人日病起試筆……四七四
吾廬……四七五
食椿芽戲占……四七五
園中牡丹正開，爲風雨所敗，詩以弔之……四七五
《投贈詩存》題辭……四七六
山谷石刻……四七六
三月十八日之梅樹別墅，分水嶺道中占……四七七
紅杏山莊題辭……四七七
枕上偶成……四七八
別墅壁間有朱搨何子貞太史《眉州木假山堂即事》五古四章，感舊懷人，依韻率和……四七八

即目志感……四七九
答友人問近況……四八〇
再題山莊五律一首……四八〇
大霧上羊羖腦……四八一
晨後開霽再占……四八一
讀楊芥菴學博《集船山詩草》書後……四八一
漫述……四八二
志局雜詠……四八二
聞警……四八四
避難行……四八四
王家坨陳氏宅僑寓感事……四八五
歸家志幸……四八六
賊去後使人探梅樹莊屋，穀帛器具抄掠一空，惟書籍室宇尚存，亦不幸中之一幸也……四八六
九日擬重登玉柱峯，有事未果……四八七

讀亡友劉石溪《春秋析疑》，感而有述……四八七
冬晚偶成……四八八
橘頌……四八八
歲暮行五首效《綏山草堂集》體……四八八
臈日晚步……四八九
州志告成……四九〇
祭竈……四九〇
摶沙吟……四九〇
候蟲吟草卷十三……四九一
甲子……四九一
元日試筆有感……四九一
雪中春望……四九一
客至……四九二
赴局……四九二
暮春過大西洞用明無名氏題壁韻……四九二

初夏大雷雨夜坐……四九三
雨霽閒眺……四九三
和徐秋山别駕留别州人原韻，即以送行……四九三
閒遣……四九四
讀董叔純太守《援守井研記》書後……四九五
讀《漢書》雜詠……四九六
苦熱……四九六
鍾進士噉鬼圖……四九七
贈扶南……四九七
初秋晚眺……四九八
望月吟……四九八
蘆花……四九八
五人墓……四九九
古洗歌……四九九
栖鶴菴懷明閣學文鐵菴先生，即用其題句元韻……五〇一

讀東方曼倩傳率成……五〇一
題畫二首……五〇二
步何竹生少府見贈七絶元韻……五〇二
秋夕有待……五〇三
閒眺……五〇三
九日登高未果……五〇三
朔風……五〇三
次子恪莊上送黄橙至，戲占……五〇四
歸家見園中水仙將放，喜而有作……五〇四
梅花……五〇四
雪霽……五〇四
愁緒……五〇五
碧津橋題柱……五〇五
臈日書懷……五〇五
除夕聞州城失火，感賦……五〇五

祭詩……五〇六
辭歲……五〇六
乙丑……五〇七
立春後一日夜作……五〇七
憶遠……五〇七
尋春……五〇七
蝶……五〇八
題董叔純太守《餘事詩存》集後……五〇八
新燕……五〇八
早鶯……五〇九
生日牡丹盛開，感賦……五〇九
憑欄……五〇九
夏晚即事……五一〇
月夜獨坐……五一〇
次董叔純太守《酉陽雜感》二十首，用杜少陵秦中雜感韻……五一〇

讀《王陽明集》……五一四
題《劍俠傳》後……五一四
次叔純太守留别士民五古元韻，即以送行……五一四
再疊前韻……五一五
三疊前韻……五一六
代作四疊前韻……五一七
中秋感懷……五一七
秋宵遣悶……五一八
壽鄧秋湖刺史……五一八
和秋湖刺史自壽七律四首元韻……五一九
歎老……五二〇
病感……五二〇
雪中偶占……五二一
越日又雪……五二一
守歲……五二三

候蟲吟草卷十四……五一三
丙寅……五一三
元宵前夕偶成……五一三
病起……五一三
州别駕朱君琢亭以初度索詩，時余以教案牽控，將就質渝城，草此寄之，推敲固不暇也……五一四
二月廿七日由州起程志感……五一五
過鬼巖……五一五
曉發爛泥壩……五一五
金魚穴道中……五一六
抵龔灘……五一六
延江雜感……五一六
彭水……五一七
羊角磧……五一七
涪州……五一八

舟曉即目……五二八
晚泊石家坨放歌……五二八
舟中偶成……五二九
抵淪……五二九
代和恆容齋觀察留別士民元韻……五三〇
古意……五三〇
立夏……五三一
崇因寺感懷……五三一
避暑五福宮……五三二
觀漲……五三二
謁王子任前輩歸寓作……五三三
憑欄有感……五三三
存心堂小憩……五三四
羅漢竹杖歌……五三四
和曾聚五參軍見惠詩扇元韻，並謝尊夫人浣溪女史畫蘭……五三五

書扇三絶奉府學左藎臣廣文……五三六
蘇碑……五三六
初秋苦熱……五三七
至善堂觀龔晴皋先生樹石畫幀……五三七
秋夜書懷……五三八
中秋月蝕……五三八
王子任先生中秋以七絶一首見慰，次日依韻奉酬……五三八
秋夜吟……五三九
采苦吟……五三九
酬鄒章泉茂才見懷五律四首元韻，即以代柬……五三九
雨夜不寐，以李義山『君問歸期未有期』篇衍成四絶，擬寄同學諸子……五四〇
步曾子衡見寄五律元韻……五四一
長句送張海樓茂才之雷波幕府……五四一
悲懷……五四二
重九即事……五四三

得家書……五四三
立冬夜占……五四四
冬夜夢與友人分詠古樂府，得《塞下曲》五章，醒後尚記其三，因録存之……五四四
讀宋史……五四四
門前三首……五四五
《杏花菴集》有醉鍾馗詩，因亦戲作……五四五
謡詠……五四六
冬曉曲……五四六
夢遊老君洞……五四六
巴山歌……五四七
巴水歌……五四七
漫興效曲江體……五四七
洪崖洞……五四八
浮圖關……五四八
嘲鵾鴞……五四八

夢梅……五四九
十一月初十日事得白，買櫂東歸，舟中感賦……五四九
晚泊涪陵……五五〇
夜望北巖，追憶亡友石麔士……五五〇
十五日泝舟延江，夜宿陳家觜……五五〇
上邊灘……五五一
砥羊角磧……五五一
烈女巖……五五一
磨砦……五五二
鹹山峽……五五三
廿四日抵龔灘……五五三
次黃蠟池，小門生胡氏昆季留宿，燈下率成……五五三
曉過小蓋山……五五四
二十七日抵家作……五五四
臈中閒遣……五五五

盆梅……五五五
編詩……五五六
除夕……五五六
候蟲吟草卷十五……五五七
丁卯……五五七
元旦占……五五七
懶趣……五五七
新正冉棁菴茂才過存，爲言天龍山名勝，令人飄飄生凌雲想，惜時腰脚久衰，恐
遊山之約難踐，爲賦長句紀之……五五八
生日避客，先期之梅樹别墅……五五九
分水嶺道中見桃花……五五九
到莊……五五九
夜讀……五五九
新晴……五五九
歸途感事……五六〇

讀《童山集·狗皮道士歌》仿作……五六〇
夏初以威遠鄒小湄茂才見寄畫竹，於州中覓工裝潢，被人竊去，爲感喟者久之……五六〇
書王子任先生《毛詩讀》後……五六一
四月十八日聞右之卒於成都旅寓，愴然有懷……五六二
補題亦樂園，藉志離合情緒……五六二
六月杪移住山莊，仍用杜韻紀事……五六四
七夕戲作五六七言體……五六六
臨睡又占一絕……五六六
得次子省信，米紱卿比部已於去冬下世，古之遺直也，長句弔之……五六七
中秋憶舊有感……五六七
漫興……五六八
秋風辭……五六八
秋雨歎……五六八
輓姊丈熊玉山明經……五六九
校蔡吉堂大令《退思軒詩集》題後……五七〇

初冬夜坐……五七〇
弔裴麟之茂才……五七一
歲闌即事二首步東坡元韻……五七二
戊辰……五七三
元日偶成……五七三
新正回故居省墓道中作……五七三
日夕散步……五七四
贈内……五七四
蓉孫三歲，《大學》《孝經》《史提要》皆成誦，喜而有作……五七四
燈節後一日訪芳圃，留飲亦樂園，用杜詩《重過何氏五首》韻……五七五
二月杪歸莊途中即目……五七六
春晚閒吟……五七六
讀張編修惠言《易義别録·蜀才易注》感賦……五七六
蒐輯右之《訪酉山房詩存》題後……五七七
子規……五七八

擬招隱二首……五七八
疊前韻……五七九
次子園中南瓜雙蒂，佳兆也，紀以小詩……五七九
哭芳圃上舍……五八〇
秋興八首步少陵韻……五八〇
憶舊雜詩……五八二
苦雨……五八四
中秋得月喜占……五八四
秋夜集李供奉句……五八五
散步見枯蛛有感……五八五
芙蓉引……五八六
雨後即目……五八六
重九前數日，雨中菊有綻者，因拈『菊爲重陽冒雨開』句，衍作七絶三首……五八七
候蟲吟草卷十六……五八九
戊辰……五八九

九月十九日，有野彘突入州署大堂，爲衆役擊斃，或援『野猪還愿』俗語，謂爲休徵，占此志慨……五八九
雪霽……五八九
冬夜雜感再次少陵《秋興八首》韻……五九〇
閒居八首仍叠前韻……五九一
雪夜聞雷……五九三
十一月二十日紀變……五九三
盆梅……五九四
大雪行用東坡聚星堂禁體詩韻……五九四
次日叠前韻……五九四
消寒雜詠……五九五
李次星太守奉諱回粤，本年十一月起復來川，路經梅樹，彼此兩不相知，幸恕兒在州，得遂欵謁，蒙惠先輩名墨數幅，感而有懷……五九六
小除日憶愿兒北上……五九七
己巳……五九七

元旦試筆……五九七
新正二日喜晴作……五九八
早春漫興……五九八
虎倀歎……五九八
空棺吟……五九九
春雪三疊聚星堂韻……五九九
懷舊集句……六〇〇
杏花……六〇〇
社日……六〇〇
春歸故居道中占……六〇一
即目……六〇一
田子實刺史觀風，以酉屬古蹟八首命題，客有諷余擬作者，江淹才盡，不能長歌，聊草五絕數章，以博一粲……六〇一
塵夢……六〇三
淫雨浹旬，集杜詩排悶……六〇三

曉晴喜占……六〇四
嘲鸚鵡……六〇四
嘲蝨魚……六〇四
溪工行……六〇五
新秋雨後有懷……六〇五
秋思……六〇五
大水紀事……六〇六
秋霽聞鶯……六〇七
讀《楊升菴遺集》書後……六〇八
讀《明史》偶成……六〇八
衣葛翁……六〇八
補鍋匠……六〇九
雪菴和尚……六〇九
東湖樵夫……六〇九
三案謡……六一〇

永和寺重修，李肖蓮少府屬題……六一〇
布袋和尚贊……六一一
讀謝皋羽《晞髮集·西臺慟哭記》……六一二
梅花引爲元遺臣楊鐵崖作……六一二
秋望五首用少陵韻……六一三
先君忌日述哀……六一四
南唐宫詞……六一四
道經栖鶴菴重次文東閣韻……六一五
雞腦巖峽中即目……六一五
歸途口占……六一五
己巳秋，夏子樹齋、厚軒昆季以余所著《五經集解》代付梓人，讐校之餘，賦此志感……六一六
陳小山以詩集屬定，清新俊逸，迥絶恒流，《二酉英華》集中又添一健者，加墨既竟，題以短章……六一六
栞《經解》成，賦此誌愧……六一七

偶占示諸孫……六一八
編詩……六一八
庚午……六一九
新正晚眺……六一九
吴捷三少府自川北來，遞到李次星太守見寄梅花長幅……六一九
李題畫詩頗有牢騷之意，再依原韻賦七絶一章……六二〇
擬古二首……六二〇
三月十日兒愿自江南回，小詩志幸……六二〇
初夏散步……六二一
吴旭峯學博約避暑栖鶴菴，有事未果……六二一
讀黄仲則前、後觀潮七古題後……六二二
在州局數年，白鹿井、午沙泉均相去半里而近，未暇一遊歷也。長夏無事，偶與吴君旭峯、楊君蓂階信步訪之……六二二
讀書……六二三
秋夜集放翁句……六二三

尋梅……六二三
辛未……六二四
元日書感……六二四
哭子……六二四
重到龍池書院……六二五
瓦硯步何太史子貞韻……六二五
題饒聚五詩集……六二六
秋晚閒眺……六二七
讀何子貞太史《峩眉紀遊詩》書後……六二七
龍池感舊……六二八
長子愿亡後，於行篋得殘稿二百餘篇，擇其可存者録副拙選《二酉英華》詩集後，
草此志慨……六二八
補遺……六二九
新秋晚坐……六二九
清明前夕客邸口占……六三〇

秋夜偶成……六三〇
夜感……六三〇
浣花溪……六三一
種菊（其四）……六三一
漁翁……六三一
訪友不值……六三二
古樹……六三二
春郊散步……六三二
元夕燈詞（其三）……六三三

馮文願詩……六三五
叙録……六三七
登白墖……六三九
無錫以下湖水清絶徹底，遊魚歷歷可數……六三九
獅子林……六三九
回舟無錫游惠山泉……六四〇

金山……六四一
焦山……六四二
北固……六四三
甘露寺……六四三
西塢……六四四
病起……六四四
曉過岳陽樓，風利不得泊，回望城闕，憮然成詠……六四五
搗鬼謠……六四五
虎邱書感……六四六
買舟將泛西湖，會同伴有不願往者，遂爾中止……六四七
河凍……六四八
周孝侯讀書臺……六四八
臺城懷古……六四九
淫霖歎……六四九
沙口大風……六五〇

回舟將泝武陵，纜已解矣，忽爲大風所尼，泊晴川閣下，遂得徧覽諸名勝……六五〇
九日……六五一
舟抵渝城……六五一
東坡讀書樓……六五二
弔黄樓……六五二
袁僕還鄉……六五二
忠州訪家十二容之不遇……六五二
夔州晚眺……六五三
巫山……六五三
除夕……六五三
送别陳孝廉公車北上、李别駕之官湖南……六五四
彝陵……六五四
舟次望岳州……六五四
武昌……六五四
赤壁……六五五

琵琶亭……六五五
小孤山……六五五
揚子江望京口……六五六
宿揚關……六五六
僦寄袁江喜晤楊光庭少尹……六五六
秋雨……六五六
早渡揚子江……六五七
崑山舟次即目……六五七
九日游滬登湖心亭假山……六五七
送别友人……六五八
正月十一日泊舟觀音門祝嘏……六五八
三至金陵僦寓承恩寺……六五八
春郊散步……六五八
病中憶弟……六五九
楊二病危有作……六六〇

野廟古樹……六六〇
入湖口後風息，泛舟夜行……六六〇
晚泊南隄……六六〇
朝過龍陽……六六一
抵家……六六一
出門……六六一
舟中值五十生日感賦……六六二
白帝城……六六二
彭澤……六六三
采石磯懷古……六六三
金陵雜感……六六三
黄天蕩……六六四
廣陵……六六四
召伯埭……六六五
淮陰侯釣臺……六六五

千金亭……六六五
漂母墓……六六六
贈楊光庭少尹……六六六
清江客寓即事……六六六
淮上中秋對月……六六七
將適姑蘇留別居停楊少尹……六六八
過丹陽經張副戎殉難處……六六八
人日泛舟淮南……六六八
重到金陵，偕鄒子聲同鄉登獅子山……六六九
金陵寒食郊祭有懷……六六九
三月二十一日祝嘏……六六九
端午節移寓十間房養病……六七〇
九日同人登鍾山感賦……六七〇
泊采石用同鄉盧與行茂才韻……六七一
黄沙埂和與行茂才韻……六七一

潯陽舟中與行壽予以詩，依韻答之……六七一
半壁山次與行韻……六七二
黄州晚眺用與行韻……六七二
夏口送别與行茂才……六七二
登黄鶴樓……六七三
柳溝坡早行……六七四
大堤曲……六七四
過明故宫……六七四
閒寫……六七四
滬上紀事六言十章……六七五
漢口……六七六
竹樓……六七六
偶成……六七六
望金陵……六七七
袁浦樓……六七七

運河雜詠……六七七
清溪……六七七
金陵雜詠……六七八
李堯衢以差來江甯，得寄家書，有作……六七九
接傅春帆大令書，知劉篠石民部京華病歿，哭之以詩……六八〇
金陵中秋賞月和同鄉邵子方韻……六八〇
過小孤山和盧與行韻……六八〇
連日風利，快抵江州，適值生日，得見廬山，喜作……六八一
武陵旅次編《紀遊詩草》有作……六八一

候蟲吟草

〔清〕馮世瀛　撰
丁志軍　整理

叙録

馮世瀛（一七九三—一八八四）〔一〕，字壺川，號雪樵，清代四川酉陽州小壩人，祖籍江西新喻，其先世於明嘉靖間遷居酉陽。馮氏祖輩即以文學隱居授徒，家學淵源有自，馮世瀛兄弟三

〔一〕關於馮世瀛的生年，史料并無明確記載，但馮世瀛本人在自己的著述中屢次提及自己的年齡。如作於咸豐四年（一八五四）的《元旦試筆》云：『那堪甲子從頭數，虚度韶光六十春。』作於同治元年（一八六二）的《元日》云：『七十明年届。』撰於同治十年（一八七一）的《重訂候蟲吟草自叙》自署『時年七十有八』，次年所撰《增訂二酉英華自序》則署『時年七十有九』。古人多以虚歲稱年齡，但也有以實歲計者，馮世瀛即是其例。馮世瀛弟子陳景星《疊岫樓詩草》有《癸未都中郵祝馮壺川先生九十一壽》一詩，若按馮世瀛本人所稱年齡推算，本年實爲九十歲，而陳景星則以虚歲稱『九十一壽』。照此推算，馮世瀛的生年當爲乾隆五十八年（一七九三）。至於馮世瀛的卒年，也可以陳景星的詩作爲參考。陳有《途中哭馮壺川師》，作於光緒十年（一八八四）冬，有注云：『是冬赴滇從軍，至楚境，聞公疾，急往視。公强起垂詢，意頗慰，嗣復促行。别時疾已彌留，尚囑誡之、心如兩兄以金賻，今猶感慟。』此注雖爲後補，但由此可推測，陳景星在光緒十年末告别馮世瀛後，前往雲南的途中即得知馮病逝的消息，故詩題稱『途中哭』。

人（長馮世榘、仲馮世熙、季馮世瀛）皆幼承庭訓，馮世榘入泮後，亦以訓迪兩弟爲事。馮世瀛幼即穎异，既得父兄親授經義，又有舅氏家族酉陽冉氏的文學滋養，因而其成年時，學問文章已超邁出群。嘉慶十九年（一八一二）入泮，受知於學政毛謨，道光十一年（一八三一）鄉試中式，後三應進士試不第，於道光二十六年（一八四六）選任四川金堂縣訓導，咸豐八年（一八五八）稱病乞假歸田，光緒十年（一八八四）病逝於家，歷經六朝，享年九十二歲。

馮世瀛的一生與教育關係密切，其在入泮後，即以充塾師授徒爲業，同時備考應鄉試，甚至在出任金堂縣訓導後，仍有生徒不惜跋涉千里，自酉陽負笈從游。此外，無論是入仕前，還是致仕後，馮世瀛均曾長時間主持酉陽龍池書院，培植地方後進，不遺餘力，一時同輩及後輩之雋秀者，大半與其有師友關係。據馮世瀛弟子陳景星的《疊岫樓詩草》載，張之洞督學四川，適逢馮世瀛重游泮水，故有『仙傳首推周柱史，經師猶見魯靈光』之贈聯。在長期的教育生涯中，馮世瀛不僅從事科舉時文教學，還精研儒家典籍，涉獵金石考證之學，有《雪樵經解》《耕餘瑣録》等經學著作存世。又留心地方文獻，以半生之功，輯成酉陽詩歌總集《二酉英華》及四川詩歌總集《蜀詩所見》若干卷，與酉陽名士冉崇文共同纂輯《增訂酉陽直隸州總志》，對酉陽的教育與地方文化事業作出了獨特貢獻。

作爲渝東南地方知名學者和爲人稱頌的經師，馮世瀛因其獨有的影響力，身邊聚集了衆多酉陽本土詩人，形成了以他爲中心的酉陽詩人群體。從馮世瀛纂輯《二酉英華》的過程看，他所搜集的酉陽詩人作品，許多是詩人完成創作後主動寄與他的，他們這樣做，一是出於文學創作交流切磋的實際需要，二是企望借馮世瀛之手，采選入詩歌總集，存世流傳，擴大自己的知名度和影響力。從中亦可見出馮世瀛在酉陽地方文人群體中所具有的感召力和向心力。

馮世瀛自身在詩歌創作方面亦有造詣，有《候蟲吟草》十六卷刻印傳世，是清代後期酉陽文人中以經術名家而又兼擅文學的代表人物。馮詩情感内容多與其個人平生境遇和家國不寧的時勢密切相關，概括起來，大致有以下幾個方面。一是借題發揮，抒寫屢試不售以致老大無成的概嘆、自嘲與憤懣，如『百年歲月愁中過，兩字功名夢裡灰』（《夏雨遣懷》）、『斂紝漫學老女嫁，低頭權畫入時眉』（《貢院前三橋石獅子歌》）、『秉性工愁催老大，讀書無用悔聰明』（《除夕書懷》），均爲此類。二是中舉後，多以平和徹悟之語，道出淡看窮通得失，樂得安閑自在的人生態度，如『妄恃智力爭，大巧翻成拙。何若任自然，常得方寸悦』（《古意》）、『安身惟澹泊，閲世任炎凉』（《六月杪移住山莊，仍用杜韻紀事》）、『黯黯窮通安去就，茫茫造化任推移』（《閒居八首仍叠前韻》），多爲此類情感的抒發。三是晚年賦閑鄉居期間，時值内憂外患，家國不寧，因而詩歌多表現對時局動蕩的憂患之感和對生靈塗炭的悲憫之情，《冬初紀事》《感事》《哀黔城》《哀李魯生學博》《露布引》《書憤》《避難行》《十一月二十日紀變》等篇章，尤爲其中代表。在這些作品中，詩人除了痛斥倡亂者的殘忍暴虐之外，還不忘冷静地進行反思：『從來災變豈虚生，彼蒼垂戒原有情。爾日衣袽能備豫，斯時流毒或稍輕。』（《哀黔城》）對統治者提出委婉的批評，體現出超越常人的識見。當然，詩人的這些書寫，綜歸是出於臣子對君王和王朝安危的關切，自是無法超越時代的局限。陳景星詩稱馮世瀛『百年垂老日，忠愛更無窮』（《途中哭馮壺川師》），意指清廷對光緒十年春的中法北寧之戰心存僥倖，貽誤戰機，致全綫敗北，年逾九十的馮世瀛『聞北寧失機，感憤成什』，寫下相應詩篇。全集本《候蟲吟草》編詩截至同治十年，此詩今已不存，但從陳景星的叙述中，亦足見馮世瀛的愛國之忱。

從詩集中現存的作品來看，馮世瀛的詩歌創作有『詩人之詩』的性情，更有『學人之詩』的根柢。『風流豈必師陶謝，家法由來樂孔顔』（《閒居八首仍疊前韻》其五），這是馮世瀛訓迪子弟的名言，也是他自身爲學做人的追求。『傷秋乏清趣，俊逸讓參軍』（《秋望五首用少陵韻》其五）、『祇憐新得句，俊逸未名家』（《六月杪移住山莊，仍用杜韻紀事》其四），這是馮世瀛早期對自己詩作的自謙式評價，但同時又表達了自己以『清新俊逸』爲主的詩歌審美追求。清人劉景伯評馮詩『叩之皆古音，探之多理趣，無烟火氣，無斧鑿痕，蓋其得力於經術者深』（劉景伯《候蟲吟草序》），鄒光第評其詩『以經術爲根柢，以閲歷爲陶鑄，筆之所到，純任自然』（鄒光第《候蟲吟草序》），二人同時看到了馮世瀛作爲一個學人在詩歌創作中的經學根柢。

清代酉陽土家族詩人冉瑞岱則認爲，馮世瀛詩歌『五古以遒峭勝，七古以疎宕勝，近體以清俊勝……不拘性靈而機趣洋溢，不矜聲調而音節鏗鏘』（冉瑞岱《候蟲吟草序》），從詩人的視角洞見了『學人之詩』獨有的魅力。冉崇文更是將馮世瀛譽爲川東詩壇巨擘，認爲其詩熔鑄元白蘇黄於一手（冉崇文《候蟲吟草初集序》），雖不免過譽，但綜觀馮詩，的確較好地做到了學人之識見與詩人之性情的平衡，呈現出獨特的風貌，不失爲近代詩壇中之『自成一子』者。

馮世瀛的《候蟲吟草》由詩人自編，該集先後編印過三次。第一次爲詩人在金堂縣訓導任上時，應其學生之請，選録道光三十年（一八五〇）以前的部分作品，分體編排，命名爲《候蟲吟草》，於咸豐七年（一八五七）刻印行世（簡稱『《初集》』）[二]。第二次爲馮世瀛即將卸任歸田時，再應學生之請，選録咸豐元年（一八五一）至咸豐八年（一八五八）間的部分詩作，分體編排，命名爲《候蟲吟草續集》，刻印行世（簡稱『《續集》』）[三]。第三次爲馮世瀛將此前

[二] 馮世瀛《重訂候蟲吟草自叙》云：『丁巳秋，决計歸田，及門諸生亟以留稿請，重違其意，各體檢如干篇，聽付剞劂氏。』『丁巳』即咸豐七年。馮氏將諸生請求、選編詩稿和版印時間均置於咸豐七年，實爲籠統叙述，從鄒光第所撰《候蟲吟草序》的時間來看，《初集》的編集在咸豐五年已經完成，咸豐七年當爲刻印時間。

[三] 陸璣《候蟲吟草續集序》云：『歲戊午，壺川自金堂引疾歸，復裒集近年所著爲續集，郵寄於予，屬商定并屬序焉。』『戊午』即咸豐八年，可見《續集》的編集，在咸豐八年已經完成。但陸《序》的完成時間却在同治三年，此或即《續集》的刻印時間。

的所有詩歌進行分年編排，仍名爲《候蟲吟草》（簡稱『《全集》』），於同治十年（一八七一）鏤版印行。《初集》《續集》原各有五卷，署『惜餘山房藏板』，其中《初集》今僅存卷三至卷五，《續集》則尚存完帙，但蠹蝕較嚴重。以上兩集今藏於重慶市酉陽土家族苗族自治縣圖書館。《全集》計有十六卷，署『味無味齋藏板』，四川大學圖書館、南京大學圖書館均存有完帙。

三者相較，晚出的全集本不僅刻印質量較高，作品更完整，而且采用分年與分集相套嵌的形式，[二]最大程度呈現了作者人生軌迹的連續性和情感體驗的階段性特徵，體現了當時最具時代色彩的詩集編輯理念。鑒於此，此次整理即以同治十年增訂重編的全集本《候蟲吟草》爲底本，以《初集》《續集》爲校本。此外，清末綿州人孫桐生於光緒間所編《國朝全蜀詩鈔》（簡稱《詩鈔》）選録馮詩五十首，亦可資校勘。值得注意的是，《初集》《續集》《全集》及《詩鈔》中共同收録的作品，因作者不斷打磨錘煉和多次梓行，前後存在不少實質性異文，這些異文對考察詩人審美趣向的變化與詩歌文本的更替具有獨特的文獻價值。因無通校本可用，整理者對底本的校勘難免臆測之處，尚祈方家不吝指正。

[二] 全集本編年始於道光元年（一八二一），至同治十年止，共五十一年。同時，這些編年作品又分爲里塾剩草、蝸寄山房小草、借園小草、歸帆小草等二十二個子集，有的一年一集，有的數年一集，這些子集從命名上體現了詩人的行迹與活動空間變化。

候蟲吟草初集序

高文一世，相如則兆作蟛蜞；佳句十聯，謝逸亦名爲蝴蝶。樓成蜃閣，筆陣凌雲；幟樹螯弧，講筵奪席。羣兒蠕蠕，誰知雌蜺之音；此豸蜎蜎，詎襲裸蟲之録。只以琴操孔父，聲感蟪蛄；遂教頌撰王褒，秋吟蟋蟀。此壺川先生《候蟲吟草》之所由作乎？先生智握蛇珠，靈通螽簡。辨蝌文於蚤歲，勤蛾術於螢窗。易研蜥蜴之詞，詩辨⿱奄黽⿰酉黽之義。噓虹作氣，七襄之錦同明；有繭在心，五色之絲獨裊。是以飛寅激箭，破的騷壇；老蚌胎珠，流光墨海。每借篆蚪之暇，運其抽蛹之思。巨擘交推，華蟲作繪。元白螴蜳於下座，蘇黄蝎蚱於前茅。其在斯歟？敻乎遠矣！爾乃蛣揚葩而不銜，蠶吐沫以深藏。嘤嘤有觸於勞人，唧唧無聊於旅邸。驕辭魘長，細取蟲吟。客或踽焉，未之豸也。蓋巢蚊睫者，不知方域之宏也；守蝸角者，不獲江山之助也。先生坐螟車，游蜀國；乘白蟻，度青蛉。訪蠶市之清風，弔螀頤之夜月。邦君負弩，貽以蠙璣；弟子扶輪，挽其蠮螉。他鄉故里，通蝶夢於胸中；勝水名山，視螺紋於掌上。

既而梯蟾直步，泥蠖長伸。拂螮蝐之簪，理蚲蠽之劍。故書踡局，行李蝛夷；蠟屐東歸，螺舟北首。過蠡湖之浩淼，歷螐渚之蒼茫。馬背船唇，客緒忘攢。蝟棘燕南趙北，萍蹤任轉蛲丸。惟健羽之能蜚，應潛鱗之弗蟄矣。無何螘磨如馳，蛾眉善妬。文憎達命，遲聯蟬翼之冠；天老長才，緩侍螭坳之筆。見蝎詎云可喜，聞蛩祇益增悽。先生巢蛣隨時，簾蝦寄興。蠅頭作字，寫川岳之瑰奇；蠆尾含毫，狀風濤之駴愕。息塵勞於馬足，夔自憐蚿；垂教澤於蕭齋，虿皆附驥。井欄側耳，欣蛬蛚之依人；芥蔕澄懷，絶蛸蛑之動氣。即此蠶眠一帙，允堪蠕範千秋。文質愧靈虬，才同短蠋。蝸廬蚤舍，舊罕甯居；蚓溼螿寒，別多苦抱。念蛛絲之莫吐，奚螳臂之能撐。乍對蟬蜎，彌羞蜹蠛。徒以蝨誦阿房之賦，蛙鳴梵唄之聲。脈望貪書，曾依架閣；鞠通好樂，擬宿栞徽。且效蠅污，遂忘黽怯。蟈吹兩部，亟將孑孓從公；蟹美雙螯，更願團尖示我。如謂進扁螺而争蜕柱，持蛤蜊以競廬敖。不避蠭追，侈談蠡酌。是猶大樹千霄，而蚍蜉妄撼；明星麗宇，而熠耀争光。蒙雖蕘蕘，無此憒憒也已。

道光十七年歲次丁酉中秋前三日，右之冉崇文拜撰於龍潭鎮分州官署東齋

候蟲吟草序

自來論詩者無過性靈、聲調二端，主性靈者或失之樸，尚聲調者或失之華。予嘗持此以觀近人之詩，竊歎兼之者不數數觀，乃今於吾友馮子壺川之詩見之。壺川少即工詩，以方習舉子業，未遑專治。弱冠後四應鄉試，三上春官，前後流寓錦江暨京師者幾二十年，凡其所至，與賢豪友，與高逸交，與大人先生遊，而其詩日進。又以其間覽山川之雄奇，觀人事之得失，與夫草木之異狀，禽蟲之殊聲，耳之所聞，目之所見，無一不得之於心，應之於手，而其詩益進。予於壺川詩讀凡數十過，評幾數百言，愛其五古以遒峭勝，七古以疎宕勝，近體以清俊勝。匪但興到之作，不拘性靈而機趣洋溢，不矜聲調而音節鏗鏘，乃至勉强應酬之什，流連光景之辭，亦無不有精光逸響貫注其間，求之近今，殆罕儷矣。壺川著述甚富，於五經、四書均有闡發，詩特其餘事耳。而天分高者，持見必精；學力邃者，發言必當。能者不拘一格，吾於壺川信之。丙辰夏，壺川由金堂廣文任手録前後諸作，删爲兩帙，屬予跋以數言，藏諸行篋，以便觀覽。予謂有如此著作而不公諸同好，恐違造物生才之意，因慫恿付梓，並書管見以質壺川，且以質世之讀壺川詩者。

咸豐六年歲次丙辰五月蒲節后五日，石雲弟冉瑞岱撰於酉陽州二酉書院

候蟲吟草序

道光庚戌春，金堂學博馮子壺川以所作《候蟲吟草》見示，詩凡四册，共六百餘首，閲之無體不備，亦無體不工，且言皆有物，不徒吟風弄月之詞。爰與及門曾生士正各手録一通，篋而藏之，誌嚮往也。夫吾蜀騷才，自漢、唐、宋至元、明，后先相望，幾難更僕數。然若長卿、若子雲、升菴，皆生長通都，切劘固易；即射洪、眉州、仁壽，亦密邇錦城。惟謫仙崛起彰明，而跌宕自豪，子美而外，無人與角。於此見豪傑挺生之無所擇於地也。酉陽界鄰黔楚，特蜀東一隅耳，壺川生其鄉，雖未知於古人何如，要其足之所到，心之所感，耳目之所聞見，靡不於詩乎發之。藻耀高翔，擺脱凡近，殆於自成一子者。而乃屈於冷官，不獲登金馬玉堂，抒其鴻藻，豈命足以限人邪？第就其詩觀之，定當垂諸不朽已。壺川其速付梓人，無使珠光劍氣久鬱而不彰也。

咸豐五年乙卯秋，威遠丹崖弟鄒光第撰於茂州學寓，時年七十有九

候蟲吟草序

昔袁簡齋嘗怪孫淵如詩漸鈍，淵如謝之，有『避公才筆去研經』之句，蓋謂經生之與騷客相反也。夫人特患不深於經耳，苟深于經，何患詩不工？詩之作也，始于虞廷之賡歌，成於商周之雅頌，而盛於十五國之風謠，孔子删定爲三百篇以垂訓千古，是詩固經也。後世詩人，若香山似《尚書》之疏通，長吉擬《周易》之奇詭，少陵法《春秋》之謹嚴，得其一節，皆足以名家，而謂條貫兼賅，轉有妨於詩乎？吾於馮子壺川見之矣。壺川自少即能詩，中間習舉子業，遂潛心經義。道光癸巳下第歸，盡取儒先傳説，剖其同異而究其指歸，閲二十二年，成書三十餘卷，初不專以詩名也。然平昔之所閲歷，山川之高深，雲物之變幻，大邑通都之憑弔，凡一切可驚可愕可喜之狀，靡不窮形盡相，發其難顯之情。而叩之皆古音，探之多理趣，無烟火氣，無斧鑿痕，蓋其得力於經術者深，充然灑然不自知其詣之至此也。以視世之句磨字琢，沾沾以詩人自矜而躁氣未除，譊音未淨者，豈不倜乎其遠哉！抑馮子嘗與余言：近今蜀人工詩者，以涇江家副貢孟輿爲最。聞孟輿博極羣書，于經史尤淹貫無涯涘，宜其詩之工爲壺川所推服也。倘因壺川以見於孟輿，請以斯言質之。

咸豐六年丙辰春正月，内江石溪弟劉景伯撰於成都旅寓

候蟲吟草續集序

壺川廣文初有《候蟲吟草》之刻，劉君石溪爲序而行之，予亦曾摘其警句入拙著《鐵園詩話》矣。歲戊午，壺川自金堂引疾歸，復裒集近年所著爲續集，郵寄於予，屬商定并屬序焉。予惟作詩如作史，才、學、識三長缺一不可，而三者之中，學爲尤要。蓋才以學而始充，識以學而後達，學力優裕，加以閱歷，磨鍊山川險巇之苦，收覽風雲變幻之奇，體物緣情，衝口而出，罔非事理之所以然，詩不求工而自工矣。故自古詩人如恆河沙數，未有不沉酣典籍以激發其氣志、澡雪其精神而能合乎興觀羣怨之旨者。即或遊戲三昧，點染鶯花，曲繪承平景象，要其風骨，固自有在。若但競浮華，乏真意，儷紅配白，滿紙鋪張，自有識觀之，特俳優之登場者耳。且詩必以自然爲宗，掞藻摛華，無稍勉强，乃爲可貴。吾鄉姚石甫如風過簫之説，予嘗取以爲學詩者舉似，今壺川以經術爲根柢，以閱歷爲陶鑄，筆之所到，純任自然，實大聲宏傳遠，可左券操。顧以『候蟲』名集，豈謂不克躋蘭臺、登薇省，與羣賢矯翼争鳴，爲天下發聾啟瞶，僅惟是自寫其胸臆，有如應候之蟲，故取以自況邪？抑以伏處蒿萊深山，風露幽響淒其，乃借物託興，隱寓草間淪落之感邪？雖然，窮達有命，富貴而名磨滅，則達不如窮。壺川詩其卓卓可傳既若此，而頤養林泉，誕膺上壽，兒輩英森，各各克自樹立又若彼，康彊逢吉，備詩人之所難備，蘭臺薇省，又何加焉？壺川知我有素，當不以鄙言爲貢諛。

同治三年甲子六月既望，浙東次山弟陸璣題于錦城之還讀我書齋

重訂候蟲吟草自敘

僕非能詩者，緣平昔偶有所觸，輒假韻語紀之，歷時既多，笥束遂以日積。丁巳秋，决計歸田，及門諸生亟以留稿請，重違其意，各體檢如干篇，聽付剞劂氏。返里後，嗜痂者衆，又已有續集之刻。其删餘故剩，本不足復存，既而思之，自少至老，山川之閲歷，朋儕之交遊，遭遇之通塞，悲愉胥於是乎在，概從塗抹，子孫轉無以資傳述。因取舊本及近年所得，重加編輯，釐爲十六卷，權作年譜貽我後人，買菜求益之譏，固所不暇避也。

同治十年辛未孟夏中浣五日，味無味齋主人自識於龍潭鎮北之紅杏山莊，時年七十有八

題辭

讀壺川《候蟲吟草》書後威遠舉人、茂州學正鄒光第丹崖

文人慧業本天生，況復琅函煅煉精。滅盡裁縫鍼線迹，錦衣無縫湛光明。

好詩脱口彈丸同，流麗端莊自在中。舉似南豐曾子固，心香一瓣拜山公。謂門人曾生士正。

隨身竿木到蓬萊，多少憑虚列上臺。底事先生最風雅，不遊閬苑溷塵埃。

高臥元龍百尺樓，男兒各自有千秋。集中語。此生自斷天休問，滾滾長江日夜流。

題壺川學博《候蟲吟草》漢州副榜劉碩輔孟輿

鏜鏞一震廢吐聲，槃敦詞壇屹主盟。更有經師齊望拜，野王門學重四京。
姑射真人冰雪姿，泠然清氣沁心脾。先生自是通靈手，不假江郎筆一枝。
風騷響寂久無傳，又謫星精下九天。太白東坡應有語，蜀中三見老詩仙。
一代雄文黑水碑，介夫風調壓當時。倘教傳唱聞宫禁，那但西江送客詩。
官冷端知稱逸才，拂衣歸興忽相催。新陰縱滿金花樹，高詠誰堪載酒來。
苦吟笑我瘦猶初，便擬從君細懺除。焉得蜜香千幅紙，傳將萬本作奇書。

乞假回籍，于錦城旅寓讀壺川先生《候蟲吟草》，率題五律一章，即以志别榮昌縣庶吉士敖册賢京甫

回首金淵水，離懷千萬重。故人乍相遇，猶訝夢中逢。老去宦情澹，别來詩味濃。披吟起

三歎，分手又匆匆。

戊午秋日壺川先生由金堂廣文任乞假回籍，出《候蟲吟草》見示，爲賦五律二首安徽拔貢、酉陽州判徐桂元秋山

名士宦原淡，田園託興長。奇書探二酉，靈氣接三湘。燕市巾車返，鱣堂翰墨香。山川經紀勝，佳句滿奚囊。

小閣同君話，經年賦遠遊。詩懷清似水，蟲語韻於秋。對客多青眼，長吟感白頭。歸來松菊在，好作醉鄉侯。

讀壺川《候蟲吟草》，集船山詩爲十二律題後録六首。富順舉人、州學訓導楊青雲芥菴

高軒過我氣如虹，獨解憐才到阿蒙。閲世漸深詩律謹，論文難得性情同。功名委宛中年立，得失從來過眼空。能退急流真灑落，養閒終日下簾櫳。

當年慷慨慶彈冠，書味津津苜蓿盤。遺世妙從經世悟，立言先慮立功難。拈來文字因緣雅，從此松喬歲月寬。檢點奇篇傳驥子，好留衣鉢壯詩壇。

爲感嚶鳴尚有求，眼前真相亦浮漚。敲來瘦骨誰知馬，養就雄心氣食牛。花下有時留醉客，
夢中得句勝封侯。憂勞衹借詩爲戲，温嶠甯甘第二流。

莫歎荆州會面遲，爲君終夜費相思。交情何處尋雷義，累我逢人説項斯。尺璧縱堪爲世寶，
妙心難望俗人知。雄辭脱手堅如鑄，想見從容下筆時。

悍然捫腹太空空，世上甯教我輩窮。七寶愧無修月手，百年同是蠧書蟲。偶憑舊雨尋詩草，
始信神交是古風。攬鏡自傷蒲柳質，可憐丘壑滿胸中。

翁是還鄉我客遊，風霜彈指又深秋。誰從塵海廻青眼，學到神仙恐白頭。兩地有家皆傳舍，
一官如葉任沉浮。嗟余奔走疏文字，細檢名篇一唱酬。

評語

三復巨製，翦刻省淨。瑩發襟靈，麗不葩粉。蕭蕭跨俗，五言尤推長城，此詩中射雕手也。姚武功見之，定當採入《極元集》中。馮定遠後，風雅又在君家。謹誌嚮仰，俾後讀壺川詩者，知有古蓼紅樵其人也，厚幸矣。

道光己酉長至前十日，紅樵弟李卿穀評於金堂縣署

胎息古人，自抒胸臆。感時撫事，陳芳之遺。

咸豐癸丑正月，次山弟陸璣評於成都之小天隨齋

借閲大集，内含精妙，外吐華腴，空靈之中，色相俱徹。五古淵源漢魏，古調獨彈，尤非摭拾唐宋以後唾餘者所能望其彷彿。與老弟闊别甫數十須臾，而精詣邃已如是，益信昔賢士三

日不見，當刮目相待之言爲不我欺也。

咸豐戊午蒲節前一日，愚兄石彦恬廖士讀評於涪陵鈎深書院，時年七十有三

古近體皆沉博絶麗，瑰瑋奇特，直欲蹙踏鮑謝，規橅唐賢，殆必傳之作。

同治乙丑閏五月朔有二日，陽湖董貽清叔純題於酋陽官舍

候蟲吟草卷一

辛巳道光元年

卮言

天地無終始，有何古與今。人爲立其名，乃生拘者心。不知古人古，原不關氣數。瑩然方寸間，持之有其故。我能脱縶羈，我能忘軀殼。志與古人徒，便是古人學。輔善須得人，知人却匪易。務馳域外觀，勿限名與地。昂昂千里駒，貴豈在驪黄。扶摇九霄鵬，肯逐鸞鳩翔。相士舉其肥，徒令識者哀。喪足尚入道，兀者有王駘。

人各有所優，亦各有所拙。量能而後受，何虞鼎足折？干將非不利，縫紉則胡可。珠盤非不珍，燔熇亦未妥。不甘作偏材，無若謀諸道。體足用自周，攸往無不好。易卦六十四，無咎存乎悔。知非固可嘉，能早更爲美。我聞周孝侯，發憤除蛟虎。一朝三患去，英風足千古。又聞蹶叔戇，愎諫浮海洋。悔後還鄉閭，皤然兩鬢霜。

早春即事

寂寞柴門映晚霞〔一〕，亂書堆外啟窻紗〔二〕。丰茸已緑前村草，旖旎猶含隔浦花。牧笛歸來鴉影淡〔三〕，餳簫過處酒旗斜。眼前才覺春如畫，多在尋常百姓家。

【校記】

〔一〕『柴門』，《續集》作『蓬門』。

〔二〕『亂書堆外』，《續集》作『抄書課罷』。

〔三〕『歸來』，《續集》作『歸時』。

穉松

松小年前種，今來比我長。枝柯猶偃蹇，鱗鬣已青蒼。勢喜干霄具，移因出谷良。美成知不遠，培養在無荒。

寶劍篇課徒作

寶劍出豐城，龍吟壯士手。光芒秋水寒，精鋭虹霓走。利可剸犀象，氣常貫牛斗。效命疆場間，一揮紛白首。何因擊斷材，韜入夫襓久。繡澀蒼苔生，鈍頑黑鐵偶。風雨夜深至，匣中時一吼。

名駒篇

房星下九天，孕此真龍種。緂紫雙瞳方，毛拳五花擁。掣電矜權奇〔一〕，蓊雲企犇竦。饑仰玉山禾，渴求神瀵涌〔二〕。恥同棧豆戀，羞並駑駘踵。伯樂生不逢，紵衣誰矜寵。老至困鹽車，伏櫪悲風動。

【校記】

〔一〕『矜』，《續集》《詩鈔》作『見』。

〔二〕『瀵』，原作『糞』，據《續集》《詩鈔》改。按：神瀵乃傳説之水名。

擬顔延之五君詠學使觀風題

阮步兵籍

小儒束詩禮，齷齪靡不至。本無兼善心，豈下窮途泪。咄嗟阮步兵，白眼足孤寄。世鼣中散儔，餘子誰當意。

嵇中散康

中散出世姿，高標隘八州。龍性不可馴，觸忌夫誰尤。錯過已石髓，養生論空遒。一曲《廣陵散》，千載悵悠悠。

劉參軍伶

酒星五百年，一墮人間世。誰歟匹曠達，軒冕等疣贅。六合爲糟邱，徒勞阿婦誓。君真獨醒者，羣兒自狂囈。

阮始平咸

正聲契微妙，南阮得阿咸。蕭條犢鼻褌，矜寵例朝衫。小鮮聊一割，器宇本非凡。誰試山公薦，霖雨看傅巖。

向常侍秀

讀書不獲解，章句翻誤人。邈矣向常侍，卓犖漫天真。心得手自應，糟粕徒陳陳。地下如有值，輪扁定相親。

初夏同人小集書齋分詠，得鏡燈二題

鏡限『塵』字

靈圓與月共精神，知是前身是後身。雅抱虛心精藻鑑，肯教素質涴緇塵。眼前幾見無雙品，箇裡誰留不老春。安得盤龍高位置，清光照徹振奇人。

燈得『昏』字

小剔蘭釭掩蓽門，竟忘塵世已黃昏。十分燦爛書窗重，一點光明佛座尊。寫我秋容微有影，照人春夢了無痕。蘭膏但使頻頻續，宵短宵長且莫論。

書債

書城空自擁，白日去堂堂。積此千秋債，安能一世償。春風茅舍偪，秋雨石田荒。况有嫏嬛在，前程更渺茫。

詩魔

日日學吟哦，詩腸已擄魔。鍼砭今日拙，猿鶴古人多。策蹇心難副，還丹夢易訛。夜闌重剪燭，鬢影悵婆娑。

雨後閒眺

一雨炎歊淨，憑欄興不窮。小橋流水碧，遠岫夕陽紅。烟靄千村樹，凉生四壁風。素心人未集，清趣問誰同。

幽蘭歎

猗猗幽蘭花，芬馥本殊常。爲生山谷中，抱質自含章。世俗艷桃李，過之如相忘。賴有大聖人，援琴發清商。因教千載後，令聞恒洋洋。何緣醫家流，格物迷青黃。竟以孩兒菊，代兹王者香。珠將魚目混，功用違其常。蘭雖不彼嗔，我獨爲蘭傷。

紫騮馬

客控紫騮馬，問君安所之。世路多險艱，言歸滄海湄。揮手即千里，重逢未有期。昔爲同巢燕，今爲曳尾黿。黿去日以遠，燕留日以危。微聞蓬島外，出没叢蛟螭。海氛近更惡，遠適恐非宜。還轅且息駕，中夜煩三思。

蕉窗

蕉窻映日緑無塵，一枕清涼自在身。寄語諸君須賀我，牀頭新聘竹夫人。

閒趣

領畧閒中趣，空庭踏月行。螢光疎樹出，蛩語小窻清。瑟瑟秋將近，燭燭暑不驚。嘯歌槃澗足，好結鷺鷗盟。

杜鵑行

蜀王去已數千年，蜀國年年聞杜鵑。人言此鳥王所化，無稽讕語伊誰傳。偶讀華陽志，方知附會始。望帝春宫殂落時，鵑聲惻惻驚人耳。異時每值斯鳥鳴，遺黎感歎難爲情。姓字遂教蒙帝子，紛紛羽族無能争。吁嗟乎！石鏡山頭一抔土，山精尚有埋香處。蠶叢何地曾荒阡，底事問鵑鵑不語。

雀飛多 擬古

雀飛多，荒郊飲啄無網羅，與儂終日遊槃阿。搏擊忽來黃鷂子，羽毛咫尺失生理。爲爾悽然挾彈起，以彈彈鷂鷂立死，爾胡回翔猶弗已。不知人物本相關，卹患救災仍等閒。小惠些些豈望報，他年何用覓金環。

天倪

長繩難繫白日，搔首試問青天。古往今來底事，花開花落年年。

若大乾坤一箇，無端置我其中。忽忽悠悠過去，雲烟轉眼成空。

渺渺前程漆黑，焉知誰短誰長。衹有舜蹠分界，堪憑自家主張。

初秋志感

年來息影在蓬廬，天與蕭閒學著書。扇底清風纔雨後，林間爽籟又秋初。鶯花歲月鶯飛電，錦繡河山老蠹魚。舊夢昨宵回首憶，蠶叢千里未還車。

月夜集句

短衫壓手氣横秋，滿地碧雲如水流。暫借好詩消永夜，一年幾見月當頭。

中秋集句

石梁茅屋雨初乾，銀漢無聲轉玉盤。商略此時須痛飲，今年月是故鄉看。

一掬寒光浸碧流，桂花香裡過中秋。緩歌漫舞凝絲竹，久作閒人不慣愁。

手持緑酒酹蒼苔，洗淨詩脾亘古埃。今夜月明人盡望，不知誰是謫仙才。

秋晚集句

得失原來付塞翁，長將破帽裏西風。夕陽遍野人歸後，却揀蘋汀下釣筒。

屈指東歸已數年，百花潭上夢依然。此身合是詩人未，試把生平一問天。

月夜感懷

月色朗於晝，憑欄豁遠眸。蒼葭與白露，併作一江秋。遠道飛鴻杳，壯年逝水流。行藏何處卜，散澹羡沙鷗。

閒遣

高齋生白露，釀作秋氣凉。宇宙一何濶，今古兩茫茫。羣芳正葱蘢，倐忽驚萎黄。擬借緑綺琴，操縵調清商。弦急無和聲，撫膺重彷徨。

倦飛思戢翼，寄託無高枝。回頭計短晷，飄瞥去如馳。大江日夜流，霜色上吟髭。振衣望八荒，東西安所之。卞和守故璞，垂涕空漣洏。

莊周夢蝴蝶，蝴蝶夢莊周。當其栩栩時，彼此兩知不。人生誰百歲，擾攘隨浮漚。借得盧生枕，公卿仍贅疣。争似周蝶間，一夢足千秋。

冬夜偶成〔一〕

羣籟早消歇，蕭齋猶苦吟。霜寒黄葉淡，砌古碧苔深。桴炭添新火，羊裘襯短衾。夜闌渾不寐，燈影二毛侵。

【校記】

〔一〕『偶成』，《續集》作『即事』。

歲暮書感〔一〕

芳歲又云暮，盛年難我留。朔風吹落木〔二〕，寒日澹高樓。河岳煙千片〔三〕，英雄土一邱。茫茫雙眼底，不盡古今愁。

【校記】

〔一〕『書感』，《續集》《詩鈔》作『書懷』。

〔二〕『吹』，《續集》《詩鈔》作『淒』。

〔三〕『片』，《詩鈔》作『點』。

壬午

柴門

柴門閒啟處，搔首自徘徊。棲鳥寂無語，春風何處來。山猶殘雪在，樹已早梅開。擬學垂綸客，荒村少釣臺。

聞鶯

破硯消磨欲半生，時拈斑管記春情。桃花落盡楊花落，才聽黃鸝第一聲。

誌夢

覺來香夢尚怦怦，畫閣閒行欲二更。新月半弦簾半捲，落花如雪不分明。

妾薄命 擬古樂府

物腐蟲螙生，人疑讒謗起。妾貌比桃花，妾心古井水。桃花少好君所憐，井水年年祇自鮮。猖狂一夜東風惡，水蒙塵垢花失妍。花失妍無時，盛水蒙垢有時清，君胡棄妾如棄水，曾不顧念花開之日綢繆情。新人入，故人避，吁嗟棄置復棄置。妾身零落妾不辭，但顧新人遂君意。

出門

着棋擔糞兩逡巡，天壤何緣置此身。一管毛錐三尺劍，飢寒依舊走風塵。

夜宿丁家灣

不待黄鸝請，居然又遠遊。謀生無半策，結想尚千秋。雨灑將離淚，風添入夜愁。茫茫增百感，達化愧莊周。

黄蠟池道中聞鵑戲作

照眼垂楊緑意肥，筍輿高逐暖雲飛。杜鵑底事偏饒舌，才出門人便勸歸。

涪陵舟中排悶

在家厭煩囂，舟行苦寂寞。浮生無羽翼，隨處多束縛。月出每當天，水流空歸壑。喟彼涸轍魚，憫茲牢籠雀。黯黯千古愁，茫茫一時作。不知混沌初，七竅誰爲鑿。識字胎憂患，梗萍安所託。仰首盼銀蟾，何年丹桂攫。吴剛默無言，城更促宵柝。

岷江雜詠

浩浩長江水，源從絶塞來。循途資禹力，破險盪秦灰。空濶魚龍孕，奔騰日月催。誰能詞倒峽，把筆重徘徊。

一命交舟子，安危任所之。灘高隨雨上，帆小趁風移。到眼皆成畫，關心半入詩。祇應愁獨酌，不似在家時。

舟抵重慶

羣峭摩空起，雙江繞郭流。過門尋舊蹟，泊棹聽新謳。世值昇平會，人隨汗漫遊。浮圖高巀嵲，全蜀此襟喉。

義冢吟

曉發通遠門，荒墳堆巃嵸。鱗鱗魚甲密，纍纍豆瘡腫。中間陳死人，知爲誰氏壟。了無松楸蔭，間有藤蔓蓊。想當未歿時，貴賤殊百種。幾輩擅豪華，亦或饒智勇。蠅頭相角逐，蠆尾自矜寵。一旦化蟲沙，遊魂盡懵懂。朝踐牛羊跡，暮躡樵牧踵。生平足威稜，到此成虚擁。太息蜉蝣世，速于鳥羽氄。趁蚤尋紫芝，稍遲墓木拱。

榮昌旅夜

鴻爪曾留處，重尋跡已陳。店非前度主，伴結後來人。客久詩思澀，途長友誼親。不堪燈未灺，碌碌又風塵。

柳溝坡

亂山行欲盡，陡絶忽前騶。柳傍羊腸禿，雲環馬足浮〔一〕。青天今蜀道，黑水古梁州。不識翹材處，誰能讓一頭。

【校記】

〔一〕『浮』，《續集》作『流』。

抵省寓法雲寺〔一〕時家京菴兄先寓此〔二〕。

法雲何代寺，清絶此禪關。怖鴿杳無語，齋鐘相與閒。碣殘迷古篆，墻缺露遥山。每值高僧過，塵容多厚顔。

課夏坡兼潁，聯床感不禁。半生同落拓〔三〕，何日足飛騰。夢煖僧爐芋，光澄佛座燈。磨鍼功候足〔四〕，消息問南能。

【校記】

〔一〕《續集》《詩鈔》題作《抵省與家京菴兄同寓法雲寺》。

〔二〕《續集》《詩鈔》無此注。

〔三〕『落拓』，《續集》作『拓落』。

〔四〕『功候足』，《續集》作『工候好』。

甘州曲

夜半塚中聞鬼語，王八爲王天所許。可恨生兒不象賢，歌臺舞榭徒豪舉。流星輦上帽大裁，酒肆娼樓時一來。蹴鞠綵山肆謔浪，耀兵邊圉矜雄恢。嘉王雖酒悲，善敗頗先見。奈何喜面諛，淫湎不知變。畫裙結束穩稱身，桃臉柳眉諸美人。一曲甘州歌未畢，居然淪落在風塵。

帖子讖

不得燈，燈便倒，消息醋頭原了了。盡力載，止兩袋，車子謾言吁可怪。是知帝王自有真，乘時草竊空紛綸。熒惑犯雖非蜀兆，鷄鶋集豈竟無因。五鬼同朝忘借鏡，春詞帖子重成讖。保國難憑雕面兒，新年果見納餘慶。

貢院前三橋石獅子歌

貢院門前雙石獅，爪牙剥落猶蹲踞。橋頭對峙始何代，獅側居民昏不知。或云蜀國故宮物，刼火未燒當道罷。或謂熙朝重選造，壯觀䫨惔資雄姿。孰真孰否兩難決，石不能言姑聽之。想值秋高戰文際，升沉多被冷眼窺。幾輩成名耀井里，幾人失意羞妻兒。就中消息紛千變，從古疇瞞此狻猊。阿儂逐隊已再至，未獲桂林分一枝。斂衽漫學老女嫁，低頭權畫入時眉。市偽雖異麒麟楦，升階翻愁舞鶴嗤。獅乎獅乎吾問汝，讓我出頭今是誰。

同人小集寓齋，分題得詠物四首

濟世權憑舴艋舟，蒲帆百幅掛中流。風姨滿借吹嘘力，不到滄溟不肯收。風帆

購得珊瑚七寳鞭，着來未讓祖生先。長安會有看花日，肯學輕狂俠少年。馬鞭

松雲壓屋緑陰凉，百衲琴包古錦囊。不是淵明忘拊弄，朱絃疏越等明堂。囊琴

百煉剛成繞指柔，一泓秋水一函收。精華畢竟難藏秘，夜夜龍光射斗牛。匣劍

曉鐘

喚醒塵勞夢，鐘聲破曉天。人心原有覺，佛法豈無緣。了了聞根净，琅琅密諦宣。桂香來隱約，誰證木樨禪。

漢州道中望九峯山

九峯鬱崔巍，高出青天上。古雪眩吟眸，嵐烟不可障。蒼然秋色中，恢詭各殊狀。遠將華

嶽爭，近豈峨眉讓。安得侶盧敖，憑虛窮意匠。

闈中夜占

宮錦行今艷別裁，競投機杼客頻來。應知虎榜千家待，共喜龍門百尺開。落紙幾人蠶食葉，沉思盡夜鳥銜枚。捲簾燭影紅揺處，多少文光射斗魁。

中秋夜登明遠樓

是處歡聲沸管絃，憑欄側耳興悠然。當年説餅情猶昨，此夜登樓月又圓。市駿臺高誰郭隗，煎茶趣永意坡仙。三場差幸無疵累，點額成龍兩聽天。

揭曉後率成

蓬山咫尺竟無緣，大海回風太劇顛。是科與兄京菴文已俱出房〔一〕，復擯落。不信登科天有記，權衡都付菊花仙。場前有談及菊花仙事者，僕初不之信也。

粧臺學畫遠山眉，深淺年來頗自知。可奈拈花多別樣，歐梅未是出頭時。

【校記】

〔一〕『是科』，《續集》作『壬午』。

錦城閒眺

殘霞掃盡亂山開，放眼乾坤首重回。秋色遠隨楓葉瘦，古愁横帶笛聲哀。畸人落魄難違俗，豎子成名也費才。擬把窮通占造化，君平卜肆早寒灰。

擬休洗紅二首〔一〕

休洗紅，洗多紅，欲紫本色一朝渝，群疑四面起。嚚嚚讒口憑愛憎，千金之璧玷青蠅。

休洗紅，洗多紅，益變棄捐篋笥中，誰念舊時茜。團扇秋風恨難除，古來不見班婕好。

【校記】

〔一〕『休洗紅』，原作『化洗紅』，據句意及詩歌正文改。按：『休洗紅』爲樂府舊題。

歸舟

長江東下杳無邊，紅樹青山又放船。駒隙交馳人易老，蟫編孤枕夢難仙。自分碌碌生斯世，誰與冥冥證夙緣。慙愧峨嵋眉樣月，緇塵照我重偏偏。

泊嘉定望雲有感〔一〕

晝橈停處夕陽微，江上孤雲冷尚飛〔二〕。知否從龍終有分，等閒抱雨故山歸。

【校記】

〔一〕《續集》於『泊』下有『舟』字。

〔二〕『尚』，《續集》作『欲』。

登凌雲頂東坡讀書樓

讀書樓上縱吟眸，聞道三峩極目收。兩度憑欄艱一見，還思載酒再來遊。

滿眼寒烟禱不開，寺前搔首重疑猜。看山何與登龍事，也似河魚點額回。

自重慶換舟至涪州〔一〕

荻楓蕭瑟大江寒，覺岸回頭地步寬。可惜秋山多入畫〔二〕，記來容易寫來難。

【校記】

〔一〕『換』，《續集》作『放』。

〔二〕『多』，《續集》作『都』。

枯魚過河泣擬古樂府〔一〕

安宅有深淵，過河欲奚爲。一枯難再活，掩泣已遲遲。

珍重作書人，先期戒魴鯉。河干慎出入，莫待後時悔。

【校記】

〔一〕《續集》無此題注。

歸家戲占

秋風吹轉異鄉人，攬鏡塵容已失真〔一〕。穉女怕爺仍客去，牽衣步步不離身。

裘外青衫冷不温，曬來籬畔趁朝暾。老妻泪點叮嚀看，看是新痕是舊痕〔二〕。

【校記】

〔一〕『已』，《續集》作『半』。

〔二〕『看』，《續集》作『認』。

除日雜詠

連村伐鼓韻淵淵，臘盡春回又一年。擬着岑牟撾舊曲，怕教人駡柘枝顛。右臘鼓

面皮吹老錦衣殘，重向門前插脚難〔一〕。應笑人情真紙薄，迎新棄舊等閒看。右門神

柴門隨例换桃符，信筆塗來字畫粗。果是區區能嚇鬼，死人都比活人愚。右桃符

玲瓏竹爆試前宵，藉與茅簷破寂寥。莫漫猜詳荆楚法，儒家何處着山魈〔二〕。右爆竹

【校記】

〔一〕『門前』，《續集》作『朱門』。

〔二〕『着』，《續集》作『隱』。

癸未

春草 里塾剩草

燒痕未斷已離離，踏去弓鞋嫩不支。想到謝家春睡足，池塘依舊有新詩。

春晚野坐

坐久鳥聲歇，天空無片雲。蒼然暮色來，二氣澹氤氳。抱膝一長嘯，清風如有聞。淒然花下發，桃李落紛紛。

喜晴

滄溟連日老蛟怒，噴沫揚鬐逐烟霧。盪翻海水瀉長空，千丈黑雲盛不住。雷火煜煜重鞭劈，驅作淫霖無朝暮。虎蜼仰鼻抱樹死，奔流漫斷往來路。欲赴鍾山訴燭龍，巨浸茫茫不可渡。昨夢羣靈朝天閶，澹災拯溺祈紫皇。皇所種民皇自恤，飛召元冥促歸裝。祝融之屬介新寵，霞車虹靷紛騰驤。前行舒舒赤纛旗，妖螭遁走狐狸藏。汎掃沉霾眾峰出，一時鸞鳳鳴梧岡。陰消陽長絶塵壒，椎牛釃酒置高會。酒酣耳熱歌忽醒，開門曉日如盤大。

鍾靈山放歌

崑崙之脈不知幾千里，天遣一支頓於此。前峰刻轢卓礫撐青空，後峰蜿蜒作勢猶不已。包以玉柱雲，環以碧津水。夕捫飛星白，朝挹榑桑紫。不惜崎嶇陟軒昂，襟黔帶楚望茫茫。羣山虬奔鳳騫絡繹競拱向巨觀，欲與泰華衡嵩直相當。蒼然秋色從西至，熊羆元氣森開張。藏書大酉兼二酉，剖甕積鐵蹲我旁。得意置酒快一暾，便吞雲夢連瀟湘。鍾靈鍾靈真弗謬，石英鍾乳紛騰揉。梗楠篠簜亦俊材，未足爲山侈殷富。定有忠信奇傑之民生其間，胡爲未聞符彩彪炳震人寰。請今寄語讀書者，層崖須用小心攀，無令貽笑石頭頑。

冒風堆

峻嶺皆天生，茲峰更拔萃。縱橫出雲表，肯與培塿類。含和泯牙角，殊得古樸意。不峙虎豹雄，不争髻鬟媚。不甘蛟螭僵，不學蝥蚖肆。不爲洞與穴，深黑藏魑魅。不爲鬱以紆，升降疲騏驥。斐然飣餖絶，坦然齬齟悸。挺然植良材，油然茁嘉穗。譬如大聖賢，氣質本純粹。又如圭璋美，篆刻可弗事。卓立乾坤中，知能見簡易。既無險巇態，自克免崩墜。載酒試登高，諸美看悉備。

飯後偶成

飯罷渾無事，勞勞俗慮删。倦來書墮手，醒後日銜山。小立看雲出，長空數鳥還。遄飛生逸興，徒步掩柴關。

白水谿

避暑谿幽處，林森翠不開。蟲聲如雨落，石氣撲人來。扶竹衣黏粉，攀蘿屐印苔。在山驗泉水，清絶果無埃。

夏雲

夏雲上青天，佳者如美人。餘亦紛掩映，草莽雜魚鱗。薰風自南來，吹叠漢之濱。化爲芙蓉峰，縹緲矗三秦。訇然開洞穴，宮闕漾金銀。羽客去還住，可望不可親。憑誰寄莊語，天道有屈伸。會共炊烟滅，勿恃影嶙峋。

石塔道中即目

怪石當門出，牙牙似缺瓜。人烟雙縷細，村路一條斜。圃小全依竹，籬疏半補花。清機如讀畫，隔岸問誰家。

白谿

溪長六七里，兩山牆立，犬牙差互，若搏若拒，奇譎不可名狀，人從複道中行，水聲鏘然如戛球玉，雖盛夏亦忘其暑，蓋勝境也。歸再過此，小詩志之。

曉循苔磴出深谿，回首雲山望欲迷。峽逼不知紅日上，當頭一路畫眉啼。

二峯關〔一〕

一雙峯影小于拳，俯視紅塵徧大千。此處復教雲氣合，不愁無路上青天。

【校記】

〔一〕《續集》於『二峯關』前有『上』字。

晚下麻布溪

陡絶荒溪路，陰沉慘不春。巖懸風落石，月黑樹疑人。窟有潛蛟蟄，燈防臥虎嗔。平生矜膽力，到此也含顰。

秋曉感懷

新晴生白鷺，凉意滿蕭齋。歲月雙飛鳥，乾坤一病骸。秋容陪我瘦，腐氣仗詩揩。竹帛知無分，隨時且放懷。

秋夜夢得二絶

夢中之句或不即佳，然醒後爲之，往往難肖，殊莫解也〔一〕。

孤月破烟來，秋氣不可束。坐久天無語，一鳥度寒緑。

仰首星光碎，銀河欲上潮。隔林班馬鳴，黄葉落蕭蕭。

【校記】

〔一〕《初集》無此題序。

月夜聞笛

夜半何人吹玉笛，一聲驚裂山間石。披襟起聽坐月明，古調元音紛絡繹。初如豕駭如鳴犢，又如野雉升枯木。兒女嚘咿惻且悽，嫠婦孤臣泪撲簌。忽然變作水龍吟，天爲空濶江爲深。深松妖精出竊聽，凉颸謖謖生秋林。記得去年赴舉日，臥病珠江劇愁疾。有客鄰家譜落梅，三分沉疴二分失。歸來誰識此宵中，異人異曲仍同工。挑燈作詩紀其事，燈花指大光熊熊。

別齋中菊

年來倩汝助清歡，此後懸知見面難。晚節可如前度好，不妨開與別人看。

行路難

聖賢造名利，天地造山川。山川將人限，名利將人牽。君不見黃河之冰厚百尺，燕然雪花大如席。元猿口噤鵠流血，黄昏猶有遠行客。驚沙撲面紛難持，暮楚朝秦何所之。崎嶇消盡輪蹄鐵，鄉關何日是歸時。吁嗟乎！行路大難乃如此，路上行人胡弗止？爲言窮達各有方，無徒去而父母棄而妻子空奔忙！

賀冉石雲登拔萃科，並求爲翰兒作伐

騷壇百戰冠軍侯，翰墨聯緣舊有秋。我愛君真黄叔度，人言詩是白江州。果然才大天難屈，到底功深志易酬。不識鯉庭回首處，阿翁也自譽兒不。尊翁地山先生辛酉拔貢〔一〕。

措大頭銜一洗清，登科原不算閒名。如雲巨翼培風起，似錦前程接地生。本爲黎元才學問，便圖宦達亦人情。蓬山此去無多路，好把嘉猷答太平。

龍門鼓浪尚君同，霄漢相懸咫尺中。魯鈍又窺兒本色，觀摩遥想舅家風。欲攀松杪求蘿附，怕到桃源少路通。記取小窻評月夜，平林如畫葉方紅。

悟來紅葉豈無因，冰泮于今漸及春。有意敢煩修月手，隔山爲作伐柯人。姪從姑後情原順，弟與兄言義可伸。拭目看君調劑法，之官從此卜經綸〔二〕。

【校記】

〔一〕『拔貢』，《初集》作『選拔』。

〔二〕『從此』，《初集》作『憑此』。

甲申

上館日安臥榻

親持笤帚刷蠨蛸，冷澹孤衾薄藉茅。大似春來梁上燕，一年一度換新巢。

春郊散步

幾日春風暖，繁然百卉齊。偶隨流水北，閒渡小橋西。淡白徵梨夢，輕黃罥柳隄。歸來烟景外，村舍又聞雞。

夜感

有月星不大，無月星不高。高大各有時，盈虧隨所遭。委蜕在天地，九牛分一毛。大力負之走，如風撼碎濤。千古去不回，長夜同蕭騷。寄聲蠻與觸，角逐徒勞勞。順正過畢生，即此人中豪。不信看平原，白骨蔽蓬蒿。

薤露歌

哀石生也（生名維華），年二十以瘵卒。

搔首問蒼天，所司果何事。降才實已難，死之偏易易。咄嗟少年子，如生真拔萃。十八從余遊，博聞能强識。兩眼明於月，書爲㔟疑義。鎮日伏案頭，居然蝨食字。殘編與故紙，鑽研靡不至。精誠交通久，百怪入寤寐。出語便驚人，絡繹見奇致。矯如鷹辭韝，逸如駒脱轡。清如出水荷，丰姿含嫵媚。淡如雨後山，照眼多蒼翠。有時露疎拙，瘦比枯松植。亦或得頹唐，依稀伏櫪驥。自從糊口來，力學難有二。拭目望大成，乃遭造物忌。和緩死無靈，逆豎敢爲祟。竟使莫邪鋒，一割未及試。蕭蕭白楊路，遂爲瘞玉地。痛極發長號，山精亦墮淚。

我聞數不齊，壽夭從其類。惠迪天所福，從逆天所忌。之子才弱冠，刻勵求自治。昭質有何虧，前途偏困躓。譬諸在璞玉，本是連城器。光氣未騰躍，崐岡逢炎熾。又譬南溟鯤，方克化鵬背。怒飛期九霄，培風便折翅。生材不教用，立志不使遂。命理暗似漆，何趨何以避。豈真白玉樓，落成須作記。豈真騎鯨鯢，鮫室恣游戲。抑得希夷法，姑試千日睡。幻想總茫茫，徒令我心醉。悵望青楓根，負此便便笥。狂呼皋某復，恐懼來魑魅。挽歌數百言，九原倩誰寄。搔首問蒼天，所司果何事。

病感

顧來瘦影怕吟哦，日對牙籤喚奈何。好似讀書都有命，生成不許一分多。

散步

連朝小漲拍新隄，染得青苗處處齊。爲愛夕陽飛白鷺，攜兒同過水田西。

喜無

喜無熱客叩柴關，柔緑陰中自往還。日暮天高窻未掩，凉雲如雪下前山。

封狼行

酉故無狼也，近不知來自何所，種落漸繁，乘昏黑羣行，竊食民畜，不擇走飛〔一〕，荒村爲苦尤甚。歲七月〔二〕，於州南十里白晝斃孺子二〔三〕，官發軍校大索不獲。余聞而憤焉，草此爲檮杌警。

瞻仰昊天，有嘒其星。厥名貪狼，蔑視風霆。一解。維某月某日，司閽失守。遂狡焉思逞，被髮下走。二解。深山之内，廣漠之間。維彼攸宅，以育庶頑。三解。庶頑既育，有恇其兇。夜行晝伏，非羆非熊。四解。踞食羊豕，殃及鴨雞。不果其腹，蹲毛怒蹄。五解。網羅未之及，弧矢未之加。乃益狂悖，敢血人于牙。六解。婉婉弱子，于汝何辜。忍齕其骨〔四〕，而餐其膚。七解。長吏聞之，赫然斯怒。長戟酋矛，徵諸武庫。八解。勁卒如雲，大蒐原野。衆目騤騤，看從狼者。九解。載馳載逐，雖未就戮。匹夫之仇，匪終不復。十解。汝斂汝跡，毋據要津。族汝者義，貰汝者仁。十一解。勿恃窟多，再施狡獪。幾如是爲，而不顛沛。十二解。物理好還，本不難知。出爾反爾，行且有時。十三解。

【校記】

〔一〕『走飛』，《續集》作『飛走』。

〔二〕《續集》於『歲』前有『甲申』二字。

〔三〕《續集》於『十里』下有『外』字。

〔四〕『骨』，《續集》作『腹』。

七夕戲占

未必天人便大殊，一言我欲問慈烏。雙星此夕年年會，可有熊羆入夢無。

秋田有螣行

農夫終歲勤四體，指日嘉禾足嘉米。離離苞穎一望同，忽然淫雨來日中。黏葉不墮珠走荷，須臾盡作蜘蛛窩。明晨啟視蟲猶嫩，兩日三日長及寸。初時蠕伏學竊賊，黄昏始出肆蠶食。族大膽壯氣漸横，剽掠公然白晝行。隴頭落日輕飈起，有聲咄咄驚人耳。田祖神先不我弔，烟火秉畀誰能此。老蟲毒盡死且僵，化爲蚱蜢已飛揚。小蟲猶自誇肯穫，吞噬狂狠同貪狼。苗稀蟲密摧傷早，白穗綿綿半枯槁。大枝小枝落滿田，早稻摇風立如草。今歲夏初才苦飢，菜色之民骨未肥。秋至又爲螟螣苦，哀哀老農泪如雨。吁嗟乎！皇天未必甘降割，衹恐自作之孽不可活。皇帝愛民如子孫，誰爲奔走泣血叩君門。

閏七夕

一年一次渡黄姑，大巧那能送海隅。今夜不須重話别，傳針應有剩工夫。

秋夜口占

蝙蝠低飛處，書聲歇座隅。月來山徑白，人啟紙窻孤〔一〕。涼露清成滴，稀星淡欲無〔二〕。

此中饒畫景，腹稾倩誰摹。

【校記】

〔一〕『敁』，《初集》作『倚』。

〔二〕『稀』，《初集》作『疏』。

中秋賞月倣香山《池上篇》體爲同學侑飲

中秋之樂，歲歲年年。今夕何夕，樂莫大焉。淫雨忽霽，皎月當天。微雲點綴，五色暄妍。我偕我童冠，布我几筵。有酒在尊，有餚在籩。不煩金石，不借管絃。一觴一詠，禮讓後先。我意諸生，與彼嬋娟。朗朗相對，豈緊無緣。願各暢飲，酒聖酒賢。願各豪吟，詩佛詩仙。得兔忘蹄，得魚忘筌。余雖不能一斗一石，亦可陶然於丹桂之側，緑菊之前。

黄葉課徒作。

籬門點點逗踈烟，畫出茅簷小雪天。忍俊不禁朝雨後，喫虛無奈晚風前。吟來瘦影思張繼，寫到丹心憶鄭虔。閒把茶鐺親料理，待他殘葉自家煎。

落葉〔一〕

寒霜日日裊風條，敢向人間説後凋。古戍零星鴉影淡，斜陽襯貼馬蹄驕。江山轉眼皆陳迹，漁火何心問板橋。擬把春光相預借，殘魂暗使杜鵑招。

【校記】

〔一〕《續集》於題下有注云：『課徒作。』

初冬晚眺二絶〔一〕

才看黄葉稀，又看黄葉少。巷口夕陽斜，人烟高於鳥。

天寒星不動，樹老月無聲。屋角烟疎處，棲鴉一點明。

【校記】

〔一〕《初集》無『二絶』兩字。

解嘲

十日中間九抱疴，前身原是病維摩。近來更比梅花瘦，不爲吟詩用力多。

介廣惠夏姑丈壽〔一〕時年九十有二〔二〕，眼見元孫，州刺史以聞，得邀旌典。

雲鵬踪跡發南黔，公先世貴州人。蔗境嘗來老益甜。五代兒孫雙眼見，九疇福命隻身兼。龍章近自楓宸錫，鶴算還憑海屋添。的的銀泥輝映處，知公一讀一掀髯。

親舊人人拜下風，敢將頌禱避雷同。自誇年少青衫客，得見開元白髮翁。面目不知秋已至，精神猶是日當中。何難滿副期頤祝，額錫『慶衍期頤』四字。重沐恩綸沛蜀東。

【校記】

〔一〕《初集》於『壽』前有『九十二』三字。

〔二〕『時年九十有二』，《初集》作『公名璽』。

十一月二日出門

昔日出門去，盛氣殊栩栩。今日别家人，頗覺風塵苦。老妻解此意，背地珠淚傾。炊黍熟多時，詭言天未明。破書七八卷，故衣三兩身。爲我壯行色，一一費經綸。祇有小兒子，穉憨真可笑。不識别離難，蒙頭學貓叫。

小蓋山

不知天遠近，信足共雲升。峭壁支殘雪，嘶流囓斷冰。蒼茫成獨往，冷煖問誰矜。回首初登處，烟迷路幾層。

自龔灘至江口

人道此江境，奇險天下無。每當盛夏來，舟過不須臾。乍可規模認，常懷領畧粗。邇來逢冬乾，水小灘力枯。山靈與河伯，一一呈鬚眉〔一〕。如讀韓柳文，逋峭未可摹。如觀岣嶁碑，光怪與時殊。積鐵立四隅，飛虹貫中樞。應接目不暇〔二〕，晦明幻蟾烏。始知天地間，舊徑皆新途。寄語讀書人，勿笑書蝨迂。大嚼江瑶柱〔三〕，真味定糊塗。

【校記】

〔一〕『鬚眉』，疑當作『眉鬚』。按：詩用『虞』韻。

〔二〕『目不暇』，原作『日不暇』，據句意改。

〔三〕『瑶』，原作『瑤』，據句意改。按：『瑶柱』又稱『江瑶柱』，爲貝類肌乾製品的統稱。

邊灘癸未年，山左崩石墜江中，灘遂險絕。

巨石截中流，長江擁怒虬。驚人風力峭，噴雪水聲遒。險阻開生面，安危付小舟。一詩吟未畢，已過數峰頭。

大霧上柳溝坡

隔簾問輿夫，狠心爲何故。扛我上天來，茫茫入烟霧。但聞雞犬聲，不辨往來路。輿夫啞然笑，境好君奚怖。晦者明之機，險夷理可悟。矧兹黯慘内，宛爾雲車御。俯視下界人，相去不知數。休歌行路難，峯巔等閑度。

除夕書懷

作客元龍憾未平，茫茫景物又重更。虹霓吐氣知何日，湖海飄蓬半此生。秉性工愁催老大，讀書無用悔聰明。眼前幾點英雄淚，忍待宵來背地傾。

候蟲吟草卷二

乙酉蝸寄山房小草

春日感懷〔一〕

我不如烏烏烏，春來集菀不集枯。我不如魚育育，蜃窟鮫宫憑往復。五尺僝軀費主張，十年奔走官道旁。鷫鷞膏冷劍花落，鵾雞絃短琴蕭索。于今簷宇尚依人，歲月天涯瞥眼新。仰天但見白日速，長驅誰與扶風輪。飛鳥遺之音，不宜上宜下。春首筮得小過。後事肯教龜筴靈，前身未必麒麟假。當風擊碎青珊瑚，恥把升沉再問成都賣卜者。

【校記】

〔一〕《續集》於『春日』前有『蝸寄山房』四字。

九老詩

廣都宋西橋前輩以此命題，一時倡和甚盛，僕與幹墨崖（名維楨，温江學。）聞之，亦各有作。

峩峩冠帶出神京，授業空山少送迎。一代儒宗推老子，四夷使至問先生。風流不礙紅裙侍，憒樂憑教白髮爭。祇愧君恩多未報，常占疏稿到天明。老儒

自向雲中唱凱旋，征袍不着已多年。疲驢瘦入湖邊月，短鬢疏留塞上烟。每顧韡刀增感慨，即聽風鶴尚流連。誥身老去渾無用，換買香醪學醉顛。老將

不住桃源不算仙，耕餘回首笑華顛。爲他稂莠勞心力，躭我園林誤少年。雞犬一家桑柘古，兒孫滿眼菊松鮮。客來若問徐元直，莫道龐公在目前。老農

命宫註就水生涯，垂老依然踏浪花。愛替兒孫朝結網，慣因風月夜移家。窮途渡過蘆中客，

仙境曾迷洞口霞。話到滄桑憐鷸蚌，而今冷眼不看他。老漁

記從柯爛賦歸來，甲子輪流又幾回。屢翦荆榛因礙眼，多留杞梓爲憐材。乾坤此擔何時放，霜雪欺人短鬢催。不用老妻頻囑咐，久知滑處是蒼苔。老樵

曾隨和緩辨膏肓，遊遍天涯藥一囊。不信醫貧原有術，可知療妬本無方。鍼人泉石心如醉，老我烟霞髩也霜。爲語兒曹須達化，上池水好莫輕嘗。老醫

少年讀易詣元微，甘作垂簾老布衣。龜筴豈能知我事，英雄聊與説天機。百錢度日貧猶昔，三字憐卿貴不歸。醉後摩挲新白髮，顏含達命世間稀。老卜

白頭忽忽上烏鴉，鸞子樓空夕照斜。剩有閒情緘豆蔻，敢將幽怨訴琵琶。消魂如我猶飛絮，絶代何人不落花。寄語錢塘蘇小小，早辭紅粉學當家。老妓

一領袈裟瘦不支，難瞞老態是修眉。關防雲去門長鎖，料理香殘錫自持。託鉢久除蔬筍氣，傳燈還起子孫思。平生自幸回頭早，未逐飛花墮溷籬。老僧

初夏晚眺有懷芳圃，即以柬寄

輕暖輕寒四月天，垂楊近水欲生烟。無端棖觸風流憾，張緒違來已半年。
池塘青草夜聽蛙，笑語温温自一家。知否故人如落絮，隨風飄泊在天涯。

自錦城歸館過繅絲處，偶一屬目，主人疑爲市絲者，因戲占一絶

爲愛輕黄映柳枝，文章經緯看時宜。漫勞織女殷勤問，不繡平原不買絲。

青城紀遊

偶發遊山興，胸中便有山。出門雙眼濶，下學一身閒。竹樹參差處，烟雲杳靄間。真棲知不遠，明日快登攀。

郫縣道中即目〔一〕

修篁通别徑，流水隔塵囂。落葉無人掃，隨風過板橋。

老樹半參天，葱蘢隨意緑。幽禽去復來，問是誰家屋。

【校記】

〔一〕《初集》題作《過野人家》，僅録第一首。

郫城客舍醒後戲題〔一〕

杜鵑聲静雨凄凄〔二〕，城内有杜宇墓。一枕清凉曙色迷。可是姊歸歸意嬾，不教愁絶五更啼。

【校記】

〔一〕『戲題』，《續集》作『戲占』。

〔二〕『静』，《續集》作『後』。

子雲亭

問字門多載酒人，草元才調本無倫。分明老骨曾投閣，肯信違心著劇秦。

過嚴君平墓道

一畫劃破陰陽竅，神人大哭聖人笑。刼灰不染祖龍塵，龜守胡爲忘體要。天爲宓犧生嚴公，熒熒明月翦雙瞳。掀翻旁門飛伏陋，與子言孝臣言忠。學節日食限百錢，學遯不肯圖凌烟。學復自知恒一德，學并辨義巽行權。能盡易之用，由得易之體。不然不作京房洪水陻，也須郭璞日中死。烏乎泥途獨曳尾，先生高風可知已。康節而下道式微，慧戈難借魯陽揮。悠悠耳食靈著歎，只將奇蹟艷支機。

灌城

老樹槎枒出，融成緑一灣。人家多傍水，雉堞半依山。襟帶雄三峽，咽喉鎖百蠻。奇情吟不就，妙手問荆關。

鎖龍橋

衆水争門下，奔騰不可當。神功留禹鑿，駭浪費周防。沙暖長隄臥，津疲老佛僵。倚欄凝眺久，一鶻薄蒼茫。

離堆

羣峯從西來，一峯勒不住。飛出水當心，蹲猊森愕顧。洪濤一噴薄，石怒水尤怒[一]。雷電走盤渦〔二〕，蛟魚莽争路〔三〕。喧豗裂虛空，沫濺風生樹〔四〕。迴波偶得勢〔五〕，驚遁如脱兎〔六〕。息喘坐亭陰〔七〕，雲入不知數〔八〕。剥蘚讀舊題，好手悲難遇〔九〕。何如聽江聲〔一〇〕，隱隱風濤句〔一一〕。

【校記】

〔一〕『石怒水尤怒』，《詩鈔》作『石激水逾怒』。

〔二〕『走』，《詩鈔》作『起』。

〔三〕『魚』，《詩鈔》作『鰐』。

〔四〕『沫濺』，《詩鈔》作『濺沫』。

〔五〕『波』，《詩鈔》作『漩』。

〔六〕『遁』，《詩鈔》作『奔』。

〔七〕『坐』，《詩鈔》作『憩』。

〔八〕『入』，《詩鈔》作『多』。

〔九〕『好手悲難遇』，《詩鈔》作『古人難再遇』。

〔一〇〕『何如聽江聲』，《詩鈔》作『忽聽大江聲』。

〔一一〕『隱隱風濤句』，《詩鈔》作『似吐噌吰句』。

出鎮夷關

奇峯面面吞人起，争赴江頭壓江水。林深箐黑啼老狨，羊腸一綫剛容屐。我來夏五月，散髮晞天風。石穴噴冷雲，邀我入鴻濛。成佛成仙不可了，中有亭臺高於鳥。歷盡蒼崖百尺梯，回頭但覺塵寰小。問誰揮斧下大荒，剖開山尻蛟螭僵。木魅無知夔魎遁，此情千古終茫茫。吁嗟乎！白日苦短，青山易秋。人生得地不行樂，貽笑局促車中囚。幸當太平日無事，窮髮雕題稽顙至。流沙莽莽盡編氓，不勞迂儒議取棄。鐵牡苔侵夜不關，更深猶放野雲還。不妨緩把摩崖筆，寫到青城絶頂山。

謁二王廟

冷翠餐堪飽，登臨不憚勞。到門深樹合，倚檻亂峰高。石氣生新砌，江聲撼怒濤。怪來山雨驟，遊屐未能豪。

將至青城爲雨所阻，遂望崖而返

到江指青城，蒼翠已在目。山靈知我至，招邀衆峰肅。飛影争來迎，咫尺入林麓。不應太狂縱，長歌競衙囂。驚起石潭龍，噓雲滿山谷。連天塞無縫，雷雨紛相逐。巨壑怖欲摇，高崖將拔木。愛山終愛命，占成不遠復。一笑語山靈，勝遊煩再卜。

歸途占

看山便自惹相思，步步回頭未忍離。算到此身腰脚健，他年或有再來時。

下新津

萍踪原不定，隨意又孤征。信步多疑路〔一〕，逢村每問名。烟來風有色，鷺立水無聲。暗把閒雲祝〔二〕，寬留幾日晴。

【校記】

〔一〕『信步』，《初集》作『信足』。

〔二〕『暗』，《初集》《詩鈔》作『擬』。

舟中望見新津山影

瓜皮小艇疾于梭，兩槳無聲水不波。對面忽驚山一髮，舟人遥指是烟螺。

大水〔一〕

瀟瀟風雨黯離愁，電掣雷轟勢未休〔二〕。熱浪遠兼殘雪下，西番古雪常以盛夏化水入江。長空横擁斷雲流〔三〕。魚龍水郭思争路，雞犬人家欲上樓。我本一身如泛梗，不妨權借屋爲舟。

【校記】

〔一〕《初集》題作《大水口占》。按：口占爲即興創作，字句難免有欠工穩熨帖處，故特標『口占』二字，《全集》所收已煉字煉句，故删除『口占』二字。此例於馮集中屢見亦可見出詩歌創作中實質性異文的産生機制。

〔二〕『勢』，《初集》作『怒』。

〔三〕『長空』，《初集》作『長江』。

雨後夜坐

凉雲溼不飛，漏月墮窗空。蟲語多於客，隱約相嘲弄。何如水上鷗，栖遲自伯仲。興言駕雲車，雌霓未可鞚。千里數往還，安得身如夢。

和王篠泉四燈詩〔一〕

停驂剛問夜如何，依樣蜻蜓眼欲波。點逗吴頭還楚尾，分明江滸更山阿。銷魂怕祝長檠幻，

顧影常防短鬢皤。閒語主人休笑客，封侯骨相此中多。客中燈

多生書債一生償，料理吟哦夜夜忙。花樣似今開亦好，病容傳我肖無妨。倦來易惹遊仙夢，恨是難分隔壁光。偶觸閒情看太乙，杖藜何祇借劉郎〔二〕。館中燈

纔剔蘭釭掩素紗，眉山皺處便天涯。一春好夢愁難續，半壁癯痕寫不差。小玉分香添冷淡，吟蛩偎葉自喧譁。年來無限傷秋意，都覺難瞞是此花。閨中燈

蘆花瑟瑟月油油，絶代銷魂火一篝。似豆似星漁笛外，半明半滅蓼灘頭。湘雲入夢難留影，商婦搊絃易感秋。幾度江干親送客，餘觴爲汝又添籌。船中燈

【校記】

〔一〕『四燈詩』，《初集》作『四首』。

〔二〕『祇』，《初集》作『獨』。

揭曉後偶成

敢將玉尺怨量材，剩有閒情劇可哀。天上神仙歸去盡，家鄉猶望好音來。

愁

不教人知自戒嚴〔一〕，佯歡强笑勝趨炎。也曾消遣琴三弄，可奈分明月一簾。意態傴真纔枕角，深沈難諱又眉尖。憑誰借取并州剪，剪斷餘根夢亦恬。

【校記】

〔一〕『教』，《初集》作『遣』。

夢

幻中依舊惜惺惺，巫峽雲歸雨乍停。鹿覆蕉邊防是誤，客來花下恐無靈。佳期屢被鶯聲阻，好事那禁旅夜醒。賴有鈞天歌一闋，蒙頭彷彿尚堪聽。

蹉跎

峥嶸歲月已蹉跎，捉鼻臨風可奈何。海内論交知己少〔一〕，天涯作客苦人多〔二〕。模糊夢冷難爲蝶，潦草書成莫换鵝。抑塞久安慵斫地，酒酣拔劍又悲歌。

【校記】

〔一〕『海内』，《詩鈔》作『慷慨』。

〔二〕『天涯作客苦人多』，《詩鈔》作『艱難作客古人多』。

冬夜偶成

天涯梅影又横斜，空把魚緘寄内家〔一〕。識字小兒知望父，應隨阿母卜燈花。

【校記】

〔一〕『魚緘』，《續集》作『魚函』。

自遣

歲闌人事日多般，酬應隨緣未忍删。翻是在家輸在客，兩年贏得一冬閒。

除夕

寂寞夜窗虚，鄉心逼歲除。憐才詩自祭，養拙禮多疏。况味羞雞肋，生涯悔蠹魚。不知親串處，今晚意何如。

丙戌 借園小草

移館陳氏借園

芳草如雲緑未齊，名園新借一枝棲。藤梢橘刺清於畫，燕子歸來路不迷。

春晚獨坐

日看江東去，雲深不見家。人慙春有脚，蝶笑夢無花。糟粕書千卷，羈栖水一涯。坐來烟月上，樹杪又歸鴉。

寄芳圃

孤燈紅處影離離，常恐歸來短髩絲。幸是閒身如竹子，平安兩字報卿知。

消夏

新篁簇簇映寒沙，雲過無聲鳥不譁。綠户半開窗半掩，晚凉移坐數歸鴉。

名心灰冷久無詩，雨打蕉窗夢不知。睡起新晴紅日上，一痕凉雪望峨嵋。

檄蚊三首

造物無長夏，常恐衆彙殲。不虞長養恩，容汝競趨炎。陰賊汝天性，聲響已人嫌。况當鼾鼾時，睡鄉味正甜。妄以么麽技，痛爲下鍼砭。觸我窮愁亂，攪我别恨添。賴我少殺心，縱汝飛且潛。謂當秋氣肅，市散難久淹。云胡不自量，計得鋒益銛。能撩日知怒，中夜啟韜鈐。行將事掃除，中令先沾沾。

其二

二氣鼓洪鑪，清濁尚混茫。一從人物判，貴賤各分行。我方惻然矜，汝偏愍不畏。飛而食人肉，黄昏便鼎沸。不知儒者流，心苦血不甘。妄當禁臠嘗，狡獪復何堪。示汝五字詩，用作義旗布。汝速鼎取新，汝速革去故。翻然學寒蟬，飲露秋樹顛。不則爲醯雞，甕中足芳鮮。一誤勿再誤，趁此謀自全。

其三

聖人重改過，王法嚴怙終。饕餮性不移，大非可憐蟲。我將秉慧燈，多助召奚童。四塞斷歸路，牡鞠縱火攻。麈尾亂揮繫，步伐捷于風。尸汝烏合衆，逃竄無虚空。肉食能幾何，頓不有其躬。此際縱知悔，噬臍將何從。汝如不吾信，孥戮爾自窮。汝有徙義心，展限十日中。

中秋客感

有用韶光取次過，不堪回首望烟蘿。家如皓月圓時少，人比秋鴻客處多。兩字寓公增感慨，百年豪氣漸消磨。燈前笑問離離影，短鬢能青更幾何。

夏間傷於瘈犬，服滲洩藥過多，經秋精神猶憊，同學諸子信祈禳，爲余延巫，終夜紛若，明日草此相示

淵淵闐闐數聲鼓，法師登壇咒白虎，人鬼忘形相爾汝。勾引誰家白面郎，翠翹雲鳳試新粧，流目送笑稱師孃。一隻豚蹄一盂酒，禮徧黄泉及北斗，增福增壽不容口。紙錢風冷燈光青，巫

神閃出貌狰獰，居然持疏奏天庭。天道不比人道邇，不誠恐無能格理，況向冥冥決生死。終夜勞攘作睡難，五心煩熱兩眼乾，本爲求安轉弗安。平明起把法師呼，汝言甘露如醍醐，畢竟法師還死無。

和王藎臣茂才四首〔一〕

偶管閒愁浪寄書，胥悲那爲食無魚。年來轉怕雙飛夢，醒眼天寒月上初。露華如水月如烟，回首分飛又兩年。渺渺平沙聲入破，嬾將心事託箏絃。

右孤鴈

不堪憔悴老風塵，作客還餘未了因。流水小橋疎柳外，晚來情緒倦如人。留滯經秋未得歸，憑誰故國問烏衣。天涯幸有同心伴，常與雕梁静處飛。

右客燕

【校記】

〔一〕《續集》無『茂才』二字。

秋晚遠眺

振策出蕭齋，飄飄隨所步。蒼茫秋已老，落葉紛無數。暝色來前村，鄉山渺何處。引領望飛鴻，鴻飛我不顧。親知日夜疎，少壯誰能駐。遁世求神仙，恐爲虛妄誤。一篇歸去來，好學淵明賦。

續客中燈

賦到青燈便罪愆，天涯作客笑年年。幾番醒眼春無賴，百種閒愁暑不蔫。鬢影斂來孤枕外，蟲聲涼入早秋前。從今嬾問珠花卜，星蕊憑他夜夜鮮。

賀王藎臣新婚

廣寒宮外客星過，望見雲楣喜氣多。知是玉皇香案吏，才從月窟會姮娥。

王昌風格最翩翩，畫裡前身認謫仙。不審昨宵銀燭下，玉人相對更誰妍。

東歸晚泊薛濤井歸帆小草

鈴語依稀聽不清，淡雲微月晚風輕。枇杷花下停舟處，算是還家第一程。

嘉州登凌雲頂

不辭縹緲一襟寒，奮躋山頭得巨觀。健鶻盤風來隔岸，溼雲如絮起憑欄。神停白馬聽僧説，寺出烏牛冒雨看。羡煞髯翁嘗載酒，峨嵋山色佐朝餐。

舟宿南溪

疎烟縷縷樹層層，隔着漁燈更蟹燈。星影壓船天不夢，山光浮水月生稜。眼前城郭明於畫，脚底魚龍喚欲膺。清味者般誰共賞，暫留吟草待人謄。

渝州

豁眼渝城近，從容繫小舟。旗檣灘上月，人語酒家樓。地險風烟壯，江空日夜流。更闌羣動息，歸夢滿山頭。

涪陵

落日澹涪關，輕舠送客還。槎枒明古樹，蕭瑟逗遥山。水較來時淺，烟仍昨歲閒。計程家漸近，前路快躋攀。

雪夜宿響水洞

難恃羊裘禦晚風，權隨凍鳥宿冰叢。籃輿恍惚來天上，板屋分明入畫中。小佐鹽醯村菜碧，平煨榾柮酒鑪紅。白頭老嫗康强甚，向客殷勤决歲豐。

下手扳崖

羊腸走晴日，險仄亦已極。况此滑澾時，趾垂二分窄。俯視千尺潭，隱罩雲氣白。蒼藤一引手，十指盡辛螫。罡風破山來，冰巖驚欲坼。失足詎可想，森然動心魄。便捷巧扶持，頗賴輿夫力。蹩躠下平地，重裘猶汗澤。回顧所來徑，青天漏一隙。

鹽井坡

已覺家鄉近，翻嫌客路長。磴緣飛鳥上，雲比筍輿忙。峽逼風聲陡，天寒日色蒼。梅花又春信，隱隱送新香。

抵家

層層竹樹沍寒雲，卸罷行裝已夕曛。作客江湖曾幾歲，還家骨肉半新墳。余客西川纔兩載餘，家間喪伯叔父母及堂弟兄〔一〕、猶子輩凡人七人。升沈有數原難測，短折何因苦不分。堂弟銓、侄文延皆年少〔二〕。秉燭夜闌重問訊，滿堂淒切感離羣。

【校記】

〔一〕『伯叔父母』，《初集》作『伯母叔父』。

〔二〕『侄』，《初集》作『猶子』。

雪夜訪芳圃，因宿其家

會短離別多緒牽，蠶叢濡跡忽三年。幾回望汝雲如海，此夜聯牀雪滿天。絮語說來偏有味，雞聲報罷未成眠。一般盛氣消磨久，燈蕊從教作意鮮〔一〕。

【校記】

〔一〕『從教作意鮮』，《初集》作『憑他朶朶鮮』。

丁亥

出門志感

歲暮纔回作客車，春風吹我又天涯。住無多日原難别，壯不如人敢戀家。莽蕩雲山憑短劍，團欒桑梓讓飛鴉。何時卸却奔馳苦，料理長鑱自種花。

元宵舟次長壽，望月有懷

江城處處沸笙歌，火樹無烟水不波。第一良宵先在客，此生真負月明多。

上金銀坡

爲憐輿子走芳塵，屢借蒼崖草作茵。貼背重裘皆汗澤，勞人端的是金銀。

榮昌道中

行役早春天，仙鄉景物鮮。花兼殘雪放，山抱嬾雲眠。古戍明初日，孤村入斷烟。葛翁何處訪，出境尚流連。

途次見早燕

薄暖輕寒古道旁，曉來猶自見清霜。不知巷口銜泥燕，底事營巢比客忙。

即日

參差竹樹護籬根，落日烟寒半掩門。亞字欄干人倚處，紅藤一架也銷魂。

隆昌旅夜題壁

君不見逆旅當年困馬周，鳶肩火色空夷猶。作奏一朝邀殊賞，鵬起鯤池焉可留。又不見淮陰乞食憐漂母，簞豆莫舒寒餓苦。倏忽將臺換釣臺，咄嗟噲等疇能伍。男兒底事生窮鄉，悵望前途殊渺茫。馬足頻年摧峻坂，牛衣甚日辭王章。千古英雄當意失，饑驅曾不一錢值。道左徒令鬼揶揄，伯樂風胡何處覓。

曉發内江

一枕黄粱夢未成，輿夫催起又宵征。前村膈膊雞初唱，遠樹模糊月不明。嚼苦已同殘蠟盡，回甘猶冀蔗稍清。黄金見説臺仍築，知否能從薊北行。

資陽道中

春城如畫外，驛路認曾經。古戍遲朝旭，寒烟罥短亭。霜輕塵不動，山好睡初醒。未便窮途哭，憑他眼斬青〔一〕。

【校記】

〔一〕『蹔』，疑當作『暫』。

抵省出南門

別去無多日，重來柳已稊。菜花香滿路，江水緑平隄。寺古春仍静，天遥望欲低。誰家小桃李，隱約漸成蹊。

春曉口占

有誰宵柝警嚴更，自覺愁多夢不成。殘月曉風親切聽，漸催春老是啼鶯。

夏日入城〔一〕

適烟消雲斂，水天一碧，途次回望，雪山起伏延緣，若遠若近，耳目爲之雙清，占此志幸〔二〕

朵朵蓮花白，凌虚插太清〔三〕。有緣消熱惱，無分比聰明。縹緲仙難住，高寒畫不成。草堂問詩史，此景寫誰精。

【校記】

〔一〕『夏日入城』，《續集》作『夏入蓉城』。

〔二〕『占此志幸』，《續集》作『惜才劣不足以盡其狀也』。

〔三〕『插』，《續集》作『混』。

夏日雜詠〔一〕

蕭條長日閉門居，千古人來聚讀書。適興不知腰帶減，癯痕寫出上燈初。

閒階一雨長青苔〔二〕，掩映修篁翠作堆。半臂欲加翻又嬾，座間時有冷雲來。

烏皮几上夢初醒，起步回廊月滿庭。小唾忽驚棲鳥散，細花如霰落冬青〔三〕。

【校記】

〔一〕『雜詠』，《詩鈔》作『雜興』，僅選其二。

〔二〕『青苔』，《詩鈔》作『莓苔』。

〔三〕『如霰』，《初集》作『和露』。

訪秋 課徒作

積雨空林暑氣收，闗心尋過板橋頭。絲絲倦柳昏黃後，畫出天涯一段秋。

燒春村口揭新帘，餉饁時應酒價添。恰有鄉心棖觸處，野棉花發刺梨甜。

聽秋

沸耳笙歌聽未休〔一〕，角聲吹起又邊愁。二分變徵三分月，不是離人已白頭。

雨霖鈴夜更蕭騷，蟋蟀吟來氣不驕。幸是小窻孤燭畔，尚無殘響咽芭蕉。

【校記】

〔一〕『笙歌』，《初集》作『疎砧』。

蓼花 課徒作

天心那解厭繁華〔一〕，纔罷荷花又蓼花〔二〕。幾點亂紅鷗雪外，平分秋色羨漁家。

【校記】

〔一〕『那』，《詩鈔》作『也』。

〔二〕『罷』，《詩鈔》作『過』。

蘆花

素波淼淼月徘徊，又見寒蘆似雪開。吴楚一家秋氣合，應無人向此中來。

喜饒祥菴、冉崧維至館作

鴻飛冥冥不到地，目斷天邊幾行字。大江東去㘭西流，尺素難期尺鯉寄。連朝客子正思家，忽然乾鵲噪檐牙。舊雨遠從天際落〔一〕，倉皇疑是眼生花。驚定良久才自喜，琹書幾日離桑梓。茫茫鄉緒雜雲來，欲問知從何處起。兩君恐我淚汍瀾，爲傳口語説平安。并言連袂出山意，耳熱竟忘秋氣寒。夜深回首東川東，行程半出蛟龍宫。惡浪打船心欲碎，難誇膽力乘長風。况復來時多酷熱，簇簇火雲峰巀嵲。十里山無一里平，致令鄉人重離别。紅塵匝月走蓬蒿，誰似兩君意氣豪。帶得烟霞雙脚底，日中息擔天爲高。從此神鋒重磨礪，幾曾金虎泥沙蔽。拭目英華貫斗牛，天香且劚蟾宫桂。

【校記】

〔一〕『天際』，《續集》作『空際』。

偶成

錦江秋色艷於春，菱葉蓮房次第新。瘦到西風山一角，分明擁出畫眉人。

題賀友人納寵書後〔一〕

孟嘗食客本無魚，燕賀聊憑一紙書。竊得陳言悄問汝，將新比舊竟何如〔二〕。

縑素還須細忖量，貧交從古視糟糠。歸來會有輿評在，莫學人間薄倖郎。

【校記】

〔一〕《續集》於『題』前有『戲』字。

〔二〕『竟』，《續集》作『意』。

送京菴兄之新疆後，即買舟東歸，途中感而有作〔一〕

頻來離合太匆匆，君正西行我又東。有限韶華驚逝水〔二〕，中年兄弟尚飄蓬。謀生鼠笑搬薑拙，厚累蟲難負販工。塞外清笳兼曉角，遥知感喟定相同。

【校記】

〔一〕『感而有作』，《續集》作『感賦』。

〔二〕『韶華』，《續集》作『韶光』。

舟中排悶〔一〕

琴劍蕭條一舸輕，江天搔首若爲情。摶沙世宙空來往，總角交游半死生。漫詡雪泥鴻有印，翻愁棺蓋鬼無名。滄浪幾欲從漁父，鼓枻難消感喟聲。

【校記】

〔一〕『排悶』，《續集》作『遣悶』。

江口弔長孫太尉

竄逐渾忘貴與親，忍心天子有金輪。可憐蓬顆江邊塚，竟是凌烟第一人。

泊舟綠陰軒下偶成

一樹榕陰帶薜蘿，勞人幾度此間過。軒前題碣都零落，祇有芳名永不磨。

歲暮還里〔一〕

大雪滿天地，空山遊子歸。韓盧識主人，掉尾迎柴扉。入門卸琴書，指凍不能揮。回憶别家日，垂楊緑未肥〔二〕。去來曾幾何，凉燠遽乖違。裘敝無黑貂〔三〕，何以禦嚴威。幸有老妻諒，殷勤爲下機。

【校記】

〔一〕『還』，《續集》作『歸』。

〔二〕『肥』，《續集》作『萋』。

〔三〕『裘敝』，《續集》作『敝裘』。

除夕志感

頻年作客錦江湄，冷澹生涯筆一枝。蝸寄事同鳩婦拙，飈輪影逐日車馳。藏來鼠璞憑誰售，换到桃符轉自嗤。百歲光陰能有幾，可堪長晝入時眉。

候蟲吟草卷三

戊子 里塾剩草

自笑

自笑謀生拙，頻年仗舌耕。板牀稜減鋭，硯瓦凹成阬。老我營巢燕，驕人出谷鶯。文章期報國，薄命恐難爭。

寄京菴兄 時館懋功屯李鐵村司馬署中〔一〕。

無數閒愁訴不清，最難忘是弟兄情。雨中衾枕春逾戀，病起池塘草又生。冀野雖逢孫伯樂，鄉人終望鄭康成。願君努力如名將，凱奏刀環早載賡。

【校記】

〔一〕此注《初集》作『時館金川李鐵村先生署中』。

跋石雲《借病吟草》後

我病不能吟，君吟翻借病。聲呻響倍堅〔一〕，力弱氣愈盛。冠蓋憶京華，舊題補新詠。驪探千里外，一一珠光迸。跌宕入青史，風議尤持正。上手慰英魂，鬼膽落梟獍。其餘各體詩，婀娜含剛勁。高可愈頭風，清能解宿醬。瘧不奈君何，君自有情性。

【校記】

〔一〕『倍』，《續集》作『益』。

春晚散步

晚來無俗慮，信步出柴關。春草緑千里，夕陽紅半山。漁歸鷗夢熟，樵下嶺雲閒。畫稿兼詩意〔一〕，痴情未可删〔二〕。

【校記】

〔一〕『兼』，《續集》作『並』。

〔二〕『痴情』，《續集》作『情痴』。

園蔬吟四首録二

羊藿

羊藿本蘘荷，名緣音近徙。厥性好依陰，林邊植尤美。春初嫩筍抽，已足供箸匕。敷葉類薑苗，駢根亦其匹。清秋茁犢角，籜色兼紅紫。粲粲見黄花，爛縻將尺咫〔一〕。及茲未花時，采之佐甘旨。酒醋漬之可生食〔二〕。生熟均可啖，酸鹹任所使。山家數清供，風味差堪紀。云何古通儒，泚筆淆真似。或疑即蓄苴，又謂甘露子。竟將治蠱能，實功忘所以。敢援《急就章》，惟《急就章》注最的〔三〕。正名自隗始。

【校記】

〔一〕『縻』，《續集》作『糜』。

〔二〕《續集》無此注。

〔三〕《續集》於『注』下有『説』字。

海椒

内則濡雞豚，包實惟苦蓼。茲物始何代，周諮多未曉。胡秦異方言，長沙人謂之『胡椒』，北人謂之『秦椒』。紅黄殊大小。海椒老則色紅〔一〕，間有黄者〔二〕，大或長四五寸〔三〕，小則僅二分許。用較韭薤多，辣比薑桂好。啟脾功實宏，助火過尤少。暇日撤辛盤，窮源披本草。神農既見遺，嘉祐亦無考。緊惟花草譜，旁列遞幽窅。番椒及海風，形性殊了了。急抄入食單，庶以資搜討。

【校記】

〔一〕『海椒老則色紅』，《續集》作『海椒多紅色』。

〔二〕《續集》於『有』下有『色』字。

〔三〕《續集》無『長』字。

鏡〔一〕

鑄出江心後，那聞照屢疲。妍媸兩莫怨，衡鑒本無私。

升沈閲歷多，明白長自保。可怪過來人〔二〕，紅顔頻醜老〔三〕。

【校記】

〔一〕《初集》題作《詠鏡》。

〔二〕『可怪過來人』，《初集》作『試問箇中人』。
〔三〕『紅顔頻醜老』，《初集》作『朱顔誰不老』。

夏雨遣懷

濛濛細雨溼階苔，寂寞蓬門晝不開。微有幽禽穿樹出，了無嘉客帶雲來。百年歲月愁中過，兩字功名夢裡灰。世味祇今真嚼蠟，一編寒瘦且徘徊。

早秋夜占

槁葉聲蕭瑟，庭隅氣已秋。遥看青嶂外，不盡白雲流。遠信遲鴻鴈，閒情憶女牛。月明誰共賞，慷慨獨登樓。

雜感集張船山句

豪氣如雲次第收，中年身世不勝愁。誰從塵海迴青眼，夢到沙場已白頭。幾卷遺書猶好在，求生無地出奇謀。故人莫笑詩情減，蓬鬢相看易感秋。

深談渾忘月三更〔一〕，宿雨全消遠樹晴。花下不妨同醉死〔二〕，眼前何處着書生〔三〕。非關結習除難盡，畢竟神仙學未成。二十年來深自惜，團欒真樂勝公卿。

【校記】

〔一〕『深談』，《船山詩草》作『夜談』。

〔二〕『花下』，《船山詩草》作『花底』。

〔三〕『眼前』，《船山詩草》作『眼中』。

烏夜啼

秋夜沉沉難達曙，鴛鴦瓦冷凝清露。老烏啼向井欄西，朱顔鏡裡人非故。人老烏不惜，烏啼人自悲。願將依依返哺意，啼與天涯輕薄兒。

病起

哦松瘦骨共支持〔一〕，泉石烟霞兩痼之。一榻白雲纔出夢，半林黄葉又尋詩。披襟尚怕秋風肅〔二〕，捉鼻翻嫌夜月遲。自笑膏肓緣底事，生逢國手恐難醫。

【校記】

〔一〕『支持』，《續集》《詩鈔》作『支離』。

〔二〕『肅』，《詩鈔》作『早』。

歲暮吟〔一〕

菰蒲獵獵烟茫茫，風輪盪日無精光。鴻鴈南飛冷欲墮，狐狸吹火潛陰房。對茲殘年催急景〔二〕，拊髀倍覺憂心怲。空聞世上有神仙，千古誰留隙駒騁。君不見人生少壯能幾時，昔日黑頭今已絲。樽前有酒不成醉，請誦山樞蟋蟀詩。

【校記】

〔一〕《續集》《詩鈔》題作《歲暮偶成》。

〔二〕『對茲殘年』，《詩鈔》作『殘年寥落』。

寂寞

寂寞冬殘候，宵來未掩關。牆低時見月，雲嬾薄依山。高詠無人和，牢愁且自刪。平心清夜氣，氣静覺心閒。

雪

絶少郢中客，能爲白雪歌。烟塵清二酉，古淡憶三峩。銀海春如畫，瓊樓夢未訛。莫嗟寒徹骨，幽趣此間多。

讀南唐書偶成

酒禿

南唐時事多反覆，飯顆肉林難託足。貴游半被鐵䈴篨，終日醄醄惟酒禿。祝髮原期脱緇塵，醍醐灌頂幾曾經。舉頭但覺乾坤窄，因願長醉不願醒。不結辟支緣，不希羅漢果。欣逢麴尚書，傾倒真知我。無懷歲月葛天民，居然酒國有長春。放教醉死梅花下，便與劉伶作比鄰。

書袋

文字初開鬼夜號，延緣述作同山高。百聖千賢此中出，下猶墨客供牢騷。但作書幮已可恥，掉來書袋尤堪鄙。不思腐臭化神奇，日把詼嘲諧俗耳。酸氣上干祝融怒，蝨簡蟫編恣一炬。舊典燎原數未終，蓬廬不知何處去。昔聞新莽附會多，變生官禮來干戈。旋席自隨北斗坐，尚説漢兵如予何。世間無獨必有對，大小不同同憒憒。祖龍發憤焚典墳，禍起驪山引經輩。

梅花

瘦影横來碧水濱，一枝摇曳隔年春。憑誰畫取蕭疏意，寄與騎驢覓句人。

己丑

記得

記得頻年手澤加，夭桃穠李盡紛拏。不知別後春如許，幾樹能開得意花。

山居

斂跡在深山，頗得山中趣。松竹共蕭森，閒雲自來去。憑欄縱遠目，烟靄一齊赴。春色入前村，開徧花千樹。小詩猶未就，鳥語已成句。

無事掩關臥，心清夢亦清。衆鳥先人起，嚶然百種鳴。日高露未晞，山帶前峰横。動静各有適，對之足怡情。情怡酒正熟，塵念安從生。

春郊散步

九十春將老，偷閒偶出遊。飛低憐乳燕，眠穩讓沙鷗。金石有時泐，神仙何處求。誰能《齊物論》，達化問莊周。

新竹

濛濛香粉脱霜皮，屋角牆陰謹護持。得地已經看日上，出林猶自怯風欹。空中雨霽天争色，深處雲來鳥不知。俗相到君消滌盡，愧無能備買山貲。

新荷

香風過處影田田，色韻憐渠兩占先。偏有幽懷盟白水，了無塵氣負青天。依稀解珮人如玉，縹緲難求路隔烟。羡煞波心嬾鷗鷺〔一〕，一生偎傍緑雲眠。

【校記】

〔一〕『羡』，《續集》作『妬』。

友人約遊二酉洞，阻雨不果

抹塗行脚課三餘，賞析時時悵索居。失喜雙丁期勝日，消閒二酉訪奇書。丹文緑字知何似，蝨簡蟫編想不如。可奈娜嬛慳眼福，殢人風雨五更初。

一枕

一枕羲皇逸興添，醒來新月已廉纖。風聲涼入翛翛竹，書味清回昔昔鹽。思賦小園追庾信，恨無彩筆夢江淹。熊魚自古難兼得，且把狂吟答玉蟾。

便宜

山齋日落氣清新，濃緑如雲不動塵。涼月一鈎穿户入，便宜對影覓詩人。

一雨

一雨嫩寒生，門前行跡杳。清瘦入山骨，紅塵淡如掃。擬持衍波箋，寫此秋容好。百感忽然集，立身苦不早。秋色自年年，秋吟人已老。

秋日雜詠

梧烟澹宕暈新晴，處處人家打稻聲。老我硯田偏晚穫，秋高猶自待深耕。

一堤楊柳一堤烟，烟正濃時柳失妍。畢竟多情情不死，隨風絲颺又纏綿。

蒼髯釣叟老忘機，鎮日持竿對翠微。一幅秋容誰畫取，蘆花吹滿緑蓑衣。

箬笠芒鞋自主張，攜兒隨意過滄浪。鷺鷥比我清閒甚，拳立灘頭曬夕陽。

懷舊

吟鞍歸自浣溪邊，忽忽閒居又二年。剩有羈愁懷錦里，不堪别緒訴箏絃。夢回蟋蟀三更月，詩冷桃花十樣箋。箕潁漫誇巢許穩，恐難竟作在山泉。

冬雪寒甚，適芳圃家遣人送炭至，喜作長句謝之

匝地漫天三日雪，硯池水作層冰結。拈毫擬賦苦寒行，爪指凍皴揮不得。冷眼多君有熱腸，

綈袍知我定荒涼。分來洛下獸形炭，免費顧家書室糠。拜受致謝託奚奴，急撥紅泥小火爐。老瓦新醅試緑蟻，乾坤春氣回斯須。長歌感此難捫舌，忽覺興高重彩烈。却笑賃舂梁伯鸞，眼前也復因人熱。

雪霽

頓覺寒威減，晴從快雪回。檐牙乾鵲噪，牆角早梅開。愛日淡如許，可人期即來。儘堪鏖白戰，擊鉢漫相催。

除夕

狼藉杯盤向晚天，四鄰竹爆尚喧闐。可堪送舊迎新處，逝水韶華又一年。

者番春信送梅花，桑梓團欒幸不差。編罷新詩還自祭，詩情棖觸復天涯。

天涯回首憶蠶叢，羈泊窮年幾歲中。最是此宵孤燭畔，淒涼不與四時同。

又戲占一絶

曾逐兒童學賣獃，壺中日月遞相催。而今更事無獃賣，雨落知從屋裡來。

庚寅

山中有奇樹，寄勉友人作

山中有奇樹，手澤本先民。節目多磊砢，枝柯復輪囷。爲抱冰霜操，肯争桃李春。闇然百卉間，閲歷歲華新。匠石過弗顧，長材難具陳。長材雖勿陳，且自全其真。明堂待梁棟，賞識奚無人。

石柱

山骨藴靈奇，孕兹柱石巧。崔巍挺地脊，岝崱出雲表。半壁撑東南，終古無傾倒。振衣躡其背，屐高羣木杪。盪胸有殘霞，咳唾驚過鳥。苔髮看蒼蒼，村烟俯了了。紅塵飛不來，即此是瑶島。

春郊即目

羣花落盡柳依依，獨過谿橋盼夕暉。匝月未攜閒處屐，一春多閉病中扉。池塘雨後生蝌蚪，巖壑晴餘長蕨薇。羡煞龐眉垂釣叟〔一〕，一簑長對緑苔磯。

【校記】

〔一〕『叟』，《續集》作『客』。

喜友人過存

羅可門前設，多君日夕來。一樽聊共把，雙眼更誰開。風雨蒼茫會，雲山跌宕才。相期俱努力，莫畏鬢毛催。

讀書雜詠

混沌初開時，陰陽乍分剖〔一〕。上騈生耳目，桑林生臂手。讕語昔曾聞〔二〕，卮言毋乃苟。試問媧皇前，人無知覺否。五官倘不備，厥狀尤奇醜〔三〕。遽推衆物靈，笑哆談天口。

明月照八紘，見蝕於詹諸。騰蛇游紫霧，偏偏殆蝍蛆〔四〕。月魄非不偉〔五〕，蛇力非不神。當其受制時，魄力無從伸。始信天地間，物各有所窮。不見磁石性，引鐵不引銅。老楓化羽人，朽麥爲蝴蝶。青甯程馬間，展轉無休歇。種荷巖石上，枯萎難成英。蓄火眢井中，火亦失沉熒。聽其所自然，生生殊不已。一朝違本性，智巧誰能恃。屋成鼠即至，池開魚即滋。試問鼠與魚〔六〕，橐籥誰爲司。魚冥既罔覺，鼠塞兩端持〔七〕。大造不自造，物理或如斯。喟彼閻浮衆，躍冶浩無涯。甘作不祥金，徒貽後世嗤。

【校記】

〔一〕『乍分剖』，《續集》作『乍判剖』，《詩鈔》作『始判剖』。

〔二〕『讕語』，《續集》《詩鈔》作『此語』。

〔三〕『厥』，《續集》作『形』，《詩鈔》作『其』。

〔四〕『蛆』，原作『且』，據《續集》改。按：『蝍蛆』爲蜈蚣別稱。一説爲蟋蟀別稱。

〔五〕『非』，《續集》作『詎』。

〔六〕『問』，《續集》《詩鈔》作『叩』。

〔七〕『塞』，原作『空』，爲『塞』之異體，《續集》《詩鈔》作『空』。

乞巧辭

雕欄百尺凌空起，寥天寒碧瑩如水。雲母屏風燭影紅，開簾掩映暮烟紫。誰家阿纖正妙齡，博山爐畔拜雙星。不知乞巧乞何事，未許他人半字聽。

望月吟

溪面月如烟，山頭月似水。溪月山月兩不同，月在天中仍一耳。有時溪月上窻來，金光細碎生莓苔。有時山月下窻去，荇藻縱横凝積素。砌蟲唧唧徹夜鳴，似向姮娥訴不平。老兎含笑寒蟾泣，玉輪碾破秋空碧。

輓莫川冉四

爲交大陸識清芬[一]，絶艷驚才歎不羣。利市襴衫偏後得，愛人冬日竟先曛。模糊黑白天疑夢，詠詭岐黄我欲焚。昨歲蚤知成永訣，肯教容易便辭君。

一簇花紅瘦不支，算來可是九分時。蟲雕易嘔心中血，羽化難逃刼外碁。得正蓋棺非草草，臨終遺緒尚絲絲。輓聯自寫平生事，如此從容合有誰。莫川垂危時，猶自擬輓聯〔二〕。鸒門何不小盤桓〔三〕，蝴蝶才飛夢已闌。欲付楹書黄口小，頻收老淚白頭難。鴒原縱有椿萱託，雲路終教羽翮單。剪燭夜深披本傳，乃兄石雲爲作傳〔四〕。滿堂風雨不勝寒。芙蓉泉下築疑城，怪事人人説曼卿。莫川將殁前夕〔五〕，鄰某夢其爲喻家莊土地〔六〕。生就聰明應有分，全抛骨肉恰無情。池塘此後空春草，風雅憑誰繼正聲。麥飯他年如過訪，莫將車笠便忘盟。

【校記】

〔一〕『清芬』，《初集》作『阿雲』。

〔二〕《初集》無此注。

〔三〕『小』，《初集》作『略』。

〔四〕此注《初集》置於末句『滿堂風雨不勝寒』下。

〔五〕『殁』，《初集》作『死』。

〔六〕《初集》於『鄰』下有『人』字。

仲冬又有錦官之行，出門口占

琴劍匆匆又打包，朔風吹雪點征袍。道旁一任梅花笑，未得成仙敢憚勞。

破書幾卷自隨身，門下相從大有人。時饒祥菴、冉柯亭二生同行。一路時時商舊學，這回寂寞忘風塵。

大江舟中竹枝三首録一

輕舠買得似瓜皮，每到灘頭力不支。上岸大家齊把縴，馬門摇曳小紅旗。

舟中雜詠〔一〕

小小蘭橈短短篷，坐來時趁一帆風。倚窗得句吟聲響，驚起眠鷗淺水中。

矮几玲瓏玉不如，半安筆硯半安書。誰知鼓打回飄處，正是先生作客初。

【校記】

〔一〕『雜詠』，《續集》作『偶成』。

曉發隆昌

耿耿殘燈夢未成，輿夫催起趁宵征。多情最是如鈎月，照管行人到五更。

抵省後重過工部草堂〔一〕

少陵遺蹟在，一過一彷徨。背郭偶爲宅，空潭終古香。藤梢留橘刺，鷗夢落滄浪〔二〕。無恠劍南老，徘徊永不忘〔三〕。

聞昔誅茅候，殷勤植四松。舊居重繾綣，老幹已葱蘢。此日竟安在，高吟誰與同。惟餘門外水，千載見清風。

【校記】

〔一〕『草堂』，原誤作『華堂』，據《初集》改。

〔二〕『落』，《初集》作『入』。

〔三〕『徘徊』，《初集》作『關心』。

辛卯

春日書懷〔一〕借園後草〔二〕

欲叩鴻濛未有因，眼中青史盡陳陳。風花易了生前局，金粟誰知現在身〔三〕。荷鍤隨行真達士〔四〕，傳餐娱老亦通人。牢愁會覓銷除法，肯負韶光九十春〔五〕。

【校記】

〔一〕《續集》《詩鈔》題無『春日』二字。

〔二〕《續集》《詩鈔》題下無此注。

〔三〕『知』，《詩鈔》作『安』。

〔四〕『達士』，《詩鈔》作『達者』。

〔五〕『韶光』，《續集》《詩鈔》作『流光』。

浣溪道中占〔一〕

一路春風暖，人從畫裡行。菜畦花欲盡，麥隴浪將生。水淺難浮筏，雲閒不入城。幾時息塵坱，溪上學躬耕〔二〕。

【校記】

〔一〕《續集》題作《春日之錦官浣花道中偶成》。

〔二〕『溪』，《續集》作『隴』。

青羊宫小憩

太息青羊肆，頻年短轡過。布衣仍落拓〔一〕，駒隙失蹉跎。命豈文章憎，窮偏歲月磨。逍遥輸羽客，高臥碧雲窩。

【校記】

〔一〕『落拓』，《續集》作『拓落』。

歸館過蘇坡橋題壁〔一〕

垂虹静處暫勾留，片片韶光望裡收。柳葉青舒雲外眼，桃花紅近酒家樓。誰將玉局留遺愛〔二〕，我自蠶叢戀舊遊。擬向橋邊醉醽醁〔三〕，春來早典鷫鸘裘。

【校記】

〔一〕《續集》題作《蘇坡橋小憩》。

〔二〕『留』，《續集》作『傳』。

〔三〕『橋邊』，《續集》作『橋頭』。

春晚散步〔一〕

花落不知數〔二〕，春風吹捲簾〔三〕。一鳩啼晚日，雙燕上危檐〔四〕。道遠鄉愁重，春殘客緒添。橋邊閒着屐，聊此寄遐瞻。

春夏將交處，炎凉兩不分。遥山明古雪，老樹閣行雲。坐久馴鷗恠，香濃宿麥熏。槐安何處國，蟻走正成羣。

【校記】

〔一〕《續集》題作《散步偶成》。

〔二〕『數』，《續集》作『處』。

〔三〕『春風』，《續集》作『輕風』。

〔四〕『雙燕上危檐』，《續集》作『雙蝶度危檐』。

聞笛

誰家吹笛大江深，盡把殘紅換緑陰。不待曲中聞折柳，令人早起故園心。

荷錢課徒作。

想名一個夢難圓，水面浮沉忽滿千。照影自應驕赤仄，如兄始合號青泉。風波定後神愈王，鵝子窺來眼欲穿。我亦臨流貪不諱，雙雙摘向杖頭懸。

感懷

北溟有巨魚，六月摶扶起。奮飛入天池，水擊三千里。蠢彼鱗蟲類，神化乃如此。昂藏五尺軀，宇宙稱男子。憔悴老風塵，草元空滿紙〔一〕。庭前種桂樹，卅載花不蕊。嚴霜日夕催，盛年知復幾。仰首盼青雲，何時能息軌。

【校記】

〔一〕『元』爲『玄』之諱改。按：『草玄』指揚雄《太玄》，後世以『草玄』指潛心著述。

中秋闈中望月

雲斂天空月皎皎，姮娥依舊此間好。可憐花下白袍人，棘院重來今已老。仰首梯蟾分有無，沉思跋浪魚多少。樓閣誰爲五鳳修，筆鋒孰克千軍掃。青衫拭淚悵年年，黃絹摛華防草草。出頭或者見交讓，入彀終焉不自保。兩耳笙歌夜氣清，三更燈火文光繞。前場得意幾足據，此夕薦元疇偏早。眼中五色易迷離，頰上三毫難探討。升沉且聽命所定，得失安用心如擣。裁箋按拍譜霓裳，一闋歌成天已曉。

駟馬橋即古昇仙橋。

平地昇仙有夙因，莫嘲奔走老風塵。高車駟馬還鄉處，未必今人遜古人。

揭曉獲雋志慨

見背椿萱已數年，襴衫脱處轉淒然。瑩瑩幾幅泥金帖，吉報那能到九泉。

赴鹿鳴宴

逐隊霓裳月色侵，桐焦才幸遇知音。于思怕被嫦娥笑〔一〕，分得天香不敢簪。

【校記】

〔一〕『嫦娥』，《初集》作『姮娥』。

解館别同學諸子

硯食曾經兩度來，從遊大半出羣才。每因馥郁心花燦，頓使頹唐眼霧開。鼓瑟無端歌鹿野，飛帆指日别龍媒。也知望我多賒願，僥倖難頻轉自猜。

聚首連年願已違，行雲促我故山歸。劇憐遠别人將老，况復長征馬不肥。慷慨分金都易易，悲凉執手重依依。異時采藻梯蟾後，莫把魚緘忘一揮。

嘉定登東坡樓憶京菴兄時留省

樓外秋聲落葉乾，到來不覺泪汍瀾。機雲入洛懷空切，坡潁連牀事漸難。旅夢君應孤客枕，歸途我欲悔儒冠。何時載酒同登眺，共把峩嵋帶醉看。

抵家

竹樹玲瓏映晚霞，蓬門深處有歸鴉。將迎未敢煩鄰里，依舊黄昏始到家。

壬辰

祭墓並謁諸同宗

拜掃年來事久虛，今春才得薦豚魚。親疎計日過存徧，可幸從前是族居。

峽口

曉日烘殘雪，蒸雲滿太空。千山沉紫翠〔一〕，一氣走鴻濛。鞭影來天上，溪聲出樹中。渡頭何處是，駐馬問村童。

【校記】

〔一〕『沉』，《初集》作『横』。

題《邯鄲夢》圖

鈞天罷後又華胥，一枕青蕘夢不虛。屈指邯鄲將一過，夢中滋味竟何如。

送冉石雲之錦官鄉試

柴門日日盼征鞍，片雨絲風作意寒。掃盡炎歊留冷翠，天池六月待鵬摶。
多年臭味共苔岑，閲歷如君事事深。可信翻新花有樣，入時依舊是無心。
桂花香馥管城秋，妙手還應占上頭。爲語故人歸及早，天涯郭李好同舟。

大風雨上隘門關同石雲作

烈烈變風聲，乾坤生黲黷。雷雨破空來，勢將裂地軸。怒挾天瓢傾，險增窮岫蹙。喧豗兩耳聾，恍惚羣蛟出。大壑驟成河，危巒紛拔木。籃輿互挽推，性命幾難續。風定召驚魂，日斜下平陸。異事憬然悟，奇文宛可讀。尋常境界中，咫尺波濤伏。一手抉鯨牙，千夫駭鼠目。况當燒尾際，尤有電光逐。帝謂甚明明，爲君佳兆卜。

龍潭舟中紀程草

忍泪辭親串，輕裝學壯遊。水深才没骭，灘小恰容舟。奪險篙聲怒，争先櫂影遒。前程五千里，此日算從頭。

保靖縣

羣山圍一縣，木落望中稀。恠石撑雲出，鷩禽帶水飛。烽烟餘廢壘，舟楫亂斜暉。去去重回首，何時畫裡歸。

銅柱在會溪故城對岸。

銅柱挺峩峩，前勳繼伏波。柱爲五代時楚王馬希範所立〔一〕。誓留三楚重，柱鐫馬與土司彭士愁誓辭〔二〕。威慴百蠻多。歲月苔難蝕，風霜字不磨。千秋遺蹟在，欲去重摩挲。

【校記】

〔一〕《續集》《詩鈔》此注云：『柱爲五代時楚王馬希範立，上載與土司彭士熊誓。』

〔二〕《詩鈔》無此注。

鳳灘

舟人動色戒，濤吼鳳灘來。古樹回頭失，神祠劈面開。山摇青不定，瀑激白成堆。過後方知險，乘風興欲灰。

自保靖至辰州，紀以短句

楚山如鬭雞，再厲復再接。楚水如怒猊，十盪必十決。山水莽争奇，作勢兩不歇。輕舟蝨其間，飄摇渺一葉。罡風破空來，黄泉界轉睫。昨夜抵辰沅，似魚出丙穴。山厰江更寬，夢魂差妥貼。爲語舟中人，造物巧調燮。出險終就平，小心占利涉。

自辰州至桃源

山勢過辰州，奇㓞益無理。蒼茫迷向背，斷齶紛填委。牙牙虎豹蹲，𧒾𧒾蛟螭起。森森劍戟利〔一〕，幅幅旌旗靡。積鐵立深黑，綬帶縈青紫。懸崖蝙蝠飛，古樹蒼藤死。瀑布時一墮，盡力壓江水。朝夕各殊觀，陰晴無定軌。惜不遇昌黎，硬語肖詼詭〔二〕。惜不逢柳州，奇文狀崜羲。妙手失倪黄，礬頭疇濟美。咄嗟天地間，顯晦良有以。不獲素心人，埋没類如此。

【校記】

〔一〕『利』，《詩鈔》作『銛』。

〔二〕『肖』，《詩鈔》作『盤』。

桃源道中

籬竹家家向晚天，炊烟飛出夕陽前。尋常一様閒村落，才入桃源便覺仙。

武陵道中

經霜桃李尚成蹊，乾鵲羣飛凍不啼。日落平沙天水碧，蒼茫雲樹認川西。

焦圻阻雨俗名椒溪。

輕舟剛借一帆風，竟日淫霖又惱公。賺得江頭好兒女，倚欄笑指小旗紅。

舟中偶成

鳥飛難盡楚天寬，雲樹深深釀薄寒。半臂東坡閒坐讀，恨無人作畫圖看。

長湖阻風

婚宦勞勞鬢欲斑，天公暫教此中閒。連朝自揭孤篷坐，飽看長湖四面山。

安陸遇順風

刮地東風緊，長江浪接天。賓朋驚險絶，城闕望蒼然。櫓迅如飛鳥，帆高欲化烟。襄陽行已近，快着祖生鞭。

南陽道中望卧龍岡〔一〕

軟塵平碾一輪孤，欲訪茅盧日已晡。爲問岡頭雲起處，卧龍依舊有人無。

【校記】

〔一〕《初集》無『南陽道中』四字。

曉發襄城

荒雞啼破五更寒，草草勞人夢未闌。凉月半規沉曉角，平沙千里速征鞍。地隣燕趙悲歌易，行近蔡陳飽食難。時大飢。畢竟此生誰子似，好留面目後人看〔一〕。

【校記】

〔一〕『後人』，《初集》作『後來』。

二馬車短歌

踴躍辭風濤，買車樊城口。只道遷安安，誰知轉否否。組舞轡與驂，此法近無有。輿夫趨夾道，一鞭長在手。叱咤學霸王，疲螺踉蹌走〔一〕。殷殷春雷鳴，逢逢鼉鼓吼。趺結坐其中，瞻前難顧後。宛邱屢打頭，子賤時掣肘。傾仄巉下灘，昏瞀如中酒。戰戰齒交擊，趙羅痁作陡。兩眼眩生花，天地低昂久。息轍苦未能，挾輈良不偶。將身等糠粃，簸揉備諸醜。郎當經浹旬，精神才抖擻。看山姑强項，得句聊肯首。一笑襟上塵，撲落應五斗。

【校記】

〔一〕『螺』，疑當作『騾』。

汴梁道中

冰壓黄河浪不雄，雲烟過眼總成空。東都喬木餘王氣，南國佳人有衛風。化去蟲沙妖草白，現前輪鐵軟塵紅。茫茫幻海原堪笑，阮籍何因哭路窮。

濮州大風

驚沙簇簇撲征輪，對面人來認不真。二十餘年萍水客，者番纔算走風塵。

除夕宿山東腰站題壁〔一〕

平生遊屐淹鼉叢，萍影西來又忽東。隴首雲飛千里夢，河梁月落五更風。飄零劍佩無長策，孤負聲名是小馮。老去漸知離別苦，客愁交集此宵中。

長塗無暇問刀環，百感茫茫不可删。驥老只應甘伏櫪，雲閒何事苦離山。全抛骨肉心如醉，飽閲塵勞鬢欲斑。十日平原難痛飲，明朝僕馬又開關。

【校記】

〔一〕『題壁』，《初集》作『有感』。

癸巳

早發劉智廟

荒雞猶在夢，官道馱鈴響。不肯戀新年，阿誰矜壯往。輿夫趣我興，攬轡征車上。遠火見微茫，寸心時惝怳。所幸霜華乾，未妨沙路廣。雙轂任奔馳，可作絕塵想。

瓦橋關

風緊角聲乾，蕭蕭易水寒。斷雲沉古渡，晴雪拂征鞍。關偪春燈亂，時平戍火殘。更闌重振策，未暇訪燕丹。

下第

一第關何事，如棊着又差。花飛春已暮，鄉遠夢無涯。去去憐僮僕，行行感歲華。捫懷仍有玉，刖足究堪嗟。

四月十五日出都〔一〕

得失疇能付塞翁〔二〕，出都輿馬盡匆匆。無多朋好能通氣〔三〕，有限年華易轉蓬。惱我鶯聲剛雨後，驕人柳色又風中。晚來元髮頻窺鏡，生恐明朝大不同。

【校記】

〔一〕《初集》無『四月十五日』五字。

〔二〕『疇』，《初集》作『誰』。

〔三〕『能』，《初集》作『堪』。

夜過銅雀臺

賣履分香地，千秋粉黛空。荒村迷斥堠，戰鬼哭英雄。月慘天無色，沙黃夜有風。輪蹄成獨自，弔古悵誰同。

早過黃粱鎮〔一〕

疏星掩映月迷離，行過邯鄲夢不知。試問青甆高枕客，夢時何似醒來時。

浮雲富貴本無方，四十年來味太長。畢竟神仙仍是夢，誤人何苦説黄粱。

【校記】

〔一〕『黄粱鎮』，《續集》作『邯鄲』。

沙市病起

自魏家營暴病，反復延緣，幾致不起。抵樊後遇高醫楊某，得少差，至沙市始能坐立，因占此。

半月來沙市，沉疴始漸蘇。畏風長鍵户，調藥自煎爐。道遠雙魚杳，燈昏一枕孤。呻吟猶未起，同病悵奚奴。

哭覃超

超，同里人也，從余至京，還過磁州，亦抱病，竟没于滏河舟中。載至常，葬北郭外，哭以詩。

共命占行役，依依逭半年。再來仍有願，一返竟無緣。暮雨江城畔，秋風草樹邊。淒清成永訣，痛汝泪潸然。

再過桃源〔一〕

烟樹迷離翠不開，神仙無分衹空回。閒情尚可誇漁父，曾向桃源返棹來。

【校記】

〔一〕『再』，《初集》作『歸』。

晚泊保靖

城郭依然是，歸來興不同。雨忙雲落絮，灘漲水生風。人海遲征鴈，關山弔草蟲。塵勞行欲卸，行色莫匆匆。

七月十八日抵家

痛定重思痛，兹行劇可哀。一寒幾不起，九死僅能來。親舊從頭問，鄉閭作夢猜。驚魂招未得，剪紙自徘徊。

冬夜偶成〔一〕

寒燈澹對似枯禪，刼火蘇來百慮捐。恰有名心灰不盡，夢騎孤鶴又遥天。

【校記】

〔一〕《續集》題作《寒燈》。

甲午小嫏嬛剩草

過馬喇湖就館〔一〕

歌聲聽慣是驪駒，春正歸來我戒途。二月鶯花纔病起，一天風雨又饑軀。青山笑客應移檄，白眼逢人欲諱儒。得食啞啞親哺子，垂楊深處羨栖烏〔二〕。

【校記】

〔一〕《初集》題作《出門》。

〔二〕『烏』，原作『鳥』，據《初集》及詩歌用韻改。

題城碧山房〔一〕

斗室何年闢，幽棲得自然。松聲長帶雨，雲氣半成烟〔二〕。小咳雲驚座，閒吟月滿天。纖塵飛不到〔三〕，雅稱御丹鉛。

【校記】

〔一〕《初集》於題下有注云：『在州上際里馬喇湖。』

〔二〕『雲氣』，《初集》作『嵐氣』。

〔三〕『纖塵』，《初集》作『囂塵』。

四十自嘲

勞生幾輩竟期頤，到此無聞事可知。覽鏡怕添雙鬢雪，嘔心空積一囊詩。阜螽趯趯縈歸夢，風柳年年綰別離。寂寞夜燈堪慰處，父書能讀有癡兒。

春晚偶成

一笑春光去，閒居日又深。髯松留鶴守，孫竹學龍吟。雨細有時住，雲來無處尋。陳編隨意讀，澹對自愔愔。

讀四子書雜詠示同學

讀書貴能信，而亦貴能疑。疑後信乃堅，層級本如斯。人非我亦非，人是我亦是。黑白兩不分，聖門焉用彼。煢煢雙眸子，勿受古人蒙。昂昂七尺軀，莫作應聲蟲。

聖言如日月，千古仰其光。或從牖隙窺，或自管端詳。或緣水底印，或借磚影量。見自有深淺，日月何低昂。彼此互非笑，本體終茫茫。請當無雲時，醒眼觀穹蒼〔一〕。

漢儒釋經典，讖緯紛騰揉。細義牛毛密，大旨吞舟漏。有宋諸賢出，心燈耿列宿。一洗筝琵聲，獨聽鈞天奏。但其所持論，往往過窮究。本意豁迷途，轉或開疑竇。

犬馬皆能養，傳義沿包注。守禦與服乘，導彼有先路。不敬等獸畜，意本枝官附。棄其磊落文，取厥贅疣句。晨鐘暮鼓心，棒喝良有故。子道比犬馬〔二〕，將身已無措。何必擬不倫，斟酌當小誤。

用意貴忠厚，忠厚聖爲尤。一旦稱人賢，比其父犁牛。此語雖有受，斯情或未優。安知師若弟，當日非代籌。罕譬作金篦，爲世豁雙眸〔三〕。腐史及家語，漢晉所旁搜〔四〕。異論多歧出，沿誤竟千秋。

衛君待子政，子方爲之臣。正名果立郢〔五〕，臣乃廢其君。九法先已斁，三綱先已淪。言之且不順，此意安能伸。伊尹放太甲，亂賊效其尤。霍光易安邑，被劾田千秋。聖論果如斯，曷怪迂仲由。

陳恆躬弑逆，沐浴而請討。魯眾加齊半，算勝謀亦老。就使非聖言，義未爲不好。胡爲程先生，盲左一筆掃。兵凶戰危事，用眾詎草草。康侯更迂濶，時勢全弗考。先發乃後聞，奇計堪絕倒。

聖人仁管仲，分明仁其功。桓糾誰兄弟，此義不相蒙。世儒讀《春秋》，未克觀所通。各據一字書，紛紛即墨攻。生竇骨已朽，疇能証異同。寃哉王與魏，長在株連中。

蒲盧謂土蠭，匏瓜謂天星。人訓相人偶，曲説誠不經。折枝本折肢，蹙額爲蹙鼻。別解可旁參，勿盡塵羹棄。大抵聖賢言，海涵兼地負。紬繹在虛心，雌黄休信口。

讀書貴知人，知人須論世。李悝與商鞅，任土非一例。商鞅開阡陌，計亦迫于時。究竟井牧規，掃地盡因茲。李悝盡地力，其意殊不然。課農惰者勤，各自糞其田。視熟上中下，立法爲平糴。穀賤農弗傷，年饑國可給。漢代耿壽昌，隋之長孫平。損益成二倉，百世定章程〔六〕。至今蒙恩施，當時誦愷悌。莫爲牽綴書，功罪同醜詆。

【校記】

〔一〕『醒』，《續集》作『洗』。

〔二〕『比』，《續集》作『同』。

〔三〕『豁』，《續集》作『刮』。

〔四〕『漢晉』，《續集》作『漢魏』。

〔五〕『果』，《續集》作『苟』。

〔六〕『損益成二倉，百世定章程』，《續集》作『斟酌準時宜，損益二倉成』。

礐山園題辭

園故冉竹田先生遺蹟也，聞亭臺花木稱盛一時，中葉後久荒廢。壬辰春，其裔孫和因故址爲層軒。軒成，徵詩於所知〔一〕，嘉其能復古者，題贈競取先焉，余獨以風塵僕僕，未遑也。今夏雨窻無事，檢故紙，得所寄竹田先生《春杪即事》詩，即用其韻補作寄之〔二〕。

覽勝尋遺蹟，曾來畫閣西。夕陽人不見，明月伴空攜。石怪惟蹲虎，苔荒半雜泥。肯堂偏有後，園好又成題。

爲屋仍依樹，縈紆一徑深。翛然延世澤，清絕稱閒吟。藤老龍將化，松高鶴有陰。蟪蛄聲不斷，先生詩集名。側耳待追尋。

繞户山如笏，登臨逸興饒。鳥窺茶鼎過，風挾墨花驕。吹月渾宜牧，穿雲不礙樵。雕欄閒倚處，韻事自朝朝。

朝暾生雨後，輝滿翠微顛。花密香成海，篁新緑補天。捲簾恣燕掠，疏石導泉穿。僮約申明禁，良宵戒蚤眠。

選勝邀嘉客，軒窻面面開。箏琵咸入座，裙屐各登臺。紅藥翻新句，幽蘭話舊培。杯盤狼藉後，酒暈笑顔堆。

新機知不盡，一到一徘徊。蟻熟纔燒筍，魚肥又舉杯。霜清黄葉徑，夢穩白雲隈。逸事層層續，弓裘仰雋材〔三〕。二百年來樂，公然聚一龕。浮瓜當夏五，打稻看秋三。雨霽烟生樹，漁歸月在籃。閒雲留不去，此地舊曾諳。擬作名園記，頻年客緒忙。塵容羞老婦，花樣愧新粧。未暇尋金谷，空懷酌羽觴。寸心今補過，題句寄鄒陽。

【校記】

〔一〕『詩』，《初集》作『詠』。

〔二〕《初集》於『補作』上有『依其數』三字。

〔三〕『材』，《初集》作『才』。

夜坐

夜寒天不動，坐久月如霜。遠色明諸嶺，鄰陰綠半牆。欲乘風鶴去，生恐海雲凉。逸興終難按，長歌學楚狂。

冬晚偶書〔一〕

一痕涼月上窗紗，問字人歸寂不譁。自笑閒身如野鶴，天寒獨自守梅花。

【校記】

〔一〕『偶書』，《初集》作『偶成』。

客有見余善病，以導引之術相勸勉者，草此謝之

造物鑄羣生，壽夭惟所使。試看開闢來，彭籛能有幾。君雖愛我厚，導引示微旨。勤修白異熟，豈謂無其理。奈余嬾成癖，伐毛難洗髓。長生未暇學，請學長不死。敬誦坡公詩，博君一粲齒。

讀嚴麗生舍人《海雲堂詩集》題後

能文韓愈法揚雄，集中題汪海門詩集句。詩裡評詩位置工。藉以贈君尤酷似，概諸餘子本難同。神鯨掣海波瀾濶，健鶻摩霄眼界空。一瓣心香甘下拜，門牆何處得追崇。

除夕感懷

一編寒瘦苦糾纏，心血無靈百慮煎。同谷七歌悲旅夢，武陵一曲感華年。縱饒殁後流傳有，翻恐生前姓字湮。每到雞聲來枕上，雄心飛越古人前。

候蟲吟草卷四

乙未

題小鄉嬛書室

篠徑新開屋數間，先生題作小鄉嬛。貯來蝨簡憑雲守，留得花枝待月删。户外奇峯清入畫，窗前流水緑成灣。司空他日如相訪，認取籬門不掩關。

雙龍寺

兩山争峽口，中湧一峯遒。映竹鬟眉緑，淩雲殿閣幽。泉聲清下界，鈴語定高秋。更羡祇林鳥，飛棲得自由。

猛虎行

風盲怒發虎生翼，飛入城頭搏人食。崩雷駴電驅老倀，農苦儒酸紛竄匿。蕭齋有客夜叩門，狎虎幾爲虎所吞。息喘悄談猶色變，那遑剪紙招驚魂。吁嗟乎！義甫猫，丞相鼠，古來變相紛如虎。勸君含宽且安處，耽耽逐逐空爾爲。枝撑皮脚會有期，天道好還虎不知。

步田旦初題《紀程小草》元韻，即以代柬

黄金無處覓燕臺，誰信文心有化裁。不住韶華流水逝，幾曾富貴逼人來。石田小穫魚難夢，海客忘機鳥尚猜。可歎江淹才力盡〔一〕，漫勞舊雨説仙才。

幾度風凄更雨淒，剪紅刻翠夢都迷。聲名漸損漢黄覇，奴僕同甘周白圭。近水有家空結網，守株無兎久忘蹄。故人若問年來課，一卷方書日日攜。

敲殘銅鉢韻初終，又惹遊思逐轉蓬。技到屠龍真是拙，奇矜刻楮敢言工〔二〕。洞簫自誌生前壙，陶土誰香死後風。一枕羲皇消永日〔三〕，雲臺不羡潁川馮。

枉隨仙鯉會龍門，丹篆迷離夢不吞。似我粗材應點額，如君健筆始鈎魂。秋風老去商聲壯，濁酒澆來俠骨存〔四〕。願得客窻常剪燭，乾坤莽莽共深論。旦初集中有『莽莽乾坤恨不窮』之句。

【校記】

〔一〕『才力盡』，《初集》作『才半減』。

〔二〕『敢』，《初集》作『漫』。

〔三〕『消』，《初集》作『隨』。

〔四〕『存』，《初集》作『尊』。

夜雨

淫雨連番下，瀟瀟夜有聲。蒼涼秋氣肅，撩亂客愁生。蛩咽情如訴，燈昏夢不明。朝來望山帶，依舊遠山横〔一〕。

【校記】

〔一〕『山』，《初集》作『峰』。

九日

歲歲登高未有因，勞生難得自由身。敲門幸少催租吏，怕醉何煩送酒人。破帽情多吹不去，晚花香重澹相親。吟餘欲把紅萸問，誰向藍田步後塵。

捫蝨吟 課徒作

布衣眼大乾坤窄，羌羯蠕蠕褌内蝨。爲想沙蟲掃刼灰，捉襟奮獻軍門策。軍前蠻觸鬭方酣，折節求賢禮未諳。祇冀蠶叢搜蠆髮，那能虎幄傾雞談。羶腥枉學螻蟻慕，太息東中難借箸。長揖横刀歌遠遊，短衣挈蝨秦庭去。秦庭草付運初新，翼附鱗攀大有人。一旦雲龍占契合，居然魚水好君臣。樊世驕，不可縱；鄧羌勇，猶堪用。猛寬相濟覇圖成，景畧名留千古重。司馬家臣試溯洄，東山安石遜奇瑰。當時可惜桓宣武，甘作聾蟲失此才。

擊楫吟

一條衣帶江東避，北渡風帆誰敢試。擊楫惟聞祖豫州，悲歌不短英雄氣。布儲千匹廪千人，絲絲粒粒淚痕新。尺土未還誓弗返，中流砥柱真絶倫。秉鈞可恨同仇少，兩姓刁劉搆釁早。戰守疆場掣肘多，雞聲催促頭顱老。大星一夜殞雍邱，恢復難憑第二流。帳下健兒齊飲泣，枕戈何處覓封侯。君不見專閫才傳名將失，烽烟重看羽書疾。墓門月黑杜鵑啼，嗚咽依稀鼓枻日。楫乎楫乎，此後渡江那可必，蕭瑟銅駝委荆棘。

秋宵夢得一絶〔一〕，醒後僅記『蕭蕭黄葉半庭秋』句，枕上因足成之〔二〕

穿窻凉月曲如鈎，勝境人間得臥遊。殘夢依稀清可畫，蕭蕭黄葉半庭秋。

【校記】

〔一〕『秋宵』，《續集》《詩鈔》作『秋夜』。

〔二〕『因』，《續集》《詩鈔》作『占』。

續九老詩録六首

臥徧寒烟鵲啄瘡，雄心怕憶少年場。交河血汗三更月，大漠風生滿背霜。成就駿功書露布，消磨駒隙感滄桑。那堪伏櫪垂垂老，瘦骨徒教説乘黄。老馬

記傍蘭臺徹夜遊，慈心從此惹閒愁。聲傳孝子常瘏口，痛憫孤臣竟白頭。捧日漫誇三足異，相風先識九州秋。而今止向誰家屋，静待兒孫返哺謀。老烏

平生慣結水雲緣，滄海浮沉不計年。一片珠光分月彩，五更帆影掛風前。修成羅漢心如佛，吐出樓臺氣接天。老鷸沙頭空屬望，漁翁何事尚垂涎。老蚌

虬枝斑駁蝕蒼苔，知是林逋舊日栽。萼緑久分仙子號，月明曾見美人來。得天氣足霜無力，招隱情多雪作媒。莫笑癯翁詩骨瘦，開時還占百花魁。老梅

修鱗巨鬣攫晴空，磊砢羣推十八公。花氣間飛千里雪，濤聲寒徹九秋風。晚來介節誰堪撫〔一〕，老住名山壽不窮。祇恐化龍春雨後，暍人無復蔭蘢葱。老松

巍然直擬魯靈光〔二〕，身分誰能百尺量。拔地枝柯酣雨露，參天事業閟文章。鸞歸秋老青銅瘦，風度春深緑乳香。休惜大材無可用，千牛回首等明堂。老柏

【校記】

〔一〕『撫』，《初集》作『附』。

〔二〕『巍然』，《初集》作『巍峨』。

挽陳鹿泉明經二首，次乃弟立山韻〔一〕

驚濤沉没到珊枝，起死難憑折臂醫。共説蓉城須有主，終疑天道竟無知。謚詞忍問黔婁婦，慧業應傳福時兒。哭墓揭來悲宿草〔二〕，荒荒斜日凍雲痴。

酒肆潛藏六十年，勛名都付杖頭錢。三鱣佳兆行將卜，一枕青甆夢不圓。放手雲烟空色相，招魂弟子枉周旋。幾回欲作元方誄，老我無才繼史遷。

【校記】

〔一〕《續集》於『韻』前有『元』字。

〔二〕『揭來悲宿草』，《續集》作『能來將宿早』。

丙申

春日即目

陽和變殺氣，桃李盡含葩。春風一披拂，粲粲堆流霞。時盛不自珍，轉盼韶光差。繁華曾幾何〔一〕，滿地緑陰遮。始知全真品，守素浩無涯。回顧牡丹叢，濃艷又交誇。

【校記】

〔一〕『幾何』，《續集》作『幾時』。

石鼓溪

山頭石拄天，山足石張口〔一〕。溪水破山至〔二〕，競向口中走。内噎復外拒，盪激雷霆吼。我來溪畔時，正值瓜蔓後〔三〕。喧豗兩耳聾，奇觀咤未有。翻怪鼉鼓考，變作鯨鏗扣〔四〕。無能狀聲聞，欲去重回首。

【校記】

〔一〕『張』，《詩鈔》作『奓』。

〔二〕『至』，《續集》《詩鈔》作『來』。

〔三〕『正』，《續集》《詩鈔》作『剛』。

〔四〕『鏗』，《詩鈔》作『鐘』。

長夏小嫏嬛齋中養痾

陰陰濃緑暈藤蘿，石室蕭閒稱養痾。茗椀香爐消受好，那須貝葉伴維摩。

幽棲

山居日無事，倍覺幽棲好。静可滌塵囂，閒能忘懊惱。空庭夜雨多，枕簟秋凉早。冷翠溼欲飛，青蠅跡如掃。澹對每忘言，逍遥不知老。

五歌

有客有客河之湄，瓊瑰爲骨玉爲肌，欲往從之阻且歧。昂昂藏藏汗血駒，白眼相看馭者誰。

嗚呼，一歌兮歌始宣，思公子兮未敢言。

有客有客河之滸，紛披古藻鐫肺腑，欲往從之論千古。鴆黠鳩痴不可媒，雲波詭譎空吞吐。

嗚呼，二歌兮歌始放，思公子兮心惆悵。

有客有客河之干，寤言許我共盤桓，欲往從之隔重巒。瓊臺偃蹇路漫漫，舍舊圖新事多艱。

嗚呼，三歌兮歌轉急，思公子兮長太息。

有客有客河之涘，心遠能教身近市，欲往從之道余意。蒹葭蒼蒼秋水寒，鼉津龍梁徒徙倚。

嗚呼，四歌兮歌轉微，思公子兮憺忘歸。

有客有客河之漘，俊爽人間獨角麟，欲往從之脂吾輪。蛾眉謡諑犬狺狺，緤馬閬風重逡巡。

嗚呼，五歌兮歌且長，思公子兮立徬徨。

歸途口占

琴劍擁歸途，乾坤一腐儒。天寒人跡少，風緊雪花粗。草壓尋詩路，旗僵賣酒罏。不知烟水上，垂釣有人無〔一〕。

【校記】

〔一〕『人』，《初集》作『舟』。

冬日偶成

妙得閒中趣，名香手自焚。竹疎能鏤月，樹古不關雲。天地有清氣，簾櫳無俗氛。一詩吟已就，榻篆尚氤氲。

丁酉 龍池剩草

龍池雜詠

鱗差瓦屋壯江隈，桃李陰陰淑氣催。忘却閒身在塵世，開門依舊好山來。

紅襟香燕尾聯翩，掠徧東風二月天。聽到歌聲偏小住，似曾相識柳屯田。

一枝弱柳最關情，眼底微波百媚生。爲怕行人攀折苦，編籬扶護過清明。

龍池景色擅春華，夜月時時啟碧紗。剔盡書生寒乞相，隔牆競放牡丹花。

答冉右之五排四十二韻

詩債多君負，右之屢以詩贈，皆未及作答。含毫倍惘然。投桃難報李，引玉暫拋磚。憶昔通家日，阿戎總角年。里駒聲藉藉，雛鳳影翩翩。學已三冬裕，才爭七步先。快談驚孔雀，麗藻湧清泉。譽笑翁成癖，情知子必傳。別來珠樹長，悵望月華圓。邢尹如相避，東西每各天。神農聽變化，軒鶴跂騰騫。八面鋒無敵，雙雕射果連。賞心芹採捷，屈指桂扳便。名太及厨重，遇因終賈邅。《蓼莪》剛罷讀，苦苗又洏漣。右之丁外艱，服未闋，復遞遭大父母喪，不與鄉試者凡三考。銜索枯魚恨，留題塔鴈懸。人皆增感慨，君更矢精堅。蝨簡孜孜校，蘭膏續續煎。蒐羅窮雀籙，汗漫及星躔。夕桀重差算，伽盧沮誦篇。螺紋歸掌上，蟣象列胸前。嶽嶽充宗折，汪汪叔度偏。一枝斑鏤管，五色衍波箋。細切金爲句，匀排錦作聯。今春隣舊雨，時館汪翕川司馬署中。惠我出新編。捲海雲濤濶，衝霄劍氣全。乾坤供跌宕，圭璧妙雕鐫。手詫麒麟縛，苕棲翡翠鮮。頑教頭點石，慕到舌流涎。謝草高吟處，江花入夢年。取懷而予矣，何德以堪焉。老朽材原拙，狂奴態未捐。叨承車笠契，把晤竹林賢。奇字資侯氏，雄文羡馬遷。有時競旗鼓，獨自倒戈鋋。萍梗空栖蜀，輪蹄枉歷燕。明經嘲白蠟，糊口困青氊。臣瓚書慵注，君苗硯蚤穿。幸兹桑梓近，再結友朋緣。雅意辭操梃，見贈詩有『謀長思操杖』句。傾風願執鞭。瑶華重目擊，瓊佩倍膺填。秘想荆州借，右之著述甚富。痴應下走憐。郵筒尋鯉寄，巴曲代匏宣。

生日石雲以詩見贈，依韻奉酬

半世蟲吟劇可憐，渡江甘讓祖生先。千金賣賦貧難救，一局殘棊着不仙。選夢分燈都落落，咬文嚼字尚年年。燕巢幸較從前穩，借得閒齋似小眠。

茫茫歲月去難留，彈指人間卌四秋。老我紅蟫兼緑螙，避君長戟更遒矛。談經有席慙匡鼎，擔石無儲恠阮脩。清夜自嘲還自笑，燈前漸覺雪盈頭。

今年差不負芳辰，無數離愁釋一春。讀史資公徵己亥，反騷容我配庚寅。贈來詩句温如玉，老去交情倍入神。未卜幾生修得到，梅花風格羡君身。

還疏黯淺愧經師，爲近元亭好問奇。驥老渾忘千里夢，泉清那有出山時。偶將麗句偷雲母，誰當清歌付雪兒。潦倒中年多感慨，誦君詩勝醉千卮。

題履雲上人詩後

丹邱未暇訪寒山，慧業偏教見一斑。世外烟霞供吐屬，眼前水月伴蕭閒。觀空不礙書成帙，諦密都無字可删。我本騷壇堦下漢，那堪指點到華鬘。

新詩讀罷雨花天，無佛稱尊轉自憐。上人學詩于松維明經，以太老師見推。豈有智珠光法苑，翻勞降節擘雲箋。定根會結聲聞果，綺語姑聯翰墨緣。何日造盧來海上，月明同証木犀禪。

偕段臨川及同學諸子遊龍洞作

夙聞龍潭西，古洞若龍口。其中蟠螭蛟，幻恠無不有。悵望阻風塵，未由口中走。今年夏六月，始得邀良友。選勝出郊坰，童冠偕八九。路盡山影偪，豁然大甕剖。水聲咽潺潺，石肋凸奇醜。虹飛雙石梁，高低亘户牖。振衣試一進，壁狹勢愈陡。穴深不可測，白日忽昏黝。危坐正踟躕，寒飈生兩肘。陰森毛髮豎，恍惚蒼龍吼。悚息學鷁退，彼此互攀紐。出洞儼出夢，半生暗回首。岧岧聖賢關，未能歷其阜。茫茫道藝林，未獲窮其藪。書未窺嫏嬛，篆未辨蝌蚪。即此山水福，往往同孤負。七次過嘉州，峨眉艱一叩。一年訪青城，中途阻雨久。一年客京華，閉帷等新婦。自笑愚公愚，空懷柳州柳。豈真天地間，詣極良非偶。還思問老龍，一爲决然否。龍聾不我對，歸來日已酉。

次日復成五律二首索諸生和〔一〕

冒暑來西郭，谽谺古洞幽。潭光清可鑑，石氣冷於秋。廢址荒苔蝕，豐碑半壁留。阿誰能舉墜，雅韻繼前修。

不盡幽探感，憑欄客緒牽。談深龍出聽，茶罷鳥棲烟。流水杳然去，暮雲相與還。何時重振策，風浴伴諸賢。

【校記】

〔一〕此題《初集》作《游龍洞二首》，題下又有注云：『在龍潭鎮西南。』按：蓋此詩題本承前詩而來，而《初集》爲分體編排，以致兩題割裂，則此詩題不得不另擬，并加注文説明。

題段臨川山居

爲訪幽人宅，頻教眼界寬。山光青一片，雲氣白成團。坐久吟蛩歇，秋高落日寒。紫芝憑采采，俯仰有餘歡。

汪翕川司馬以賞菊見招，石雲於席上獻詩六章，僕歸燈下，亦勉成四絶録三首

爲愛名花晚節香，芳辰已過重飛觴。坐來詩味清人骨〔一〕，寫我秋容瘦不妨。

培植經年手澤加，釀成仙品占清華。知公風骨崚嶒甚，不種人間富貴花。

姹紫嫣紅罨畫欄，西風盡日捲簾看。繁華未改孤高性，誰道朱門託足難。

【校記】

〔一〕『人骨』，疑當作『入骨』。

戊戌

春日偶成

春光容易惹春愁，嬾向春城學俊遊。蝴蝶不知身是夢，閒花抱得傲莊周。

苦節吟爲周夢漁母陳孺人作

艷艷花千種，惟蘭閟幽香。森森樹千株，惟松耐雪霜。天生貞物有本性，不經摧殘剥蝕困厄抑塞名不彰。咄嗟周孺人，冰姿玉質産自江右之名鄉。十八賦于歸，廿四從遠行。蜀東故有梁鴻宅，無須伯通廡下寄孟光。弋鳧弋鴈紛翱翔，明星爛爛恆未央。舉案齊眉相期同心到白首，誰知倡隨纔十載，一旦地老更天荒。藁砧山上悲破鏡，寡女絲邊結迴腸，瞻前顧後兩徬徨。擔有千鈞重，孤無六尺長。一男一女疇主張，祇得將雛偷息稱未亡。淒音苦調彈成《陌上桑》，湘娥之簣淚痕藏。春去秋來時物變，餘食忍飢餘衣忍凍總不妨。兒漸識字女承筐，長跪膝下勸阿孃，兒家祇今稱小康，不必生皴錬十指。母未作答先悽惶，勞則思善逸則否，稽古胡不聞敬姜。

茹荼我自甘如薺，但願兒能讀書成立，無廢先世蒸與嘗。病不服藥不求方，惟憑神鬼禦不祥。行年四十有八甫得畢婚嫁，青鳥使者遽下瑶池旁。世間公論蓋棺定，當路爲採輿情達九閶。表微闡幽邀特旨，烏頭綽楔争輝日月安門牆。我從去年春，石交締文郎。孺人事苦節，一一領端詳。平生抱恨最是未及奉姑嫜，以享以祀涕泗滂。感戴伯母完娶力，衣履甘旨時時遠寄將。猶子晚復丁多難，代籌家室傾私囊。里閭貧者困者老者疾者，無不各各沐賙恤〔一〕，母身雖殁母名衆口尚推揚。嗚呼！孺人之節已不朽，孺人之德况乃更非常。古來磨笄化石劓鼻截耳多慨慷，撑拄傾天孰有如母良。生如母賢後不昌，定知此意非穹蒼。今我作詩表淑範〔二〕，竚看五花誥贈疊疊封元堂。

【校記】

〔一〕『無不』，《續集》作『無弗』。

〔二〕『表淑範』，《續集》作『紀其事』。

和汪翕川先生海棠詩〔一〕限牛、船韻。

名葩移向錦江頭，穠李夭桃見欲羞。得傍甘棠開自早，不因寒氣送春牛。

爲將國色釀媗妍〔二〕，讓與梅花一着先。莫恨無香香更遠，有人曾泛海南船。

【校記】

〔一〕《續集》題作《和翕川汪司馬海棠詩》。

〔二〕『釀』，《續集》作『鬭』。

叠前韻

不須嘉種艷昌州，仙品如斯已罕儔〔一〕。是否天孫雲錦掛，銀河我欲問牽牛。

乞得輕陰二月天，春心又發海棠顛。吟成艷體詩千首，勝上如來大願船。

【校記】

〔一〕『品』，《續集》作『種』。

題李竣齋《同聲集》後並寄令弟旭菴二李湖南澧州人。

華髪蕭蕭短鬢秋，雲山到處足勾留。眼前新雨三生認，海内奇才一卷收。爲愛梁園頻橐筆，祇今王粲尚登樓。天涯廣有同聲和，身世何妨不繫舟。

入洛機雲弟與兄，一時豪俊盡知名。填胸各有烟霞癖，擲地那無金石聲。峻齋工書〔一〕，旭菴精篆刻。蓮幕風高花自在，旭菴時居州司馬署。蘭筋力滿氣崢嶸。騷壇旗鼓紛紛會，須讓雙丁作主盟。

【校記】

〔一〕『峻』，詩題中作『竣』。

送冉崧維朝考北上

燕雲回首路茫茫，老我臨歧淚欲酸。有數人才通達易〔一〕，無多知己别離難。神仙此去誇班掾，絲竹中年感謝安。朝士若還詢小草，爲言糊口尚加餐。

【校記】

〔一〕『人才』，《初集》作『才人』。

尋秋

尋秋秋不見，秋意近何如〔一〕。落日人歸後，蕭齋客去初。蟲聲階下急，柳色月中疏。指向奚童笑，騎驢更覓驢。

【校記】

〔一〕『近』，《初集》作『竟』。

蛩

切切復叨叨，吟蛩徹夜號〔一〕。催來孤燼暗，聽罷曉峰高。干我心何事，驚人首自搔。乾坤問消息，寒意上征袍〔二〕。

【校記】

〔一〕『吟蛩』，《初集》作『蛩聲』。

〔二〕『上』，《初集》作『到』。

矗柳

脆質原非拔地材，偶因丰格誤滋培。蚤知方寸殊難問，何苦門牆手自栽。

遂隊依依媚晚春，倡條冶葉尚精神。摧殘祇恐秋霜早，字樣終難比似人。

冬日書懷〔一〕

羣動中宵息，騷人客感生。青燈猶有味，緑髪苦無情。過眼雲烟幻，當前老病争。祖鞭思放着，枕畔又雞鳴。

【校記】

〔一〕『冬日』，《初集》作『冬夜』。

己亥

試筆〔一〕

草草勞人計，頻年筆一枝。生花空入夢，脱穎枉如錐。紙盡麒麟泣，鋒回霹靂馳。思量班定遠，棄汝恐無期。

【校記】

〔一〕《續集》題作《己亥元日試筆》。

暮春曲

春風不肯留春住，吹落桃花千百樹。平明江畔試登樓，殘紅半逐東流去。榑桑日未破，天已成老時。大冶茫茫浩無主，嬌鶯聲嬾蝶魂痴。春來何遲歸何早，人世別離休草草。鏡中縱有顏如花，花光能得幾回好〔一〕。花開不珍惜，花落徒歎嗟。快向花前酌春酒，莫待滿眼驚殘霞。

【校記】

〔一〕『回』，《續集》作『時』，又於『時』下作注云：『一作回。』

贈金鳳

伶官金鳳性嗜詩，所到輒與文士遊。己亥春，介右之書謁余於龍池，並出諸名手贈章索和。念其能親大雅，自悔風塵，爲集隨園詩成六絶付之。

一朵仙雲耀眼前，記來吟句總如烟。千條萬緒情難盡，畫出詩人得意天。

三疊琴心道已成，歌唇猶帶讀書聲。衍波箋紙珍珠字，想見風華一座傾。

檀槽金屑小琵琶，奕奕風神動絳紗。燭影摇紅郎半醉，淺斟低唱是誰家。

祇恐陽春識曲難，生來艷質妬紅鸞。多情幸有汪倫在，上巳風和共采蘭。調右之

朱藤花壓讀書堂，分得星眸一寸光。我與閒鷗謀拜賜，烟波深處置輕航。

一卷青燈兩鬢絲，憐才偶和樂天詩。漫將鴻爪留痕在，當作河梁柳一枝。

喜晤崧維明經，感舊有作，並示令弟棁菴茂才

別久思相見，巡簷日幾周。寄懷雖有信，覿面總無由。昨夜燈花燦，侵晨鵲語啾。簾前將問卜，户外忽停騶。握手翻疑夢，瞻眉頓解愁。坐來微雨霽，茶罷晚烟流。下榻延徐穉，清才重阮修。談深忘永夕，感舊憶從頭。作客蓉城會，逢君錦里陬。葭方慚玉倚，漆竟許膠投。奇字親商確，新詩互唱酬。照人肝膽共，拾慧齒牙羞。想像皮留豹，昂藏氣食牛。神交聯兩姓，石誼訂千秋。歲暮儂先返，天涯子獨留。珊瑚期網入，杞梓待巖搜。鼠璞偏争售，龍媒轉勿售。回飆撾臘鼓，高詠戛鳴球。蹶本霜蹄暫，功那雪案休。藜光燃達曙，寶帙積盈幬。七穆三桓辨，雞碑雀籙收。羅胸星宿滿，落紙偃波遒。賈誼年仍少，陳登志罕儔。詞源尋李杜，賦筆壓枚鄒。譽羨兼金擅，剛真繞指柔。大科開拔萃，籲俊到邊州。健翮培風起，仙都振轡遊。知途詢老馬，引領望閒鷗。名氏通閶闔，衣冠拜冕旒。爲霖償夙願，補袞贊嘉謀。誰料才空好，依然命不猶。

荆山還抱玉，西水又歸舟。省識元穹意，平分朽拙憂。道孤難自立，室邇易予求。韻向花箋擘，毫矜虎僕抽。雲霞同變化，圭璧各雕鏤。春恨裁紅豆，新題探碧甌。晤言常抵足，弔古或登樓。得並鶼雙翼，何嫌貉一邱。餘生諧秉燭，此樂敵封侯。令弟璠璵器，鴻文雅頌裒。褒庚循坦坦，莩甲每油油。捷早芹宫奏，攀應月殿優。登峰須絶頂，學海務凝眸。坡潁前型在，王揚妙墨偷。破荒榮黼黻，跨竈等驊騮。藝圃從容闢，心田次第耰。津津饞口處，汲汲勒銘不。儆戒煩家督，叮嚀效越謳。狂吟聊代柬，未盡念綢繆。

偶成〔一〕

疏簾高捲碧重重，飽看西南兩面峯。可笑閒雲争出岫，不能爲雨漫從龍。

蕭齋寂寞似山村，落日啼烏半掩門。一樹紫薇開未了，頭銜傲我又黄昏。

【校記】

〔一〕《續集》題作《龍池書院夏晚偶成》。

雨後閒眺

雨霽嫩凉生〔一〕，斜陽隔水明。喜晴蛛補網〔二〕，避溼蟻移營。病葉仍依樹〔三〕，秋蛩忽有聲。

得閒幽趣足，耳目喜雙清〔四〕。

【校記】

〔一〕『雨霽』，《續集》《詩鈔》作『一雨』。

〔二〕『補』，《詩鈔》作『織』。

〔三〕『依』，《續集》《詩鈔》作『黏』。

〔四〕『喜』，《續集》《詩鈔》作『羨』。

中秋歸家值桂花盛開

幾樹天香世澤存，庭前桂三株〔一〕，皆先君手植。年年清馥罨前村。牡丹莫笑樓臺少，金粟看曾到子孫。

【校記】

〔一〕《續集》無『庭前』二字。

暮秋夕占〔一〕

日暮無片雲，微風出岩谷。蒼蒼露已寒，庭際樹猶緑。栖鳥藏高枝，不及辨背腹。啞啞時一鳴，天地生淒肅。何處有心人，瑶琴理清曲。三叠韻未終，春意回枯木。澹對足怡情，糟牀酒正熟。

酒熟堪引滿，滿引誰共斟〔二〕。昂頭見皓月，皎潔若爲情。想招玉兎翁，爲我下瑶京。玉兎去若馳，了不鑒余誠。儵然成獨酌，月空杯底明。華髮難耐秋，星星兩鬌生。安得乘雲鶴，隨月上太清。

【校記】

〔一〕《續集》無『夕占』二字。

〔二〕『斟』，《續集》作『傾』。

庚子

上館

龍池清絶地，四載此淹留。柳色深如許，春風吹未休。烟霞尋舊夢，星月澹高樓。不盡樂羣樂，來年何處求。

窻紗

鄰家老樹緑槎枒，映我疏櫺畫不差。雨後看書晴覓句，算來未負此窻紗。

曾將

曾將綺語懺痴情，過眼空花總不驚。昨爲么荷新得句，纏綿又作可憐聲。

桑陰

雨餘一片緑陰凉，忘却山中夏日長。樹法祇今參妙悟，栽成桃李更栽桑。

喊水泉在州北龍池鋪西南梘槽溝。

龍池西南三五里，山麓有泉名喊水。喊聲未絶泉交流，人給所欲泉亦止。勝蹟遥傳已百年，泉上舊爲龍王廟基，廟遷後泉始著名。靈應尤在驕陽天。往余聞之頗不信，謂非附會即偶然。今年夏五月，山足忽經過。久欲决然疑，親爲歷岩阿。槃跚未到泉百步，冷氣襲人毛髮豎。村農言此剛午潮，水不待喊，日有三潮。顧緩須臾徵弗誤。樹陰避日小盤桓，果然兩眼浪花乾。笑問其期曰可矣，持石代我叩巉岏。一呼再呼泉尚聾，涓滴微浸左竅中。頃刻飛流奮雙射，有聲汩汩水生風。色正光寒不可盥，冲盈更比來時滿。挹注誰與轉轆轤，洞中毋乃九華館。老農問我竟何如，我亦無言且驅車。行思物理類難測，烏有休輕疑子虛。昔聞强村有音樂，浪淘一曲泉噴薄。又聞泰山有醴泉，跪挹則流慢則却。施州乞泉待乞求，無爲笑泉笑不休。昭明臺泉愛拊掌，大茅峰泉喜客遊。壽州咄泉更可怪，大叫小叫分兩派。金線玉斧亦瑰奇，德興佛面面如畫。杳杳茫茫總化工，以彼證此將毋同。恨不生當通都與大邑，致令龍湫神瀵偃蹇埋没空山中。回首白雲封澗底，詩興如泉不能已。歸來吮墨濡毫書滿紙，百代千秋問津從隗始。

和冉柯亭鄉試留别元韻，即以送行

頻年旅食共壺觴，兩鬢垂垂忽已霜。牛斗至今空劍氣，江湖往事失珠光。東山絲竹難陶寫，北海賓朋漫比方。衣鉢付君無别贈，蟾宫一朵桂花香。

雨中漫興

彌月苦酬應，一詩不得作。淫雨忽浹旬，平地生溝壑。褦襶客難來，叩門無剥啄。侵晨理殘編，奇情天外落。鼓吹聽鳴蛙，襹褷看老鶴。避溼蛛藏簷，希晴鵲噪閣〔一〕。流水盪文瀾，修篁戛仙樂。抽思入窅妙，掞藻忘拘縛。吟就曉寒詞，輕烟縈翠幙。

【校記】

〔一〕『鵲』，《續集》作『鳥』。

十二月八日北上〔一〕舟車存草

前度春婆夢已寒，無端匹馬又長安。故人但説浮名好，老我那知作客難。檢點琴書聊壓擔，蕭條風雪冀加餐〔二〕。臨歧重把諸兒囑〔三〕，切莫偷閒等一官。

【校記】

〔一〕《初集》於『北上』下有『口占』二字。

〔二〕『冀』，《初集》作『憶』。

〔三〕『諸兒』，《初集》作『嬌兒』。

再過桃源

扁舟重泛武陵津，雞犬相逢不避人。行過桃源三十里，梅花香送隔年春。

泛舟洞庭

八九吞雲夢，扁舟放膽行。青天看不極，黄鶴去無聲。帝子瑶琴怨，仙人鐵笛情。遥遥千古事，感慨一時生。

湖中觀落日〔一〕

一樣踆烏墜，湖中獨壯觀。金蛇千道掣，火柱百尋攢。日落時光映水中，直立如百尋火柱。捲海瀾迴紫，流天汞轉丹。扣舷凝望久〔二〕，竟夕樂盤桓。

【校記】

〔一〕『湖中』，《續集》作『洞庭湖』。

〔二〕『舷』，《續集》作『船』。

舟中小憩醒後見君山作〔一〕

江風獵獵雨冥冥，柔艣咿啞帶夢聽。起後不知行近遠〔二〕，君山遥暈一螺青。

【校記】

〔一〕《初集》題作《洞庭舟中小憩醒而有作》。

〔二〕『起後』，《初集》作『醒後』。

湖口阻風

兩日出湖心，鼓柮布袋口。君山耀眼前，咫尺岳陽走。忽值蜚廉怒，江豚齊仰首。逝水轉逆流，驚濤生户牖。重帆吹欲裂，築築長桅抖。千艘簸且僵，纜維誰敢後。倉皇下鐵猫，列陣同戰守。中夜風更惡，恢詭無不有〔一〕。初疑天瓢翻，撼此坤軸厚。繼疑鬭鯨魚，震彼蒲牢吼。又疑岳家軍，波間擒小醜。水犀紛騰逃，鐵騎競雜揉。仙樂未敢張，湘靈應縮手。激盪不能寐，起問同行友。忠信涉波濤，此言堪恃否。

【校記】

〔一〕『不』，《續集》作『弗』。

解纜

連夜阻風濤，神魂俱惝恍。今朝占利涉，襟懷豁然爽。向背看孤帆，嘔啞聽兩槳。冥冥勝鴻飛，飄飄成壯往。盪胸雲海濶，聳翠山螺廠〔一〕。引領望三湘，凝眸涉遐想。御風雖未能，破浪此或倘。擊楫歌櫂歌〔二〕，舟師同技癢〔三〕。

【校記】

〔一〕《續集》於句下多『沙鳥互送迎，水天同晃朗』二句。

〔二〕『櫂歌』，《續集》作『浩發』。

〔三〕『同』，《續集》作『知』。

登岳陽樓

半生延望岳陽樓，此日才登最上頭。放眼尚嫌雲夢窄，朗吟消盡古今愁〔一〕。風帆沙鳥烟中認〔二〕，湘水湖山畫裡收〔三〕。權作神仙天際想，茫茫塵世付虚舟。

【校記】

〔一〕『消盡古今愁』，《初集》作『如從古人遊』。

〔二〕『風帆沙鳥』，《初集》作『幾般憂樂』。

〔三〕『湘水』，《初集》作『四面』。

除夕岳州舟中作

聽到家家爆竹聲，難憑濁酒慰離情。關心骨肉惟今夕，作客江湖已半生。潮打寒更燈慘淡，夢回孤枕路分明。蒲帆一幅安無恙，解纜來朝又遠征〔一〕。

【校記】

〔一〕『來朝』，《初集》作『明朝』。

辛丑

黄鶴樓

掃盡氛埃宿雨收，憑欄千里豁吟眸。乾坤浩蕩雙流駛，吴楚青蒼一氣浮。江岸有聲誰鼓枻，人生如此幾登樓。興來不覺狂歌發，忘却崔詩在上頭。

樓居縹緲勝蓬山，何事神仙去不還。鄂渚至今黄鶴杳，晴川終古白雲閒。客來沅芷湘蘭外，春在梅花玉笛間。喜字欲書三十六，爲儂鴻爪記追攀。

襄河舟中雜詠

幾枝蘭槳盪輕烟，縹緲人疑太乙仙。那識洞庭風浪險，儘多辛苦喫從前。

漸把鄉愁换水嬉，春來睡美起常遲。昨宵底事瞢騰甚，雪壓孤篷夢不知。

繞隄楊柳不成行，撩亂顛風舞欲僵。恰有媚人青眼在，板橋紅處逗斜陽。

燕子飛飛度淺沙，居然作客殢天涯。笑渠也有炎凉態，不入尋常百姓家。

近樊城作〔一〕

連朝風雨罨山谿，水自東流客自西。料是襄陽行已近，隔江人唱白銅鞮。

【校記】

〔一〕『近』，《初集》作『抵』。

樊城道中

一幅蒲帆卸晚風，郎當鈴語又匆匆。人將絲影鷩雙髩，我向泥痕認雪鴻。柳色依然前度緑，桃花不似昔年紅。榮枯轉眼多遷變，滄海桑田擬未工。

朱仙鎮謁岳廟

背嵬一戰似摧枯，半壁英雄膽盡粗。本意生擒金兀术，權教小創鐵浮屠。蒼天若許黄龍覆，老日何難赤手扶。太息風波甘縱敵，有人含泪隱西湖。

渡黄河

浩浩渾河落日寒，行人動色水雲寬。篙師生怕公無渡，抱着箜篌不肯彈。

豐樂鎮阻雨

雲迷銅雀雨瀟瀟，惆悵漳河長夜潮。莫恠英雄頭易白，幾人聽此不魂銷。

曉發邯鄲

又聽雞聲偪，征車欲駐難。霜華春已澹，樹色曉仍寒。客久添新髩，愁多失古懽。夜來防夢惡，醒眼過邯鄲。

寄家書後夜坐

書與人俱去，無聊百感生。信回應五月，夜坐忽三更。蕊小孤燈澀，天空一鴈鳴。故鄉遲吉報，延望尚痴情。

聞三月留京志感〔一〕

曲江春好啟華筵，正是才人得意天。我與黄楊偏厄閏，青袍鵠立晚風前。

【校記】

〔一〕『留京志感』，《初集》作『口占』。

無分

盛名無分敵枚鄒，燕市空教典敝裘。杯酒暫尋屠狗酌，摴蒱那共牧豬遊。嶙嶙傲骨窮逾錬，草草元經老尚修。一第溷人何足慕，男兒各自有千秋。

四月五日從王蓮洲閣學之通州倉督任，泛舟大通橋潞城存草

蘆漪裊裊雨初晴，鷗唱蕭然一葉輕。錦纜牽風驢脚健，二閘三閘縴夫均以驢代。筠簾映日水紋明。鐃他鈴語郎當響，老我中流自在行。得傍天儲尤可笑，頭銜咫尺换倉生。

西齋即事〔一〕

幕府莊嚴地，容余策筍鞋。棗花開滿樹，榆莢落盈階。剥啄終朝静〔二〕，清凉一味偕〔三〕。夜來新夢穩〔四〕，忘却在天涯。

【校記】

〔一〕《初集》題作《通州倉督齋中即事》。

〔二〕『静』，《初集》作『淨』。

〔三〕『偕』，原作『皆』，據《初集》改。

〔四〕『夜來』，《初集》作『連宵』。

潞城閒眺

城郭臨空潤，偷閒偶一經。山容横塞紫，海氣偪天青。過眼憐孤鴈，浮生感斷萍。新詩多

激響，難與白鷗聽。

偶成〔一〕

公然有味是無能，鼓打回飃愧未曾。羡煞漁翁知去就，深潭撒網淺收罾。

【校記】

〔一〕《初集》題作《偶占》。

雨夜書懷

簷前鐵馬雜金戈，咄咄書空喚奈何。千古風人餘涕泪，百年過客况消磨。夢回湘水新歡杳，詩入燕雲變徵多。鎮日奔馳緣底事，一竿不若老漁簑。

苦累家閭望眼枯，登天一第事仍無。摩挲彭寵頭成豕，潦倒王喬舄不凫。久客故應鄉夢幻，長貧誰念布衣粗。緇塵百斛愁難浣，悔把雕蟲誤壯夫。

登樓有感〔一〕

粵海欃槍尚未收，天涯王粲屢登樓。一春音信沉黄耳，五月蕭閒妬白鷗。回首欲傾知己泪，鄉心難共遠人謀。可憐舊雨停雲夜，有夢無因到此州。

【校記】

〔一〕《初集》於『登樓』前有『潞城』二字。

潞城雜詠録三首

屈指新城接舊城，新城增自明季。九衢塵土雨中清。虹橋半綰垂楊緑，照眼寒烟畫不成。

白河春水碧於油，聞是桑經古鮑邱。可愛晴天波不動，一枝塔影臥中流。城北燃燈塔距河十五里，每天晴，影見波中，爲潞城八景之一。

繞郭高槐半十圍，玲瓏金碧送斜暉。閒雲可惜留難住，頻向西山缺處飛。

雨雹行五月九日

蝦蟆上天蜥蜴吼，聞冰雹多二物所爲。黑風捲地雲亂走。霹靂一聲山岳頹，電光閃爍金蛇抖。百歲槐榆立不牢，枝摧葉墜堆蓬蒿。如拳雹子零星下，山精野魅紛騰逃。河聲欲進城，雨勢來不已，不知蒼天怒誰子。窻前驚裂玻璃魂，白晝昏昏此何理。明朝雨霽日車紅，聞報潞河風更凶。狂濤横飛囓兩岸，百舸千艘争撞舂。巨艦忽然一桅拔，紛紛鄰船遭覆壓。千金一壺得不能，三老長年多溺殺。昨宵兀坐思徬徨，今聞此言重感傷。我欲抗白簡，乘風叩紫皇。千家膏血填一倉，胡不弔之俾淪亡。胡不以此沉舟破釜大威力，移向蒼梧漲海之窮鄉。爲我擊碎跳盪諸艅艎，海天終古無狂猖。

夏日閒吟〔一〕

葦棚斜壓畫簷低，鈴閣沉深鳥不啼。恰有多情蝴蝶在，雙雙時度碧梧西。

西園連日雨聲過，勾引寒烟上緑蘿〔二〕。一幅湘簾遮不斷，飛來窻外着衣多。

庭間老樹緑陰深，忘却驕陽暑氣侵。昨夜雨晴凉月上，一絲絡緯已秋心。

【校記】

〔一〕《初集》於『夏日』前有『倉督節署』四字。

〔二〕『緑蘿』，《初集》作『薜蘿』。

秋夜散步

夜坐人無奈，披襟步小齋。蟲聲秋滿地，簷影月移階。桑梓南雲遠，妻孥昨夢偕。狂吟誰擊節，柝響正天街。

風雨

風雨瀟瀟點敗蕖，駒光瞥眼又秋初。題襟漢上談何易，鼓瑟齊門計本踈。自悉作人無長物，誰言致富有奇書。孟嘗客我猶堪幸，彈鋏歸來已食魚。

竟夕

竟夕城隅望，悠悠客思賒〔一〕。芙蓉明日下，楊柳隔天涯。繞樹蟬聲急，書空鴈字斜。窮途喜何事，昨夜有燈花。

【校記】

〔一〕『悠悠客思賒』，《初集》作『因教客憶家』。

月夜望居庸諸峯

奇峯岃崱望居庸，遊子懷開興轉濃〔一〕。淺草平沙秋牧馬，孤城凉月夜聞鐘。許身稷卨誰三代，此地風雲近九重〔二〕。老去陰符猶暗讀，無才生恐負時雍〔三〕。

【校記】

〔一〕『懷開』，《詩鈔》作『登臨』。

〔二〕『此地風雲近九重』，《詩鈔》作『揮手雲霄接九重』。

〔三〕『生恐』，《初集》《詩鈔》作『深恐』。『負時雍』，《詩鈔》作『負羲農』。

潞河歸舟〔一〕

漁陽連月駐征車，過眼萍踪抵夢華。幕府久依嚴節度，洛中誰薦賈長沙。文因寄子多存草〔二〕，憂可傷人怕憶家。兩槳漫來還漫去，空留鴻爪在天涯。

【校記】

〔一〕《初集》於『歸舟』下有『口占』二字。

〔二〕『多』，《初集》作『都』。

冬晚枕上偶成

年來索米誤東方，留滯神京感慨長。千里雲開遼海月，五更風冷薊門霜。側身天地成孤負，回首鄉閭隔渺茫。怕聽烏烏吹曉角，古愁撩亂落匡牀。

臘月六日之東鹿就家石洲明府館，出都口占

行止紛無定，冬殘尚遠遊。功名空自許，歲月去難留。照眼黄沙濶，驕人白髪羞。輪蹄憑轆轆，侵曉渡蘆溝。

宿白沙莊戲書

一燈如豆小窻東，掩映簾前宿火紅。爲語地爐休再熱，先生頭腦怕冬烘。

束鹿道中

輕舟日昨渡滹沱，淺碧粼粼水不波。桑柘成村游曠少，樓臺比櫛蓋藏多。鄉寛大似鼃叢路，邑小渾宜宓子歌。元氣國家恃閭左，繭絲保障近如何。

除夕客懷〔一〕

此夕人生有幾何，那堪半向客中過。書當上後心初懶，冠待彈時鬢已皤。燈下團圞桑梓憶，眼前酬酢梗萍多。酒酣甚處尋屠狗，一和燕南擊筑歌。

更闌鄉思亂如麻，逝水無情感歲華。別久深防兒廢學，貧多苦累婦持家。夢中兄弟兼生死，簾外笙歌雜笑譁。知否來年在何處〔二〕，高燒紅燭卜燈花。

【校記】

〔一〕《續集》題作《東鹿除夕》。

〔二〕『在』，《續集》作『又』。

候蟲吟草卷五

壬寅 鄖城存草

古意

名都多妖女，京洛多緇塵。塵緇不可浣，女妖難爲親。出門重搔首，行役徒苦辛。安得天地間，四角生征輪。

明月太陰精，有圓還有缺。黄河天上來，有盈亦有竭。矧此利名途，輕塵棲一瞥。安恃智力争，大巧翻成拙。何若任自然，常得方寸悦〔一〕。

【校記】

〔一〕《續集》無『何若』以下兩句。

新正同盧星門、藍星船鄢城閒眺

異鄉風物足徘徊，齊上春城望眼開。地迥山隨飛鳥見，天空雲對女牆來。堠無烽火承平久，邑有桑麻富庶該。聞自滹沱西徙後，河舊繞城外。茫茫大野盡春臺。

二月六日大風晝晦

羲和鞭日剛天中，寥空一碧摩青銅。有風倏發土囊口，欲到未到聲隆隆。振衣登高拭目望，黄埃散漫滄溟東。斯須排山更倒海，茫茫大冶皆昏蒙。鴟吻驚摧卷簷似，禽奔獸竄無虚空。悚息呼僮急鍵户，喧豗恍惚摇蒼穹。雨毛雨土兼雨石，咫尺那辨牂與羝。玻璃亮槅漆深黑，燭燒如臂慘不紅。夜半氛惡風更惡，誰能秋水睁雙瞳。引被自學駝埋鼻，生恐沉没如沙蟲。雞聲三唱氣始定，起後搔頭猶耳聾。擬披洪範五行傳，陰陽消長詳吉凶。旁有老叟大軒渠，此恆事耳非災風。爲言二十年前異，拔樹發屋威尤雄。村西行客偶僵仆，轉瞬生塚連丹楓。兹地去海止數百，颶母時作成蜺虹。况多沙磧力浮薄，輕飈一振常飛蓬。不然肅乂哲謀世，咎徵何失干元工。我聞此語長太息，反覆研究理可通。世聞少見多所恠，臆斷往往難昭融。吮毫濡墨作歌寫未畢，踆烏煜爍依舊閃出蛟龍宮。

二十日得家書，知長子文愿入學〔一〕

芸香幸不墜家聲，小小前程也足榮。喜極翻流燈下淚〔二〕，先人未見我成名。

【校記】

〔一〕《續集》題作《壬寅二月廿二日東鹿署中得家書，知長子愿入泮》。

〔二〕『流』，《續集》作『添』。

瑶華

瑶華一樣寄天涯，套語寒暄總不離。惟有多情雍也在，自披肝膽寫相思。

一紙鄉書一斛珠，從頭檢點敢模糊。卻教恠煞裴中立，寄我緣何隻字無。

竹林二阮最傾風，也向春前有斷鴻。想爲倚廬剛讀禮，憶儂全在不言中。

登玉皇觀〔一〕

傑閣嶙峋遠俗囂，望來兩眼碧迢迢。春回大陸風初暖，日落滹沱水漸驕。紫殿披香雖有夢，青天騎鶴總無聊。就中行止憑誰決，欄外楊花正雪飄〔二〕。

【校記】

〔一〕《初集》題作《春日登東鹿玉皇觀》。

〔二〕『欄』，《初集》作『檻』。

院中只海棠一株，齋僮爲植金銀花二本，已萌芽矣，忽大風，遂黄萎，戲占一絶

儒酸難諱袖風清，花種金銀也不生。恰有海棠嫌傲客，微開幾朵作人情。

夜坐

微雨作還歇，澄然百慮捐。夜來新月上，獨坐綺窻前。清磬發何處，飛鴻歸遠天。與誰共岑寂，縷縷博山烟。

苦熱謡

朔方多苦寒，嚴冬風墮指。豈知盛夏熱，酷烈更如許。今年雨澤愆，蛟龍鞭不起。日出海門紅，天作玻璃紫。大冶煽炎威，侵晨汗若洗。蒲葵不可恃，絺綌難近體。清泉枉浮瓜，寒水空沉李。讀書唇燥裂，磨墨手瘡痏。偶然一片雲，間從四岳始。斯須復吹去，搔首徒仰止。當晝亦已酷，夜静酷仍爾。走者厭其毛，飛者厭其羽。枯魚過河泣，將作涸鮒死。安得水晶殿，安置牀與几。扇以白龍皮，快活應無比。

玉皇觀避暑〔一〕

觀裡憑欄處，重來跡未陳。花深堪避日，鳥夢不驚人。户外天如鏡，簾前草作茵。坐聽茶鼎沸〔二〕，饞口正津津。

【校記】

〔一〕《續集》於『玉皇觀』前有『束鹿』二字。

〔二〕『沸』，《續集》作『熟』。

七夕同藍星船作

又值雙星會，人登乞巧樓。河山同感舊，詩酒各悲秋。我掩賓鴻泣，君懷牧犢愁。時星船失偶。仙槎如可泛，好與問牽牛。

蕭齋

一樣蕭齋冷〔一〕，秋來趣轉賒。樓高先得月，樹秃不藏鴉。閃閃流螢淡，飛飛落葉斜。更闌頻默坐，夜氣足清華。

【校記】

〔一〕『一樣』，《續集》作『共此』。

擬寄故鄉諸同學

別久空令歲月拋，那堪踪跡問知交。課因遣興書隨讀，詩不求工句嬾敲。買笑未謀花下醉，草元翻惹客中嘲。年來無限長途感，付與難言兩字包。

疊前韻

百歲韶光强半拋，萍踪何處覓心交。夢回夜雨孤燈澀，門掩秋風落葉敲。啄腐吞腥遊已倦，冷螢乾蝨坐相嘲。歸期遠向烟蘿約，一過春明便打包。

中秋值家大兄生日，感而有賦〔一〕

七十頭銜轉眼加，鴈行依舊隔天涯。書來雖説精神健，別後還防杖履差。此夕觥籌思故里，頻年風雨冷秋花。旅愁怕倩姮娥報，老弟而今髩也華。

【校記】

〔一〕『感而有賦』，《初集》作『感賦』。

抽閒

抽閒散步出城東，秋色蒼茫一望同。落葉有情還戀樹，遊絲無力漫隨風。天空遠映澄潭碧，寺古平分落照紅。知否宦遊當此際，幾人鱸膾憶江東。

十月石洲居停調静海任〔一〕，僕與哲嗣養齋禾莊取道衡水，舟中雜詠

半生遊屐半天涯，贏得星星兩鬢華。淺水寒烟風雪路，一船書畫又移家。

小艇公然一葉輕，筆牀茶竈位分明。篙師自利先歸賞，一日程兼兩日程。

蒹葭霜重暮寒凝，夜半親添被幾層。殘月一窻鄉夢醒，隔江猶有罩漁燈。

【校記】

〔一〕《初集》於「十月」前有「壬寅」二字，於「石洲」前有「家」字。

夜過河間府

十年前此策疲騾，風物昏昏奈夜何。今歲城邊閒放艇，誰知依舊夢中過。

獨流鎮換舟走衛河上水

一舟纔送一舟迎，下水翻爲上水行。滿幅蒲帆風未飽，紅樓已見會川城。

署中新築書齋落成〔一〕，移居志事〔二〕

讀書曾記里門前，斗室爐圍小雪天。可笑官齋新下榻，蝸廬依舊似焦先。

短牆圍住紙窻横，比似玻璃分外清。月下荼烟花下酒，詩腸那不倍空明。

【校記】

〔一〕《續集》於『署中』前有『静海』二字。『落成』，原作『落城』，據句意改。

〔二〕『志事』，《續集》作『即事』。

天津曉望

衆水津門滙，城隅曉望雄。霜棲烟樹白，日出海雲紅。蜃口樓臺峭，鮫人涕泪工。篙師多縮手，守凍待春融。

除夕感舊

記得年前過此宵〔一〕，岳陽樓下笛聲驕。填胸雪影明如昨，覽鏡霜華老不饒。剛到海時風剪剪，好飛帆處雨瀟瀟。痴心嬾向蒼天問〔二〕，且自琹尊慰寂寥〔三〕。

【校記】

〔一〕『年前』，疑當作『前年』。按：馮世瀛於庚子年十二月計偕北上，在岳陽舟中度歲，有《除夕岳州舟中作》，故下句有『岳陽樓下笛聲驕』之語，於此時（壬寅）相隔兩年，『年前』顯誤，作『前年』則吻合。

〔二〕『痴心』，《初集》作『升沉』。

〔三〕『慰』，《初集》作『破』。

癸卯 會城存草

元旦試筆

秃盡柔毫氣未降，龍文百斛倚能扛。今年應比年年好〔一〕，門下擕來玉一雙。

【校記】

〔一〕『年年』，疑當作『去年』。

新正同藍星船、家謙齋昆季遊華藏菴〔一〕

紺宇玲瓏絶俗侵〔二〕，恠他墨客喜登臨。碣蟠碧篆蛟螭瘦，門掩蒼苔歲月深。詩味妙從閒處得，禪心難向定中尋。坐來那便匆匆去，簾外春禽正好音。

【校記】

〔一〕《初集》於『華藏菴』前有『静海』二字。

〔二〕『絶俗侵』，《初集》作『俗不侵』。

題村居圖

剥啄從來不到門，幾林紅杏自成村〔一〕。餳簫過處炊烟淡，補畫疏籬緑一痕。

小小柴扉柳下開，一渠春水碧于苔。兒童歡喜騎牛出，昨日青萍換得來。

【校記】

〔一〕『林』，《續集》作『株』。按：『林』疑爲『株』之形誤。

春曉〔一〕

月光淡處柳烟迷，曉起凴欄曙色齊。生受一宵香艷福〔二〕，杏花春雨夢新題。

【校記】

〔一〕《續集》於『春曉』下有『口占』二字。

〔二〕『一宵』，《續集》作『一番』。

古槐行

静海聖廟老槐十餘株，一株枵然而空，葉半枯槁而龍拏鳳攫，狀尤離奇，聞前令某摩拊槐旁者浹旬，卒畫其八面以去，亦韻事也。

生民以來聖未有，功參天地同悠久。一名一物傍宫牆，光氣也能傳不朽。君不見静海槐，大成殿下夾庭栽。古貌蹌蹌均肅穆，一株孑立尤奇瑰。矯若神龍奮巨壑，昂首烟霄恣拏攫。槎枒又似青珊瑚，石骨横撑足廉鍔。節斷心空飽雪霜，閲徧塵世幾炎涼。初荄便與鐘鏞伍，旁蘖仍分俎豆光。老我來遊春祀時，諸生習禮正師師。衣冠掩映倍光恠，平看翔鳳側蹲猊。不識廬山真面目，痴心擬借東廡宿。海風忽向樹間鳴，壁中彷彿聞絲竹。好古誰如前令賢，音聲木作又逼，有夢何因到南柯。

畫圖傳。蚴蟉詰屈排雲狀，精爽長留水墨天。振衣欲去重摩挲，萍水遭逢奈爾何。况復槐忙忙

隄上晚步

迂疏甘與世情違〔一〕，偶向隄陰盼夕暉。風捲殘紅來別院，水摇新緑上春衣。忘機蝶已蘧蘧夢，擇木禽還欵欵飛。更有詩情難畫取，柳邊人歇待船歸〔二〕。

【校記】

〔一〕『世情』，《初集》作『世緣』。

〔二〕《初集》於句末有注云：『用成句。』按：該句爲温庭筠《利州南渡》之末句。

初夏重過雨香寺

梅柳疏疏濬客襟，禪房花木重追尋。昔憑欄處剛紅雨，今到門時盡緑陰。佳節漫隨流水去，壯懷難共夕陽沉。高樓何處吹横笛，似和騷人擊筑吟。

南關樓上縱目〔一〕

脚底黄流捲怒濤，閒身暫共五雲高。青天大可騎黄鶴，滄海誰能策六鼇。千古舊愁花闇淡，四圍新緑柳周遭。到來滿眼登樓感，恥説元龍百尺豪。

【校記】

〔一〕《續集》《詩鈔》於『南關樓』前有『静海』二字。

長夏雜詠

崦嵫才没又扶桑〔一〕，畏日忙如熱客忙。自笑冬烘老居士，頭銜何處換清凉。

赤足科頭手自搔，叱龍行雨願空豪。市中幾柄蒲葵扇，不爲謝安價也高。

湘簾半捲晚風輕，一枕遊仙夢未成。底事篙師貪利涉，四更猶有櫂歌聲。

【校記】

〔一〕『崦嵫』，原作『崦兹』，據《續集》改。

新秋

豆架瓜棚宿雨收，亂蟬聲裡夕陽浮。菊花未綻雞冠紫，早占天涯一段秋。

聞七夕雨〔一〕

別憾應教一夜消，今年兩度鵲填橋。雙星不解緣何事，也似離人淚雨飄。

【校記】

〔一〕《續集》於《雨》下有『戲占』二字。

晚凉

蟲聲催夕霽，新月透窻扉。石氣寒澄水，螢光冷入衣。暑隨紈扇歇，夢想蟹螯肥。即景成新詠，孤棲和客稀。

中秋同覘山、星船西齋賞月

旅食頻驚節序新，燕南回首倏三春。故鄉望斷雲千里，大海吹來月一輪。泥飲縱拚今夕醉，銜杯齊是遠遊人。眼前聚散皆前定，捷足何須問要津。

九日書懷〔一〕

不賦登高已數秋，蕭蕭落木懶凝眸。今年幸有持螯便，靜海多蟹〔二〕。短髮翻增插菊羞。肯信茱萸能辟疫，且憑樽酒自銷愁。阿兄老去孤栖慣，對景知還憶我不。

【校記】

〔一〕《初集》無『書懷』二字。

〔二〕此注《初集》無。

暖房辭調星船藍大四首録三

天涯覓得紫鸞膠，重整朱絃手自調。賦到《關雎》須子細，莫教孤負可憐宵。

萸菊親裁合巹期，淺斟低唱恰相宜。銷金帳裡春如海，簾外輕寒總不知。

花滿青廬喜氣重，退衙深處客乘龍。畫眉若要求新樣，記取鄉山十二峯。星船忠州人。

答人問洞庭

鴈飛難竟一湖長，倉卒那能極渺茫。白日但隨水出没，青天時與船低昂。到來胸已吞雲夢，過後魂猶怯岳湘。恰有君山堪畫取，如丸螺髻漾中央。

獨流旅店題壁

傍晚憑雙槳，飄然泛獨流。水澌冰欲凍，魄死月成鈎。挑淺糧夫急，衝寒驛馬遒。江干帆落處，客興重悠悠。

旅館容疏放，荒凉了不嫌。檠高燈半炧，爐小火頻添。近海蝦羹賤，豐年酒價廉。他時談往蹟，此境耐掀髯。

季冬書感

浮生誰百歲，五十尚無聞。前路天難測，殘年日易曛。風雲空屬望，桑梓久離群。不盡羈棲感，何時免俗氛。

將以明正入都，除日與同署諸友話別

萍蹤難久聚，星散無多時。風雪傴殘臈，霜華凋鬢絲。仰觀鴻鴈翔，俯聽舟車馳。河梁一揮手，後會安可知。談諧尚此夕，宴樂勿言疲。去去及開春，魂消古別離。

甲辰 歸帆小草

正月十五日由静海赴京途中作〔一〕

湖海飄蓬歲月深，長安日近夢重尋。明知畫餅無餘味，翻恐焦桐有賞音。檻檻車聲沙路澀，匆匆行色雪風侵。文章事業誰千古，得失難憑一寸心。

【校記】

〔一〕《初集》於『正月』前有『甲辰』二字。『赴京途中作』，《初集》作『赴都途中口占』。

天津燈詞

火雲簇簇擁金鼇，人到元宵意氣豪〔一〕。七十二沽春不斷，俊遊渾忘月輪高。
百尺長橋壓海門，照來燈影失黄昏。珠簾幾度香車過，難向虹腰認輦痕。
是處笙歌出畫簾，記來紅豆盡堪拈。誰家别院翻新調，檀板輕傳《昔昔鹽》。

【校記】

〔一〕『到』，《續集》作『在』。

水西莊查蓮坡别墅〔一〕

纓絡流蘇滿畫堂〔二〕，遊人豔説水西莊。可憐轉盼風流盡，壇坫空餘夜月涼。

【校記】

〔一〕《續集》無此題注。

〔二〕『纓絡』，《續集》作『寶絡』。

大學觀石鼓有述

泥金檢玉皆黄土，峋嶁穹碑蝕秋雨。升沉歷刼不銷磨，惟有姬家十石鼓。籀文光怪世寡雙，昔者聞名今目覩。跟肘漫將鯉貫求，瘢瘡親把鼉頤撫。鸞凰飄泊蛇生角，針薤模糊釵折股。但覺森森筆有芒，未知鬱鬱中何語。扶持偏荷神明力，科臼且免舂禾黍。可笑世儒好鑿空，青天白日起榛莽。或云穆考創瑰詞，或謂成王留逸矩。或曰嬴秦始刻石，之罘詛楚此其伍。蒐岐或曰宇文氏，紛紛翻案競覼縷。桐魚叩鼓鼓不鳴，贋鼎是非誰辨取。熙朝信古掃粃糠，一歌磊砢鐫韓愈。珊瑚碧樹焕新色，韓奕松高還舊主。戛擊分司教胄夔，拜颺如見臧酉虎。諸生從此得磋切，聾俗因之豁狂瞽。嗚呼羽獵浮誇多，筆健猶堪造化補。矧爾共球洽文德，不庭莫敢膏齊斧。鐃吹朱鷺薦成功，壽以靈甓昭聖武。禋祀素王無已時，兩朝法物同千古。

蔡廠胡同感舊

安東亭閣近天閶，巷比烏衣倍有光。蔡廠胡同在東華門南第二街，王蓮州先生舊寓。隔歲居停成隔世，空留酒館鬧斜陽。宅近已改飯莊。

舊曾遊處細追尋，斗室依然别院深。不見南豐曾子固，曩與曾君樞垣同寓東院。摶沙何地認苔岑。

客邸買牡丹一枝插瓶内〔一〕，戲占

碧紗深處位傾城，蝴蝶難窺夢不驚。莫羨春風人得意，馬頭着眼欠分明。

【校記】

〔一〕『客邸買牡丹』，《初集》作『都門客寓偶買牡丹』。

黄金臺

百尺穹臺矗薊邱，招賢遺蹟至今留。衹緣但假黄金重，利市先諧老隗謀。

松筠菴 庵爲楊椒山先生故宅

十罪彈章抗逆鱗，蚺蛇無此膽輪囷。滿城姓字香猶昨，香火便宜説法人。

揭曉後觀演《黄粱夢》雜劇，戲占〔一〕

徐市船浮渤海東，神山將到又迴風。成仙誰似盧生易，祇在昏昏一睡中。

【校記】

〔一〕《初集》無『戲占』二字。

落花

妬花風雨太匆匆，照眼繁華轉瞬空。飛到玉堂曾幾片，飄零蘚徑已千叢。珠簾乍捲香如昨，綺閣重登恨莫窮。蝴蝶不知春事盡，雙雙猶度畫牆東。

幾番醞釀耐輕寒，才得芳菲格外看。憔悴東風偏卒易，挽回薄命竟艱難。春愁脈脈人誰惜，舞態翩翩淚未乾。恰有流鶯囀高樹，似憐國色去長安。

騷人何苦太纏綿，觸目能教客緒牽。解笑樽前剛似錦，消魂月下忽成烟。鸞飄鳳泊紛無奈，玉碎珠沉劇可憐。一樣文章歸掃地，阿誰更費買春錢。

參透榮枯自主張，無情何必怨東皇。偶依絳樹原如寄，再墮紅塵也不妨。結子定須殘蕊後，招魂況有隔年香。天台異日重相訪，親切爲卿奏緑章。

曉發蘆溝橋

蘆溝橋下水，渡我昔來遊。蘆溝橋上月，照我又歸輈。失路難爲友，驚人不待秋。蕭蕭班馬瘦，四載悔淹留。

叢臺懷古

七龍擾擾金甌缺，猰貐磨牙飼人血。主父變服逞雄圖，中山林胡供咀齧。歸來置酒氣益驕，叢臺千尺築岧嶢。輦路縈紆截雲表，口脂香澤隨風飄。燕姬左挾右吴娃，朝琴暮筑雜悲笳。盡日君王聽不足，六宫粉黛競豪奢。一旦蕭牆殃禍起，肘腋之間成敵壘。雀鷇離宫探莫由，苕華新寵付流水。變都成邑骨成灰，綺羅寂寞但蒿萊。老狸吹火深夜出，如聞舊鬼哭聲哀。吁嗟乎！不戒禽荒與色荒，呼鷹戲馬總荒凉。何似千金買駿骨，至今人説燕昭王。

邯鄲謁盧生祠

琴劍飄零短鬢殘，十年三度過邯鄲。青磁尚見先生抱，不信神仙醒亦難。

滎澤口待度作〔一〕

河帶昆侖陰，江絡昆侖陽。兩已相背行〔二〕，盛派各汪洋。胡爲平成來，但見河爲殃〔三〕。殷邦屢遷徙，漢室争宣防〔四〕。賈讓三策後，水利日皇皇〔五〕。竹箭民力竭，剜肉難補瘡。籌備及捐輸，歲費不可量〔六〕。究其所由異，江有山爲綱〔七〕。重重蠶裹繭，欲逞無由狂。河自下孟門，如馬不受繮〔八〕。高低恣蹂躪〔九〕，一葦誰能杭〔一〇〕。又如鳥出籠，空濶任翔翔〔一一〕。東隄西又齧〔一二〕，此弛彼益張。河清有時兆〔一三〕，河決無時忘〔一四〕。安得神禹神，遠鑿祁連岡〔一五〕。導之塞外走〔一六〕，不由中國行。抑或愚公愚〔一七〕，荷鍤更攜筐〔一八〕。取我岷峨剩，慗置河兩旁〔一九〕。如江得管束〔二〇〕，鱣鮪神揚揚〔二一〕。永絶昏墊害〔二二〕，無復憂廟堂。此語亦太戇〔二三〕，此願何由償。河伯不我聞〔二四〕，搔首望穹蒼〔二五〕。

【校記】

〔一〕《詩鈔》題作《滎澤口待渡有感》。

〔二〕『已』，《詩鈔》作『水』。
〔三〕『但』，《詩鈔》作『祇』。
〔四〕『争』，《詩鈔》作『嵍』。
〔五〕『水利日皇皇』，《詩鈔》作『聚訟多皇皇』。
〔六〕『歲費』，《詩鈔》作『耗斁』。
〔七〕『有』，《詩鈔》作『以』。
〔八〕『不受繮』，《詩鈔》作『脱繮羈』。
〔九〕『高低恣蹂躪』，《詩鈔》作『高卑恣横决』。
〔一〇〕『誰』，《詩鈔》作『豈』。
〔一一〕『又如』兩句《詩鈔》無。
〔一二〕『東隄西又齧』，《詩鈔》作『東堵西又潰』。
〔一三〕『河清』，《詩鈔》作『澄清』。
〔一四〕『河決』，《詩鈔》作『昏墊』。
〔一五〕『遠鑿』，《詩鈔》作『手擘』。
〔一六〕『塞外走』，《詩鈔》作『出塞外』。
〔一七〕『抑或愚公愚』，《詩鈔》作『或借巨靈手』。
〔一八〕『荷鍤更攜筐』，《詩鈔》作『裒益施良方』。

〔一九〕『愁』，《詩鈔》作『夾』。
〔二〇〕『管束』，《詩鈔》作『鈐束』。
〔二一〕『鱣鮪神揚揚』，《詩鈔》作『順理而成章』。
〔二二〕『昏墊害』，《詩鈔》作『泛濫災』。
〔二三〕『此語亦太戇』，《詩鈔》作『此想亦太奇』。
〔二四〕『不我聞』，《詩鈔》作『渺不聞』。
〔二五〕『搔首望穹蒼』，《詩鈔》作『萬古流湯湯』。

同易海恬、朱芸皋、吴杏亭買舟樊口作

驅車出都門，匝月困掀簸。今朝占利涉，失喜看雙舸。飄然兩葉輕，剛稱四人坐。既免暑氣鬱，復少黄埃裹。微風水面來，寒烟江岸鎖。圍棋任争先，説史憑袒左。詼詭與連犿，跌宕無不可。煩歊滌欲盡，自在中流頗。誰信失意人，便是爾與我。

舟中遠望〔一〕

日把篷窻啟，雲烟四望收。荆山分戒出，漢水極天流。解珮人何在，膠船客欲愁。滄浪問清濁，隱隱又漁謳〔二〕。

【校記】

〔一〕《續集》於『舟中』前有『襄河』二字。

〔二〕『又』，《續集》作『聽』。

裡河雜詠

蘆漪蕭瑟水雲涼，荷葉荷花遠近香〔一〕。此日中流閒放艇，不知人世有驕陽。

隄柳陰陰翠不支，輕寒恰與夢相宜。睡回一覺遊仙夢，正是長湖月上時。

雪聲如豆打烏篷〔二〕，回首前遊景物空。祇有竹籬門外犬，吠人依舊晚烟中。

【校記】

〔一〕『荷葉』，《續集》作『菱葉』。

〔二〕『雪』，疑爲『雨』之訛。按：時已入夏，不應有雪；豆打船篷，亦非雪落之聲。

荆州

萍蹤何地説依劉，十幅蒲帆宿雨收〔一〕。爲擬郢中開望眼，夕陽紅處一登樓。

輻輳人烟暑氣深，澧蘭沅芷漫追尋。往來熱客多于鯽，箇裡誰能白雪吟。
息壤曾聞禹蹟奇，荒唐消息甚堪疑。何緣畚鍤荆門外，一驗丹文緑字碑。
兩耳驚濤鬱怒雷，憑欄簫管共喧豗。鮫魚百尺潛波底，應是龍門點額回。

【校記】

〔一〕『蒲帆』，《續集》作『帆隨』。

常德舟中夜遭大風〔一〕

六月十日武陵津，城中溽暑炎蒸人。行囊依舊出旅館，清凉來就江之濱。百舸千艘影忽黑，長空漫漫雲堆墨。平時拙計師連環〔二〕，櫛比帆檣分不得。擊柝街頭正四更，颶風陡作翻江行。沿隄大艑鐵貓拔，滿耳惟聞擊盪聲。披衣急起挑燈坐，傾欹未測何艙破。桂櫂蘭橈總莫施，工商同與清流禍。清流更比濁流駛，捩轉船頭作船尾。雷輥重驚大灘來，舟人面色皆灰死〔三〕。可幸馮夷尚有覺，吞噬未許蛟龍攫。一船泊岸羣船從，人定驚魂潮亦落。平明細認回生處〔四〕，已隔埠頭五里路。從此炎凉任所遭，休工趨避干天怒。

【校記】

〔一〕『大風』，《續集》作『暴風』。

〔二〕『平時』，《續集》作『平昔』。

〔三〕『皆』，《續集》作『盡』。

〔四〕『平明』，《續集》作『明晨』。

舟次桃源〔一〕

纜繫桃源外〔二〕，空山落日斜。桃花應笑客，毦毦又還家。

【校記】

〔一〕『次』，《初集》作『泊』。

〔二〕『桃源』，《初集》作『仙源』。

抵家志感

華髮居然旅食催，離愁暫爲到家開。青氈一席知何似，賀我居然有客來。

初冬枕上偶成

平林猶半緑，伏枕已生涼。嘉客沓何處，清宵如許長。三更湖口月，四載薊門霜。每值人難寐，關心恠不忘。

乙巳 龍池續草

春夜遣懷

春光嵗嵗等閒過，輙向風前喚奈何。買駿衹今燕市少，好龍從古葉公多。鶯聲尚澀花將謝，蘭槳纔呼水欲波。熱血一腔無處灑，挑燈重續惱儂歌。

禽言

行不得也哥哥，擇高柯，夢已訛。南山有綱北有羅，毛羽雖豐奈若何。行不得也哥哥。

春去了，春去了，春光能得幾回好。人生行樂，行樂還須早。當早不早悔來遲，春去了。咄咄怪，顛倒英雄意安在，牧豎小兒爛然黄金帶。參佐一宿無公廨，白頭相如尚把辭賦賣。咄咄怪。得過且過，富貴功名轉驢磨。穢而飽，何如潔而餓，况有北窻可高卧。得過且過。

題南屏張五春農小草集後

鑄成一字抵兼金，意匠難從大冶尋。恠險暗除才子氣，纏綿時見古人心。曉風楊柳春如畫，秋雨梧桐俊不禁。讀到餘甘回頰後，平生粗笨悔狂吟。

去思辭爲署州司馬袁金門作〔一〕

人生得意須不朽，休教鹿鹿宦場走〔二〕。未能痛癢關斯民，何用腰間金印大如斗。君不見漢文翁，不將敝陋鄙蠶叢。石室宏開親講學，絃歌遂匹東山東。又不見廉叔度，不禁火俾民夜作〔三〕。錦城頓起五袴歌，翻嫌太守來何暮。割雞肯把牛刀使，草偃風行類若此。廉吏誰云不可爲，人自不爲廉吏耳。金門少府人中豪，銀手如斷智珠操。讀書千卷始讀律，高誼直薄秋雲高〔四〕。一朝捧檄東川到，官卑誓把君恩報。五日京兆總弗辭，安良第一先除暴。甲辰之歲七月秋，監州去作錦城留。大府爲民求父母，屈公矮屋許抬頭。西溪風土原不惡，士習詩書農耕鑿。年前陡覺幻滄桑，滿目瘡痍苦蕭索。惟公盡心勤撫字〔五〕，端本澄源姑小試。下車便拔薙當門，社鼠城狐齊奪氣〔六〕。長吏都知子賤賢，不掣公肘專公權。飲羊暗斂沈猶詐〔七〕，展驥空懸崔景鞭。惠及嬰孩張廣厦〔八〕，生兒從此多名賈。休沐但將風月談〔九〕，頭銜轉覺貲郎雅。我因求進不得進，星星華髮添雙鬢〔一〇〕。五千里外賦歸來，一路福星聞子駿。鍼砭應手甦積癥，盛事閒曹得未曾〔一一〕。方擬買絲繡趙勝，何意登龍識李膺。龍池我昔擁皋比，無佛稱尊頗自嗤。公詢芻蕘採葑菲，依然聘使濫緇帷。爲儂委曲謀館餐，鶴俸先分苜蓿盤〔一二〕。繼美竝煩新今尹，累君那止一豬肝〔一三〕。可恨三生緣分淺〔一四〕，蠅頭剛把眉頭展〔一五〕。一片慈雲忽吹去，幾時能教使君轉。臨別纏綿重致辭〔一六〕，前路相逢會有期。且修老子通家禮，許附門牆到衮師。吁嗟乎！翻手雲，覆手雨，車笠交情棄如土。誰能咫尺判東西，尚爾拳拳傾肺腑。庭前柳色雨淒淒，日暮愁聽鷓鴣啼。豈爲私情抛不得，好官如此世間稀〔一七〕。

【校記】

〔一〕《續集》《詩鈔》無『州』字。

〔二〕『宦』，《詩鈔》作『名』。

〔三〕《續集》《詩鈔》於『作』下有注云：『去聲。』
〔四〕『高誼』，《詩鈔》作『古誼』。
〔五〕『勤』，《續集》作『求』。
〔六〕《詩鈔》無『甲辰』句至『社鼠』十二句。
〔七〕『暗斂』，《詩鈔》作『早靖』。
〔八〕《詩鈔》於此句下有注云：『於文昌宫設育嬰堂。』
〔九〕『休沐但將風月談』，《詩鈔》作『退食惟將風月談』。
〔一〇〕『星星華髮添雙鬢』，《詩鈔》作『華髮星星粲雙鬢』。
〔一一〕『得』，《續集》作『覩』。
〔一二〕『先』，原作『光』，據《續集》改。按：句意謂袁金門聘詩人爲龍池書院山長，在經費拮据的境況下，優先考慮詩人的束脩和館餐，故用『先』爲勝，底本『光』蓋『先』之形誤。
〔一三〕《詩鈔》無『鍼砭』以下至『累君』十二句。
〔一四〕『可恨』，《續集》《詩鈔》作『可惜』。
〔一五〕『蠅頭』，《詩鈔》作『識荆』。『眉頭』，《續集》《詩鈔》作『愁眉』。
〔一六〕『辭』，《續集》《詩鈔》作『詞』。
〔一七〕《詩鈔》無『吁嗟乎』以下至末句。

接友人見贈七律，依韻奉酬

自從京兆賦歸來，未得離懷叙一杯。雲到無心仍出岫，詩緣避債又登臺。白頭尚覺閒時少，青眼誰於冷處開。賴有舊交公瑾在，瑶箋叠叠費清才。

夏日即目

曳屧蓬門外，鄰陰緑正肥。雨來蟬欲歇，風急鳥先飛。溽暑澄蕉扇，新凉上葛衣。塵心消去久，蘿薜未應違。

六月糜癸川書來索詩，賦寄七律二首

癯仙風骨鶴精神，千億梅花想化身。好我竟循前輩禮，如君方是箇中人。翩翩結習除能盡，淡淡交情契最真。一自識荆蓮幕後，癸川館陸金粟少府幕中。頻教五斗撲襟塵。

晚秋共證菊花禪，慘緑羣推最少年。昨秋賞菊陸署，共推君詩壓卷。別緒正深官閣外，孤帆忽墮晚風前。歡諧旨酒陪文讌，畫展雲龍到海天。月前癸川舟過龍潭，于韻泉司馬席上出家藏《佛海圖》，名筆也。可惜白駒留不得，參軍公廨憶綿綿。

擬古

閒雲出山去，本想從龍飛。龍高不可及，殊與寸心違〔一〕。留滯滄海湄，數年乃言歸。仍尋舊巖穴，偃蹇相因依。霖雨無由成，於世何所希。

往歲春江滸，多種木芙蓉。揭來秋已花，雲錦爛千重。過江一采擷，獨往誰相從。安得青鳥來，銜寄蓬萊峰。蓬萊有故交，消息杳難逢。

昨夢緑髮翁，飄然出雲穴。授我赤玉簡，云是還丹訣。金篆蟠蛟螭，讀之了不徹。余方事經畬，未暇求解説。自有不朽在，飛昇非所切。

【校記】

〔一〕『寸心』，《續集》作『初心』。

讀史雜詠

留侯未遇時，潛踪來下邳。圯上逢老人，授書佐天子。真王得漢高，言果石投水。嫚罵露殺機，見微早知止。功成急引退，辟穀聊爾爾。逍遥赤松遊，不共韓彭死。

張禹稱老儒，性乃好奢淫。後堂理絲竹，時有管絃音。恭儉若彭宣，内疏惟貌欽。及其遇戴崇，入室同謳吟。兩人雖各得，恐乖是非心。無恠上方劍，旁觀感憤深。

東漢矜氣節，末流滋狂瀾。清議互標榜，詆訾及朝端。賢達中固多，亦或淆鴟鸞。區區月旦評，品題詎不刊。非遇黄巾起，誅鋤盡芳蘭。因樹自爲屋，吾愛申屠蟠。

畸士負盛名，頭角龍不如。一念汩榮利，包羞忘本初〔一〕。甘供鷹犬走〔二〕，不惜蕙蘭鉏。文章與氣節，兩者難一居。錚錚管幼安，識微先讀書。不待瓦裂時，乃絶華子魚。

從來石隱流，多衍魚人派〔三〕。茫茫烟水間，恰有一絲掛。吾羨王宏之，通脱尤清快。垂綸三石頭，渾忘宇宙隘。釣既不可得，得亦不肯賣。日夕分故交，同償詩酒債。

嶄嶄石頭城，袁粲最清選。見危甘授命，不忍厚顔靦。門下有雋材，受恩曾弗淺。巢覆寄呱呱，庶幾程嬰勉。胡爲轉見賣，血食忠良翦。解報主人讐，何如獰毛犬。

託業世多途，惟書能免俗。鄴架與曹倉，千古推富足。所以沈攸之，恨不十年讀。傖父獨柳津，見書雙眉蹙。嗤爲故鬼名，一例上章逐。狂固應勝痴，兹狂堪捧腹。

旁光不升俎，騮駁不爲牲。用苟違其材，徒貽識者輕。試觀青史中，幾輩全令名。齧齧屐齒謎，嶤嶤戴帽餳。千秋供笑柄，簪紱空峥嶸。何若龐德公，隴上留清聲。

【校記】

〔一〕『本』，《詩鈔》作『其』。

〔二〕『供』，《詩鈔》作『爲』。

〔三〕『魚人』，《續集》作『漁人』。

秋日有懷陸金粟少府，詩以代柬〔一〕

循吏高風勝腐儒，居然文史足清娱。看花小搆三間屋，跨竈能生千里駒。哲嗣小粟英氣逼人。

無可繫懷惟酒侶，有時入夢只菰蒲。誰將一幅神仙尉，補畫吳門大隱圖。

潦倒詩狂短鬢華，金尊曾與泛流霞。客秋曾以賞菊見招〔二〕。師師裙屐南皮盛，濟濟賓朋北海詩。露灑筆珠秋未老，香分簾押顖尤賒〔三〕。痴心擬向龜蒙約，重九還來就菊花。

【校記】

〔一〕『詩以代柬』，《初集》作『賦此代柬』。

〔二〕《初集》無此注。

〔三〕『尤』，《初集》作『猶』。

衰柳

靈和殿裡認前身〔一〕，舞態翩翩夢尚新。底事斷橋流水外，再來不似昔年春。

【校記】

〔一〕『靈和殿』，原作『雲和殿』，據《續集》改。按：靈和殿，南朝齊武帝所建，五代李存勗《歌頭》云：『靈和殿，禁柳千行，斜金絲絡。』故後世詠柳詩多用靈和殿種柳之典。『雲』蓋『靈』之形誤。

秋夜偶成

空庭人不寐，起坐正三更。凉月娟娟淨，秋蟲唧唧鳴。乾坤誰獨醒，耳目此雙清。一葉梧桐下，悠然動遠情。

同冉石雲訪陸金粟〔一〕，遂留飲賞菊

來踐黄花約，同爲不速賓。簾開香撲面，坐久月窺人。高會懷前度，清談遠俗塵。淵明原

好客，沽酒肯辭貧。

【校記】

〔一〕《初集》於『陸金粟』下有『少府』二字。

柯亭竹 課徒作

湘娥玉質憑顛倒，造物生材多草草。去馬來牛幾夕烟，一枝將抱空亭槁。心虚節勁不消沉，塵世忽然逢賞音。手摩袖拂發光恠，裁之成笛老龍吟。吹到清商雜變徵，響遏行雲雲不起。匏宣瓦奏皆灰死，聲價兼金從此始。君不見爨下桐，荆山璞，瑰奇一樣溷樵牧。青眸不遇有心人，莽莽乾坤同一哭。

歲暮書懷

薄宦尋常事，勞勞數十年。他鄉歸白髮，半職限青氊。窮達知關命，行藏懶問天。幸茲婚嫁畢，任作出山泉。

候蟲吟草卷六

丙午出山小草

春初偶成〔一〕

寂寂衡門掩，花香又覺春。君親恩未報，不敢羨垂綸。

【校記】

〔一〕《續集》題作《春日書懷》。

園中牡丹盛開，喜而有作

春色居然到我家，東風吹放牡丹芽。盈盈浥露團紅玉，灼灼當門賽紫霞。艷絶應教金屋貯，香清那許藥欄遮。得時草木知多少，一世無愁讓此花。

古意

造物最多情，隨人生玩好。無情亦造物，予奪重顛倒。擾擾利名場，眼饞鮮心飽。静夜細尋思，此故非難曉。試看閻浮衆，紛於春地草。倘皆給所求，山海亦枯槁。何如古達士，不貪以爲寶。有酒自酌斟，有書自蒐討。一切任自然，大拙翻成巧。

春柳

生就多情種，纏綿迴不侔。纔能飛弱絮，便解繫離憂。細雨旗亭路，斜陽綺陌樓。笛聲一嗚咽，太半爲勾留。

暮春與客夜話

東皇何事少逡巡，纔見春來又送春。百歲光陰真過客，連宵風雨太驚人。輕烟翠染鴉栖樹，綺陌紅消馬足塵。爲語燈前須痛飲，勞生能得幾閒身。

四月二十日得王屏山儀部書，志感〔一〕

頻年硯食荷吹噓，辛丑館倉場、壬寅館東鹿皆王君薦〔二〕。忘説長安不易居。樗散已成千里別，鴈來猶寄一函書〔三〕。天涯芳草情無限，海上鯨鯢恨未除。爲問容臺風雨夜，陰符讀得近何如。屏山留心經濟，凡韜鈐、壬遁諸書，無不畢力研究〔四〕。

【校記】

〔一〕《續集》無『志感』二字。

〔二〕《續集》無此注。

〔三〕『函』，《續集》作『行』。

〔四〕《續集》無此注。

閏五月廿七日束裝之金堂訓導任，臨發口占

垂老家難別，時乘不自由。江湖仍昨夢，風雨又扁舟。壓担書三篋，彈冠雪滿頭。何年能振策，歸臥舊林邱。

龔灘舟中示柯亭及恪、恕二子

涉世如涉川，不怕風波惡。祇愁捩舵懶，未解先機撥。又愁篙力微，亂向蜂窩擢。人自於水玩，水豈爲人虐。夙聞長老言，法有簡而約。石恠避丁頭，帆張嚴轉脚。首尾共一心，驕矜毋敢作。以此江湖遊，餘裕自綽綽。

爲學譬爲山，不如譬諸水。山峻有時夷，水行無時已。浩瀚看延江，發源濫觴耳。展轉緣羣山，紆迴幾千里。其受日以多，其流漸而駛。一旦出涪陵，遂與岷江匹。朝辭白帝邊，暮宿黄陵趾。朝宗到尾閭，天地爲終始。問彼胡能然，有本者如此。

曉發李渡

蘭橈摇别夢，曙色入船來。梗泛幾時定，星沉今日猜。烟光猶戀水，雲意欲成雷。何處甘霖望，狂吟暗與催。

浮圖關感懷

浮圖關外山，一見一回好。浮圖山下人，一過一回老。山好終古此嫣然，人老那能更少年。秦皇漢武兩愚騃，空勞服食求神仙。君不見黄石公，赤松子，幾箇頑皮真緑髓。甯封竟爲蝙蝠僵，彭祖且坐妖姬死。何如立德立功與立言，青山或者許我同終始。

次李市鎮，夜熱不能寐，因早行

豈是趨炎出，偏教困火城〔一〕。蝶飛難入夢，蚊毒自成聲。雞不荒村待，鞭隨曉月行。勞人真草草，感喟别愁生。

【校記】

〔一〕『偏教』，《續集》作『公然』。

椑木鎮泝舟内江

山行苦藴隆，利涉倩孤槳。殘陽已西落，皓月正東上。披襟坐船頭，江風來瀁漭。螢影亂疏星，蟬聲閟清響。欲彈流水曲，難覓鍾期賞。回瞻買舟處，烟靄平於掌。

簡州道中

折柳橋南路，碓陶跡未荒。古人多繾綣，今我獨傍徨。一雨生秋意，千山澹夕陽。行行重回首〔一〕，鬢是客中蒼。

【校記】

〔一〕『回首』，《初集》作『搔首』。

六月二十二日抵成都後感舊有作〔一〕

自别芙蓉城，于今十六載。舊遊及舊交，魂夢縈每每〔二〕。日昨捧檄到，世事半遷改。朱門産輿儓，圭竇俄爽塏。平生車笠契，荒墳多崔嵬。烜赫冠蓋場，都屬新寮寀。蒿目盡堪驚，風前手承頦。來去曾幾許〔三〕，景已幻桑海。及時不樹立，時過安可悔〔四〕。

【校記】

〔一〕『二十二日』，《續集》作『二十六日』。『有作』，《續集》作『有述』。

〔二〕『魂夢』，《續集》作『夢魂』。

〔三〕『來去曾幾許』，《續集》作『去來一瞥纔』。

〔四〕『可』，《續集》作『能』。

秋初偕同人遊二仙菴、青羊宫、杜公祠諸名勝

端坐劇愁緒，晨出城南門。榿林映葭葦，濃緑紛雲屯。細碎漏金光，江頭朝日暾。遥見百花潭，琳宫浮烟村。未及草堂造，二仙先過存。老柏鬱蒼蒼，籜龍已生孫。舊時題詠處，一一尚可捫。差勝武陵漁，重到桃花源。

嵂崒青羊宫，相隣本尺咫。爲有紅牆隔，紆行幾二里。苔徑認重門，氣仍函關紫。鐘磬寂無聞，殿庭清若洗。道侣團蒲坐，見客不爲禮。鶴髪諸錬師，生存問無幾。恰有松間鵲，窺檐時徙倚。似識舊遊人，啞啞報歡喜。

連袂辭青羊，浣花溪忽至。翠竹隱圓沙，蒼藤扶橘刺。一水湛澄泓，清絶初祖地。到門蟬

語歇，入室香烟膩。諸佛諸菩提，牟尼珠可記。經堂舊復新，丈室整逾邃。茶罷眺周遭，花間增感喟。世事多升沉，禪宗尠崇替。

古緑叢修篁，草堂閟幽賞。藥欄尋徑入，亭閣天光敞。花氣雜衣香，遊侶粲成黨。遺像參少陵，鬚眉肅蕭爽。婦孺藐何知，詩龕同嚮往。緬維大雅材，超軼世無兩。一朝羈泊地，千載高山仰。護法笑沙門，亦且資標榜。

將身入圖畫，欲去仍復留。徘徊松竹間，凉意已成秋。喟兹隙駒疾〔一〕，今古難停騶。昔時少年子，轉盼雪盈頭。青羊不再來，赤松安可求。何如拾遺叟，高詠鏘琳璆〔二〕。顛沛雖半生，芳徽誰與儔。出門重搔首〔三〕，四野暮烟浮。

【校記】

〔一〕『疾』，《續集》作『辭』。

〔二〕『鏘』，《續集》作『戛』。

〔三〕『重搔首』，《續集》作『搔皓首』。

錦城雜詠十首録六

石鏡

蜀國埋香地，憑誰問假真。徒留墳上石，不見鏡中人。

琴臺

求凰聲未歇，頭白已成吟。千古風流憾，蒼凉一曲琴。

碧雞坊

祀已停金馬〔一〕，坊猶艷碧雞。幾番尋故蹟，一片晚烟迷。

洗墨池

草元人久去，洗墨尚名池。文可相如配，後來知復誰？

支機石

海客乘秋槎，何緣見織女。機絲爾許長，問石石無語。

籌邊樓

西南邊患急，籌備矗危樓。恰有傷心處，寃沉悉怛謀。

【校記】

〔一〕『已』，《續集》作『早』。

遊武侯祠，因謁惠陵

郭外秋已清，城中暑猶溽。眷懷丞相祠，暢好恣遊矚。依舊呼筍輿，芳郊避炎燠。過江見平林，蒼翠如膏沐〔一〕。炊烟引練素，紺宇露朝旭。隔葉鸝無聲，映階草競緑。冕旒先帝古，鶴氅宗臣肅。再拜致精虔，涼颸起叢竹。

竹徑緑陰静，因之謁惠陵。松楸紛掩冉〔二〕，檜柏蔚崚嶒。巍巍橋山下，遊歷記吾曾。昔祗短垣護，今兹百堵興。秋高雲自合，日午露猶凝。樵牧永莫犯，羊牛安可登。感此笑阿瞞，疑冢空頻仍。何如魚水契，遺愛至今稱。

【校記】

〔一〕『如』，《續集》作『同』。

〔二〕『冉』，《續集》作『苒』。

夜凉

陡覺炎威減，凉生一夜秋。鴈隨新月見，螢帶暝烟流。寂坐添鄉思，高歌遣客愁。故園花信遠，開到木樨不。

八月初一日赴金堂任道中作〔一〕

老作西川客，今纔一命邀。馬頭增感慨，羊角愧扶摇。徑别蓉城小，雲涵繡水驕。清貧原不礙，聊此息塵囂。

【校記】

〔一〕《續集》於『金堂』下有『訓導』二字。

抵金堂

丹桂誰家發，風來遠近香。雲迷三學寺，烟靄五賢坊。日暮多歸鳥，城高見女牆。輿夫頻指嚮，前路即金堂。

學署即事

黌門平列繡川西，古柏蒼然兩面齊。容膝不知官舍窄，抬頭纔覺畫簷低。風前暗數鴉千點，月下閒澆菜一畦。況味箇中如水淡，那堪消息寄山妻。

奎閣閒眺

傑閣憑虛搆，登臨眼界寬。星躔依井絡，山勢極龍蟠。蟠龍山在趙家渡南。大野烟光淡，寥天鴈影寒。典型接揚馬，芳躅孰追攀。

明教寺

清絶招提境，蕭然足勝遊。鐘聲長破夢，松影不知秋。丈室尋僧語，閒雲帶月流。歸來燈久上，餘興尚悠悠。

闈後送柯亭歸里

秋水去迢迢，秋風折柳條。送君還梓里，此別更魂銷。道遠書難寄，年衰病易招。故人如念我，隔歲早乘軺。

棒客行

禿襟小袖英雄結，若輩頭巾名。千百同盟稱棒客。鎗礮公然市肆行，發塚椎牛塹下策。初時擇肉學豬屠，賊將富户捉去勒贖，名『拉肥猪』。勒贖猶然問菀枯。噉以千金飽所欲，蚩蚩尚得全其軀〔一〕。繼因錢虜多慳吝，不甘捨財甘飲刃。蠶食變爲瓜蔓抄，倉箱頃刻成灰燼。跂踶蹩躠辨恩仇，誑惑愚氓秋復秋。驛騷漸徧川西路，巢穴咸推烏苗溝。簡州地〔二〕。我從八月來金堂，竊發時時聞四鄉。小懲未遑申大戒〔三〕，疎防幾失韓灘場。守備某與賊遇被擒，並擒去千把二人，竊據趙家渡者凡三日〔四〕。邇來大府嚴捕拏，重死歐刀輕死枷。蔓草雖除根未盡，狂風一煽又萌芽。嗚呼棒客亦人子，胡不愛生偏愛死。豈真黑劫有循環，搔首問天天不理〔五〕。

【校記】

〔一〕『尚得』，《續集》作『猶得』。

〔二〕《續集》無此注。

〔三〕『大戒』，《續集》作『大創』。

〔四〕此注《續集》作『賊據趙家渡者三日』。

〔五〕『不理』，《續集》作『不耳』。

冬郊散步

附郭林泉苦未經，閒尋野徑出郊坰。雲連玉壘天衣白，山過金堂佛髻青。地險祗今無割據，
風流在昔好儀型。遥知繡水縈洄處，應有絃歌待客聽。

廳署折臘梅一枝，歸而戲作

磬口檀心破曉寒，折來便作美人看。恰愁紙帳横陳處，臘味無餘入夢難。

祀竈

楮錢寓馬夜中焚，小潔尊罍薄餞君。莫恠黄羊無血祭，冷官滋味已平分。

除夕〔一〕

燈前回首舊風塵，辜負昂藏幾尺身。昨日初分隨月俸，明朝又是隔年人。幸教餓死逃溝壑，
遑冀高歌動鬼神。爲囑兒曹休守歲，姑從老子息勞薪。

【校記】

〔一〕《續集》於題下有注云：『以下在金堂任作。』蓋《續集》所選七律中，此爲赴金堂任後第一首。

丁未

春日書懷〔一〕

冷逼冬烘笑未終，人間瞥眼换春風。門前水漲無情碧，牆内花開得意紅。懶對茫茫談世事，久甘袞袞讓諸公。痴兒不解閒心性，猶把鱣銜望羽蟲。

【校記】

〔一〕《初集》於『春日』前有『金堂學署』四字。

喜周星垣、秦芋田來署受業

不憚關河阻，居然竝轡來。愁眉容我釋，笑口爲君開。雨雪今能耐，風雲會自該。相期俱努力，勉作濟時材。

錦官道中

小别蓉城後，羈栖忽半年。桃紅猶剩錦，柳緑已含烟。春去忙如此，愁來劇可憐。未知騎馬路，誰着祖生鞭。

遊薛濤井

城南昨歲來，擬過薛濤井。遊眺未及徧，羲輪已西騁。含意因莫伸，寸衷常耿耿。今茲風日佳，兼有黄鸝請。結伴出東關，中流浮舴艋。桃花照眼明，津逮吟樓境。枇杷杳無跡，緑篠空留影。攬衣入苔徑，籬落猶修整。水色含餘清，雙蛾呈遠嶺。春禽去復至，徘徊忘晝永。詩成不敢題，怕被芳魂哂。

重過浣花溪

昔日尋詩錦水邊，浣溪烟景重流連。今來翠竹圓沙地，正值風和雨霽天。遺老丰神存髣髴，游人車馬漫喧闐。回頭恰有難堪處，酒伴墳多叫杜鵑。

古鐘歌

蒲牢不肯刧灰死，千百餘年存具體。挽推應運上軒懸，欒于猶帶土花紫。遥憶初陳殿寢時，鳳簫鼉鼓相參差。鯨鏗一發雉羣雊，聾俗曾無百里遺。何緣樂部金甌缺，黄鐘大吕齊銷歇。塵世幾同禹鼎埋，荆榛會伴銅駝滅。旋蟲半出泥沙邊，摩挲幾度心悽然。好古欣教得大府，能將舊夢尋鈞天〔一〕。危樓突兀薄雲表，筍簴從兹永不掉。恰恠宫商藏滿腹，横敲側擊偏悄悄〔二〕。臺前欲去重徘徊，大物龐然豈不材。鏗鏘想把后夔待，莫漫太常啞樂猜。

【校記】

〔一〕《續集》於此句下有注云：『鐘舊半陷鼓樓街塵土中，制軍某命復軒懸。』

〔二〕『偏』，《續集》作『聲』。

自教場歸寓，路過文殊院小憇

鎮日塵坌馬足間，偶從祇樹暫偷閒。一聲清磬檀烟淡，頓把勞人俗慮删。

竹樹陰森亂曉昏，坐來滿眼緑雲屯。輸他老衲蕭閒甚，剥啄居然不到門。

詠泮池荷花

池塘一樣孕靈根，纔入黌門品便尊。雲繞花天開色界，月明璧水淨吟魂。飄蓬無復愁風雨，得藕尤宜長子孫。一自濂溪品題後，梅清菊瘦未深論。

趨炎肯附俗人來，淡冶仍從冷處開。湛露宵零香有韻，薰風晝拂夢無埃。出頭已許同心賞，晚節還思並蒂栽。好與宮牆添活相，免教板板蔭疎槐。

六月十四日，陳樵伯以賞荷見召，席間見贈七古一章，依韻奉酬，並博松山、蘭階昆仲一粲

生不能蓬山簪筆學詞曹，又不能皇華四牡稱賢勞。而乃馬背船脣奔走數十載，削瓜之面同皋陶。傳食諸侯防齒冷，歸來長鋏歌聲静。雞蟲得失久無争，竊禄承平敢僥倖。忽然捧檄作儒官，翹首天涯少故懽。青眼恰逢陳仲舉，論交不薄寒氊寒。闔門羣從盡詩人，伯虎季羆誰等倫。留賓投轄家風古，醉其德者如飲醕。記從去年秋，濫竽至於此。文讌屢追陪，千疊情波起。清才約畧見一斑，巨製未窺全豹美。荷花開處召朋好，詩筒先遣奚童報。親將藁飫訓厨娘，食單

毋許虛聲盜。護世城中無菽藿，五漿三饋饒芬馥。圓几團圍水榭邊，似書未生更重讀。月前小集做食字齋。翻翻菱角譜當筵，是日召校書某侑酒。苛禮全將俗例捐。酒酣耳熱哀絲歇，跳出驚人句一篇。灝氣翱翔參李杜，遠勝香山新樂府。欲教紅粉歌莫能，牟尼珠自從頭數。吁嗟乎！三生石，七字詩，投桃報李費尋思。祇恐潁川此夕德星聚，旁有小星也被熙朝太史窺。

樵伯以鮮笋見贈，乃弟蘭階亦以紈扇相遺〔一〕，且均有詩，爲乘韋先，因走筆答賦謝之

腹已唐園似，清貧笑冷官。筐承偏禮重，筍及帶詩看。道味尋求易，禪心証辨難。花猪謀配取，一洗舊寒酸。

仁風揚不盡，竟夕獨徘徊。契許如蘭結，情猶老鶴猜。扇畫蘭並書東坡《鶴嘆》詩。國香同醞釀，好爵待追陪。握手依依處，涼飔任早催。

【校記】

〔一〕《初集》於『乃』前有『同日』二字。

步樵伯復贈五律二首元韻

牝牡驪黄外，惟君着眼明。炎凉懲薄俗，古淡見交情。短札雲來去，新詩月送迎。周行頻示我，那不倍輸誠。

微官何足道，冷煖任斯人。叨與南皮會，頻爲北海賓。李桃投贈密，風月唱酬新。誰信雷陳後，相知更有真。

漫畫歌 儆貪也

漫畫漫畫真饕餮，貪心勝似熱官熱。争食自矜嘴距長，從朝至暮恆屑屑。有時側翅學飢鷹，草間狐兎空憑陵。有時延頸如蒼鶻，饞眼那能飽所欲。沮澤不分潔與汙，腥臊不辨蝦與魚。但堪置喙便投足，畫惟嫌緩不嫌虚。閒鷗太息老蛟怒，逐逐奔馳渾弗顧。偶然物命巧相值，吞噬攫網甘誰恕。菰蒲獵獵秋風高，獨往獨來意氣豪。一飽之餘竟何有，冰天仍作寒蟲號。可知得失關蒼穹，縮者非拙嬴非工。試看茫茫烟水上〔一〕，幾曾餓死信天翁〔二〕。

【校記】

〔一〕『上』，《續集》作『外』。

〔二〕『餓』，《續集》作『饑』。

長夏偶成

已罷鈔書課，牆陰日甫斜。小年長若此，鄉夢杳無涯。嫩竹摇新翠，疎槐落晚花。清機誰共賞，撰杖待歸鴉。

松徑

閒尋松徑藉晴莎，落日寒烟鎖薜蘿。紈扇未捐蟬語歇，葛衣贏得早秋多。

秋日集陶

少無適俗韻，每每顧林園。但道桑麻長，而無車馬喧。詩書敦夙好，芻蒿有常温。今日從兹役，生存不可言。

涼風起將夕，白日掩荆扉。春秫作美酒，一觴聊可揮。代耕非所望，孰敢慕輕肥。芳菊開林耀，願言從此歸。

曉起

冷齋書味足清華，曉起寒燈尚有花。恠底閒雲凉入夢，夜來忘却掩窻紗。

秋日柬冉石雲

秋風蕭蕭秋葉黄，有美人兮天一方。愛而不見我心傷，平生耿耿羅中腸。憶昔追逐參翱翔，騷壇旗鼓無分張。彈絲吹竹雜宫商，前于後喁聲琅琅。一日之樂抵千霜，凭人白眼睨兩旁。君拔蝥弧慶騰驤，我猶海若迷汪洋。十年飢走啼寒螿，已分庖丁善刀藏。驪珠偶竊龍睡鄉，相期夙願仍難償。爾時意氣尚軒昂，會少離多差可忘。歲月如流駒隙忙，五十之年忽俱將。君擁臯比儂出疆，欄杆苜蓿長金堂。不肯攜手上河梁，臨行贈我璆琳章。以窺爲瑱示周行，壓擔重比千金羊。堨來冒暑走踉蹌，如此捧檄眉奚揚。蓉城訪舊倍茫茫，辰星落落誰偕臧。惟我與君雖各廂，聲氣猶堪通笙簧。嗟余又如馬受韁，周南留滯日初長。兩餐脱粟煩較量，啄腐吞腥安所望。何如敬止梓與桑，雞碑雀籙盈君牀。南鄰小阮吹甘凉，碧天秋老同鏗鏘。等身著作虹霓光，李杜韓蘇相頡頏。昨夢駟虬持瓊漿，從君詠嘲如往嘗。檐前鐵馬驚雷硠，醒後空存老渴羌。搔頭拊枕頻忖詳，後會冥冥祝穹蒼。經畬可使莊不荒，急流一葦吾能杭。買鄰卜築共徜徉，唱和依然樂未央。

秋夜臥聽周生星垣讀楚詞有感

風雅淪亡後，文章出楚騷。美人含意遠，芳草寄情遥。哀郢天難問，懷沙恨未消。聽君清夜讀，如把旅魂招。

我亦傷秋士，悲歌學載賡。老懷常獨往，今夕有同聲。擊汰心如訴，登天夢不成。商飈中夜急，蕭瑟若爲情。

九日登北門城樓〔一〕

怕阻登高興，天教霽景開。半生多在客，九日重登臺。歲已堂堂去，江猶滚滚來。茱萸難獨插，望遠且徘徊。

【校記】

〔一〕『樓』，《初集》作『臺』。

重九後三日小集蘭階靚園賞菊〔一〕

瀟灑亭臺冠一城，花開四季讓秋清。頻來不受園丁拒，雅集何妨俗子驚。到眼寒香看爛熳，當筵玉笛聽分明。多君晚節高如許，別後那無老夢縈。

【校記】

〔一〕《續集》於「蘭階」前有「陳」字。

初冬散步

山間秋已盡，籬外雨初乾。爲訪高人出〔一〕，閒尋古碣看。白雲仍靄靄，紅葉漸珊珊。曲徑通幽處，清輝欲畫難。

【校記】

〔一〕「高人」，《續集》作「幽人」。

十一月十二日，次子恪至，聞周生梯雲、裴生麟之院試獲雋，喜而有作，即以代柬

與我周旋久，惟生最妙年。同堂驚悟捷，辟咡妬恩偏。驥足看初展，鵬程信有緣。青氊回首處，衣鉢待親傳。梯雲

盛氣無儕輩，心師獨我師。璧人卿自愛，珊網世難遺。針芥名場合，風雲老眼窺。扶摇須努力，莫負少年時。麟之

臘日

臘日虋門静不挨，一灣流水曲成隈。休將冷署嘲岑寂，尚有寒梅犯雪開。

戊申

人日書懷

入春纔七日，離家已二年。薛道衡句。昔人曾悵悵，老我重拳拳。淑氣來無跡，韶華去若烟。白頭頻拊鏡，一顧一愴然。

春郊即目 四首録三

消遣窮愁學著書，棄來墨瀋欲成渠。不知門外春深淺，撰杖閒行日稷初。

涴地垂楊緑未成，玉虹橋畔水初生。烏犍似識寒猶在，自揀牆東暖處行。

青旗摇曳夕陽天，正是人家賣酒天。好向花間謀一醉，囊中恰有買春錢。

暮春書感

桃花如雪落〔一〕，陌上又春深。歸鴈杳何處，幽人空獨吟。烟波雙眼濶，歲月二毛侵。報國知無分〔二〕，搔頭感不禁。

【校記】

〔一〕『桃花』，《初集》作『楊華』。

〔二〕『無分』，《初集》作『無地』。

雨後閒眺

放眼榿林外，人烟澹不齊。雨殘雲頂北，虹起繡川西。載酒誰攜屐，尋僧欲杖藜。流鶯如解事，睍睆下前溪。

五月五日同樵伯昆季泛舟趙家渡，紀以長句

去年五月天中時，先生示我紀遊詩。行間沸沸蛟龍走，如椽大筆森淋漓。魂夢尚縈佳節又，盛遊擬續期先期。伯歌季舞徵朋好，容余朽拙相攀追。出門一笑白雲白，沿途兩腋清風吹。筍

輿四足捷于馬，瞬息已屆韓灘湄。錦纜牙檣列左右，衣香人影紛參差。鼉梁欲駕且遲駕，鯨背將騎猶未騎。蕭齋小憩日正午，飄然一葉中流隨。鼓聲沸耳龍舟集，猛氣直奪千熊羆。烏鵲驚飛山鬼咤，天吴起舞冰夷悲。青楓斑竹杳何處，角黍無因弔湘纍。憑欄但見波光澈，雲山倒映争峥嶬。三學聖燈望咫尺，日暮不獲同娱嬉。元方兄弟俱悼歎，天戈難借魯陽麾。我獻芻蕘作轉語，君其聽之毋笑痴。樂不可極古有訓，留餘不盡味更滋。譬如往歲盛豺虎，此地幾希生瘢痍。伯勞東逃燕西匿，遑云豪竹偕哀絲。翦除幸荷神明力，家室依舊無流離。衹今大府恩威布，賣刀買犢歌邊陲。我輩但能志瀟灑，登臨何患少機宜。讕言未畢諸公起，同心指向滄江涯。願得閒身彼此各無恙，歲歲來醉菖蒲酒一卮。

夜宿樵伯志在山水樓〔一〕

百尺元龍本不嫌，仁山知水一樓兼。憑欄雅稱吹長笛，對酒渾宜卷畫簾。人指寓公爲謝眺，天留此樂位陶潛。可知風月高談夜，蝴蝶飛來夢也恬。

【校記】

〔一〕《續集》於題下有注云：『樓在趙家渡。』

歸署後樵伯見示七古一章，依韻和之

長鋏歸來頭半白，青氈兀坐無顏色。飫聞佳勝數韓灘，範水模山總不得。太邱昆季昨我偕，纔把匡廬真面識。水清泠揚波，山嵯峨効職。簫鼓中流競，釵鈿兩岸塞。但覺高歌感鬼神，誰爲湘纍懷愴惻。咄嗟千古滔滔去，當前紅日易西匿。狂眼能教阮籍青，組綬何須江令黑。三學神仙李八百，枯骸難起荒山側。爭如名士酒一杯，醉後豪吟詩有力。奇氣時生作作芒，交窺不畏神龍偪。多情座上讓君多，琵琶檀槽獨追憶。樵伯盛稱昨歲某校書色藝。間關鶯語花杳然，蛾眉人去無消息。手爲天馬馳四極，哀而不傷仍麗則。敬通自笑如跛鼈，沉潛好借高明克。不然定使河伯嘲饕餮，侯鯖徒飽先生德。前夕雲函帶雨來，森森古義元標植。誦之流沫頻擊節，老我重遊華胥國。安得論交天地間，人人如此可與談胸臆。

再疊前韻寄題志在山水樓〔一〕

貼水鳧鷖飛拍拍，雲影天光共一色。至樂何須世上爭，閒情盡向此中得。冷眼能窺造化機，吾羨元龍真特識。一樓突兀水之涯，羣山合形輔勢來。効職邇延野綠遠，天碧水欲浮空山。與塞盈眸禾黍蔚，歧嶷入耳箏琵無愴惻。山風拚教列寇御，水恠都爲温嶠匿。老子欺人恣詭俶〔二〕，漫言知白姑守黑。争似大開八達窻，乾坤一覽檐牙側。盪胸奇氣自西來，巉叢不假五丁力。憑欄咳唾皆珠玉，前賢應畏後賢偪。褦襶觸熱偶追隨，空桑一宿猶堪憶。漆園蝶夢清涼多，火繖炎官威焰息。吁嗟乎！丈夫既不能名山奔走徧三百，又不能黄河源流窮四極。死抱遺編學蠹魚，枉字靈均摹正則。偉哉先生殊温克，知水仁山全天德。仿將吟格韻亭臺，王祐之槐手自植。尋仙即是桃源地，垂釣居然龍伯國。伸脚踢翻黄鶴樓，千秋長此開胸臆。

【校記】

〔一〕《續集》題作《題陳樵伯志在山水樓疊前見寄原韻》。

〔二〕『愆』，《續集》作『滋』。

閒雲

簇簇芙蓉矗〔一〕，閒雲又遠岑。未償爲雨願，空負出山心。映日虹光迴〔二〕，含風暑氣沉。幸無蒼狗幻，舒卷尚堪欽。

【校記】

〔一〕『矗』，《續集》作『白』。

〔二〕『虹光迴』，《續集》作『烟光薄』。

讀黃霖《歸農百詠》題後

歸農百首著新詩，本分家常絶妙詞。祇爲村居傳播少，姓名湮没少人知。

蘇坡橋畔有荒莊，書畫遷來自什邡。黄什邡縣諸生。底事雨村裒《蜀雅》，公然忘却是同鄉。《蜀雅》注云，霖不知何許人。

月明蘆花繫釣船，偶因畫蟹寓流連。痴人竟把江南字，認作先生本籍編。黄《畫蟹詩》有『何時得到江南地，明月蘆花繫釣船』句，或因此疑其本江南人。

獨木懸崖閲歷窮，晚來纔得苦吟工。『野人慣走懸崖路，山馬能行獨木橋』『有酒方知春夢穩，不窮安得苦吟工』等句皆佳，惜全篇不傳。可憐佳句多零落，百詠僅存數紙中。

長夏雜詠

長日擁皋比，蕭然忘嚮往。荷風送冷香，蟬噪餘清響。室静扇無煩，慮空心倍廣。蘧蘧夢覺間，境在羲皇上。

日暮天無雲，輕烟羃高樹。出門曳葛裾，隨意松陰步。入耳尠塵囂，迎眸多逸趣。池邊偶濯足，孤潔還吾素。

松山園亭落成召飲，紀以長句

傳人不藉園林好，園好益覺傳人巧。點綴能參造化功，逍遥那管烟霞老。我懷此樂四十年，空囊羞澀買山錢。黌舍一區偶竊禄，蝸廬局促仍焦先。幸有芳鄰聯密邇，棣華競爽高陽里。時開東閣召嘉賓，泉石得窺塵外美。初將清福艷蘭階，五柳門臨槐樹街。蘭階卜築處。聽雨樓高森百尺，就花榭好映蒼崖。秋月春風等閒度，談深每每忘歸暮。臥遊軒裡飽看山，觀止云云吾欲賦。聽雨樓、就花榭談風月處，臥遊軒、飽看山房皆蘭階園中勝景。今年六月雨初晴，阿兄亭臺又落成。客來未到舊遊處，新色先從眼底生。一重一掩倪迂畫，真箇一花一世界。奇礓瘦石嵌玲瓏，稜稜風骨争詩派。水竹三分月二分，層樓聳翠截行雲。梧烟斷處茶烟續，問字樓名。潛來祇小君。更添水檻名半舫，篠徑縈紆鬱相望。不教一筆複文章，慘淡經營徵意匠。記得年前此賞荷，美人薄醉朱顏酡。清歌已令花含笑，矧今秩秩居有那。來青閣，消夏灣，俱園中景。魚躍鳶飛足此間。瀝髪豈須餐脈望，舊有做食仙字之齋。憑欄便覺骨珊珊。座客争將結搆誇，碧筩杯酒盈量加。仲氏吹箎伯氏和，歸來兩耳猶清華。挑燈擬作新宫頌，板板陳言君無用。不如眼福譽自家，翻博賓筵哂者衆。摩挲短鬢重尋思，我用我法君固奇。阿雲尚有生春手，椅桐早撰定中詩。樵伯擬卜築城東偏。明年考室城東宅，鼎立懸知增逸格。後堂絲竹許儂無，又想先期問樵伯。

秋初城上遠眺

閒上城南百尺牆，客情鄉思兩茫茫。横江鴈影傳秋信，繞樹蟬聲戀夕陽。郭外又看菰米熟，山中常恐石田荒。何時打槳東歸去，辟穀尋仙學子房。

中秋〔一〕

絶少銀蟾望，僕少夜坐〔二〕。今宵未掩關〔三〕。普天澄霽色，何處溼雲鬟。兎魄清于洗，蛾眉老不彎。故園兒女大，遠夢應難删〔四〕。

逸韻吟蛩倡，悠然欲放歌。當頭圓夜少〔五〕，對影古人多。空濶秋無際，高寒境若何。瓊樓兼玉宇，水調憶東坡。

【校記】

〔一〕《初集》題作《中秋口占》。

〔二〕《初集》於『僕』下有『素』字。
〔三〕『未』，《初集》作『不』。
〔四〕『應』，《初集》作『定』。
〔五〕『圓』，《初集》作『閒』。

重陽前夕枕上偶成

孤枕不成寐，寒更爾許長〔一〕。荷枯猶戰雨，菊瘦已霏香〔二〕。秋氣增淒薄，詩情入老蒼。那堪雞唱後〔三〕，撫序又重陽。

【校記】

〔一〕『寒更爾許長』，《初集》作『寒宵如此長』。
〔二〕『霏』，《初集》作『蜚』。
〔三〕『雞唱』，《初集》作『唱雞』。

擬雞鳴歌

霜華如水風悄悄，桃都峯頭雞催曉。呼朋起舞趁殘星，好夢猶向鈞天繞。須臾海湧重輪日，牆角老鴉飛去疾。

冬初晚步

風雪淒其小雪天，故園東望感華顛。依人落落同餘子，竟爾悠悠似往年。紅樹青山猶有分，黄雞白酒且隨緣。時流未解閒曹冷，共羡阿儂是散仙。

病臂自嘲

東塗西抹老風塵，右臂無端困屈伸。斂手已將稱半士，痴心猶想作全人〔一〕。熨殘屈突葱三斗〔二〕，墊避林宗雨一巾。醫云當忌寒濕。斑管幾回思放下，郊陬終要等麒麟。

半生衰病已成翁〔三〕，剩有扶持願未終。把臂快傾名士酒〔四〕，執鞭欣慕古人風。如何射鴨愁無力，並使塗鴉氣不充。似此頭顱纔折臂，那能有命到三公。

【校記】

〔一〕『痴心』，《續集》作『捫心』。

〔二〕『突』，原作『斗』，據《續集》改。按：疑因涉下文『斗』字而訛。

〔三〕『已』，《續集》作『蚤』。
〔四〕『臂』，《續集》作『袂』。

消寒詞

霜華如水映簾櫳，寒透重裘不待風。自檢薰爐添活火，由他頭摇笑冬烘。
煖閣風門晝不開〔一〕，溪橋冰滑客難來。巾箱偶得金花紙，火硯安排試麝煤。
暫過糟邱便醉醺，生來紅友少同羣。祛寒無那聊資彼，旋旋推排到一分。

【校記】
〔一〕『晝』，原作『畫』，據句意改。按：『風門』爲房門外加設之門用於禦風，因天氣寒冷，故云『晝不開』。作『畫』則不可解。

城上口占〔一〕

憑城望鄉山，山遠苦無睹。栗冽北風號，寒烟沉竹塢〔二〕。鴉帶暝色至，飛飛紛可數。競覓故枝栖，如人有分土。感兹羽族微，歲暮猶甯宇。胡乃逐斗升，不獲安蓬户。蓬户知如何〔三〕，山頭月又吐。

【校記】

〔一〕『口占』，《續集》作『晚眺』。

〔二〕『竹塢』，《續集》作『遠渚』。

〔三〕『如何』，《續集》作『何似』。

饋歲

瓊漿蜜餌雜餦餭，處處人家饋歲忙。一事捫心真可笑，官場禮物半虛筐。

除夕

寂寞渾閒事，窮年悵腐儒。爆聲千户熱，人影一燈孤。戰伐乾坤隘，推敲歲月徂。祭詩今並懶，奚暇换桃符。

候蟲吟草卷七

己酉

古意

步出城西門，英英雲氣白。前年折楊柳，曾此送行客。我欲招黃鶴，黃鶴去何鄉。怕聽隴頭水，嗚咽斷人腸。

擬企喻歌

書中三尺蠹，埋頭窗下死。橫絶學健兒，何如黃鷂子。

夜上鴛鴦樓，仰首看天狼。威弧不能弦，箭筈空自張。
犀革飾裲襠，鐵葉飾兜鍪。捐軀期報國，不爲覓封侯。

喜冉柯亭、裴麟之、周梯雲、熊升之先後至署〔一〕

冷署連年悵索居，天池嘗盼北溟魚。何緣舊雨紛紛集，倡和依然在塾初。
萍香聚處足清歡，日日春風拂畫欄。羊角扶摇知有兆，秋來拭目看鵬摶。

【校記】

〔一〕署，原作『暑』，據題意及詩歌首句改。

初伏小集陳松山箇園，次紅樵李明府韻

樗散有餘閒，琹鳴無俗事。選勝閱濠濮，相邀尋綺季。舒舒化日長，習習輕颸吹。犬迎熟客來，鵲噪新賓至。荷影散幽香，溪光摇冷翠。各含歡喜心，備極綢繆意。苛禮盡蠲除，俗塵争退避。忘是驕陽天，居然秋滿地。觥籌樂已賒，唱和詩尤邃。空谷縶白駒，孔時歌既醉。雅誼古曾聞，風流今未墜。逍遥遊如何，欲問漆園吏。

暖房詞爲樵伯續絃誌喜〔一〕

求凰一曲記分明，重撥朱絃手未生。想得今宵花燭夜〔二〕，清詞彈出又雙聲〔三〕。
新開華屋氣如虹，迎得仙娥出月宮。珠翠兩行應斂衽，讓他一朵牡丹紅。
到門便覺綺羅香，有客提攜入畫堂。紱卿比部〔四〕。我比劉楨殊快活，公然平立看新娘。
百花叢裡識羅敷，眼界多君絶世無。月榭風亭齊起色，夜深長伴美人圖。
龍涎百合暈重裀，雲雨西施莫浪顰。迢遞巫山峯十二，襄王原是過來人。
團團荷葉蓋雙鴛，畫出詩人得意天。爲報諸君須解事，休將投轄望花前。
恰有讕言代緑章〔五〕，陽臺消息共商量。元龍意氣高千古，是否仍分上下牀。
老蚌生珠理自該，新詩幾首預親裁。明年湯餅開筵早〔六〕，我縱無功也要來。

【校記】

〔一〕『爲樵伯續絃誌喜』，《續集》作『爲陳樵伯續絃作』。

〔二〕『夜』，《續集》作『燦』。

〔三〕『清詞』，《續集》作『新詞』。

〔四〕《續集》無此注。

〔五〕『讕言』，《續集》作『狂言』。

〔六〕『明年』，《續集》作『來年』。

樵伯以所次張和雨學博催粧詩見示并索和，走筆答賦，兼呈和雨先生

金閨枕簟原欺暑，況復連宵挾巫雨。善手親將寶瑟調，踐更那管靈鼉鼓。流蘇百琲夜清涼，雞唱桃都夢亦忘。燈畔並棲香蛺蝶，花前重續錦鴛鴦。房中明日傳新調，老人風皆變年少〔一〕。就中京兆眉嫵多，巨筆淋漓尤傑妙〔二〕。能把温柔寫阿嬌，清詞絡繹無塵囂〔三〕。鏗鏘宛爾霓裳奏，縹緲如聞紫玉簫。響遏行雲雲弗散〔四〕，餘音嫋嫋凝羅幔〔五〕。後庭瓊樹盡含春，竹也添丁翹直幹。檀郎對此綻心花，日日新婚吟孔嘉。敗兵未向牀頭曳，餘勇還因大敵誇。箋來再索催粧賦，檢點奚囊尋好句。翻愁記曲是仙娥〔六〕，笑我白頭不知趣。分應斂迹避羣英，鮑老登場尚有情〔七〕。誦到香山長慶體，華鬘彷彿見芳卿。拈髭又學邯鄲步，彳亍疲牂仍似故。舞罷柘枝問張顛〔八〕，可容驥尾蒼蠅附。

【校記】

〔一〕『皆』，《詩鈔》作『忽』。
〔二〕『傑』，《詩鈔》作『敏』。
〔三〕『絡繹無塵囂』，《詩鈔》作『灑落淨塵囂』。
〔四〕『弗』，《詩鈔》作『不』。
〔五〕『凝』，《詩鈔》作『縈』。
〔六〕『仙娥』，《續集》《詩鈔》作『湘娥』。
〔七〕『登場』，《續集》《詩鈔》作『當場』。
〔八〕『舞罷柘枝』，《詩鈔》作『柘枝舞罷』。

捉搦歌二首

窻前月子光炯炯，蟲聲細訴空閨冷。抱來繡被不敢寢，堆牀搊折鴛鴦頸。

未嫁見郎渾欲避，既嫁見郎轉無地。粧臺日夕零紅淚，小姑尚綰同心髻。

秋日雅集陳蘭階靚園〔一〕，和紅樵大令七律元韻

園亭點綴費清才，活潑詩情面面開。繡榻久煩高誼設，鳴騶新傍謫仙來。篠烟梧月秋如畫，

紫蟹紅菱夜舉杯。酬唱不知更漏永，熒熒燈火映三臺。

【校記】

〔一〕『雅集』，《初集》作『會飲』。

疊前韻

刻燭藏鈎愧雋才，也從花下酒顔開。錦江秋水今如昨，玉壘春雲去不來。千古英雄皆幻夢，百年天地幾銜杯。德星夜聚高陽里，肯負樓前管月臺。

中秋後三日，同米紱卿比部、陳樵伯少尹小飲松山園中問字樓，集陶二首

清涼素秋節，去去欲何之。高舉尋吾輩，逝將不復疑。櫚庭多落葉，塵爵恥虛罍。采菊東籬下，長風無已時。

步止華門裡，紛紛飛鳥還。隻雞招近局，斗酒散襟顔。醒醉還相笑，高操非所攀。紫芝誰復采，清節映西關。

折楊柳辭送友人還鄉

君來楊花飛，君去柳葉瘁。寸心劇不堪，楊柳關何事。

上馬復下馬，長亭更短亭。含情無可憎，遑惜柳條青。

柳下一揮手，悠然天一涯。再見定何日，垂楊知不知。

聞紅樵明府將調華陽任〔一〕，感賦四律，即以送行

鶴琹移向錦官城，留借難憑禱佛争。榆次豈能淹潞國，蘭陵未免戀荀卿。黄花酒熟千家餞，紅葉風高兩袖清。回首登龍才幾日，忍看別路篠驂迎。

一卷《周官》上理開，輿歌正頌使君來。令嚴保甲厖無吠，恩重零丁鴈不哀。水有珊瑚都入網，材成杞梓盡登臺。那堪密邇聞琴處，調作離城鼓曲催。

疎拙人人笑冷官，偏勞青眼盼馮懽。魚分鶴俸枯鱗活，木借金雕朽節完。對酒每當風月暇，論詩不覺古今寬。翻愁此後難安枕，學署被竊，數夜警，自公下車〔二〕，追理舊案〔三〕，乃安眠〔四〕。爲是

絃稀宓子彈。

刁騷短髮重摩挲，唱到驪駒喚奈何。八俊雄才流輩少，兩川名士幕中多。時劉孟輿、敖金甫皆在幕府〔五〕。臨歧我自驚風笛，種樹人誰記橐駝。可幸甘棠香未遠，卑棲猶得蔭枝柯。

【校記】

〔一〕《續集》於『明府』前有『李』字。

〔二〕《續集》無『自』字。

〔三〕『舊案』，《續集》作『前案』。

〔四〕《續集》於『乃』下有『得』字。

〔五〕『幕府』，《續集》作『幕中』。

再疊前韻酬敖金甫孝廉見和之作，即送其北上

商飈烈烈動江城，吹得霜華兩鬢爭。似我無才甘寂寞，讓人有命到公卿。頻年風雨驚秋早，匝月絃歌入夢清。不是柴桑賢尹在，肯教黃菊笑逢迎。

底事花間笑口開，琴堂中有故人來。金甫甲辰春明與余同寓東館〔一〕。交情不爲青雲改，顧影渾

忘白鴈哀。此日流風親玉麈，當時麗澤記金臺。摶沙聚散真無奈，又聽琵琶別調催。

爛熳芙蓉偏錦官，爲君人鏡兆新歡。摩霄健鶻飛騰捷，掣海長鯨願力完。詎有鬼神煩賈誼，故應鹽鐵待桓寬。熙朝選士公明甚，抱鬱輪袍莫漫彈。

驪駒將駕手挼挲，別亦無妨奈老何〔二〕。算到晨星天上少，吟成子夜客中多。潛踪久已同鷗鳩，腫背憑教誚駱駝〔三〕。一事蓬壺煩記取，好音休忘寄亭柯。

【校記】

〔一〕此注《續集》置於『當時麗澤記金臺』句下。

〔二〕『無妨』，《續集》作『尋常。』

〔三〕『教』，《續集》作『他』。

三疊前韻答劉孟輿先生見和之作〔一〕

雲軿隨處擁書城，千古能從隻手争。學有經權卑武庫，兒知姓字勝花卿。刀圭濟世冰壺徹，孟輿精醫。肝膽照人玉鏡清。可惜遲來三十載，不曾側席證將迎。

莽莽頑雲撥忽開，仙風吹送海蟾來。人將雅望推三絶，我爲鴻文重七哀。東閣琴尊閒把臂，黄花時節共升臺。詩才自覺江淹盡，鬪捷愁聽擊鉢催。

老去劉蕡尚不官，《離騒》幾卷雜悲歡。怒毫灑處雲烟濶，濁酒澆時塊壘完。見説奇書驚沈約，何曾典禮讓倪寬〔二〕。從教下士蒼蠅笑，古調鏗鎗是獨彈。

新詩讀罷重摩挲，似此交遊奈别何。如意事真塵世僅，必傳人信寓公多。茱萸醆欲招黄鶴，骨董羹難覓紫駝。恰有旃檀香一瓣，爲君親爇篆雲柯。

【校記】

〔一〕《續集》無『見和之作』四字。

〔二〕『倪寬』，原作『兒寬』，據句意及《漢書》倪寬本傳改。

桂湖謁楊升菴先生祠

絶後空前世罕儔，簪花塗粉亦千秋。先生自有芳型在，不藉三年一狀頭。

震霆一怒撼天閶，慘烈青蓮謫夜郎。留得當時湖畔宅，至今猶見桂花香。

痛哭批鱗大禮争，有人激烈議先生。不知老作寒蟬死，青史誰傳百世名。

松篁密密柳疎疎，亭閣玲瓏畫不如。若但文章高典册，何人肯搆子雲居。

房湖弔房太尉

古今勢事本難同，車戰何緣少變通。應是才疎徒志大，敗名莫但罪琴工。

菊

爲是重陽近，籬邊菊半花。包含新雨露，點綴舊烟霞。羡爾清如許，何人淡不差。就荒三徑處，留滯悵天涯。

重九後三日閒眺有懷，四疊前韻寄孟輿、金甫兩先生並索和〔一〕

潘岳年來只面城，繁華嬾逐冶遊争。神仙夢冷羞書蠹，古錦囊灰負墨卿。偶借登臨舒寂寞，那須尊酒慰淒清。忘機尚有沙鷗伴，對對溪頭學送迎。

莽蕩乾坤望眼開，閒愁脈脈雜雲來。未能遣此情無那，姑妄言之語可哀。白雪緊誰翻郢曲，黄金何處覓燕臺。劇憐兩鬢霜痕滿，更任霜風作意催。

也曾菜把送園官，晨突無烟慘不歡。漫詡文章千古在，空教膚髮一身完。劉郎尚覺蓬山遠，帝女怎填渤海寬。嘆息孟嘗能幾輩，兒曹長鋏莫輕彈。

拈得名花且自搓，清香縹緲悵如何。悠悠人事浮雲散〔二〕，鼎鼎年華去日多。三國簪裾空石馬，六朝金粉冷銅駝。痴心擬把閒愁斷，赤手從誰借斧柯。

【校記】

〔一〕『前韻』，《初集》作『送紅樵明府韻』。『孟輿』，《初集》作『劉孟輿』。『金甫』，《初集》作『敖金甫』。

〔二〕『散』，《初集》作『幻』。

重九後五日，紅樵明府召集賞菊，以『采菊東籬下，悠然見南山』分韻，拈得『南』字

草木喻爲政，桃葭徵二南。前身況金粟，培植尤素諳。昔讀西園詩，（明府集名。）蓊然眾妙涵。牡丹矗樓臺，殊非性所躭。惟茲隱逸品，高詠披雲藍。日昨商飈動〔一〕，叢菊開優曇。觸公晚節懷，百本評市擔。擇之如擇交，不許俗子參。養之如養士，珍重嚴飄彡。位置盡得所，彌勒欣同龕。飛檄召酒人，雅集窮幽探。綺筵坐歷歷，甲乙睨眈眈。契投畧主客，年齒忘羅呥。羯鼓

補觥籌，芳酎發新坩。佐以潛虬令，暢哉揮麈談。談深竟永夕，明蟾掛層嵁。去者已呼車，留者仍停驂。洗觴更酌月，對影皆成三。酒豪詫米芾，紱卿。詩伯尊劉惔。孟輿。觥觥敖繼公，金甫。清議定蛤蚶。太邱好昆季，松山、樵伯、蘭階。歌吹遏晴嵐。接軫有胡念然盧㦷亭，詼嘲尤醰醰。飯袋笑老饕，鯨吸初弗堪。糟邱偶問津，岑岑眩風痰。今夜飫令德，口饞心復貪。旋旋學推排，居然食葉蠶。赤潮暈兩頰，舌本回餘甘。避席請擇言，迂疏不自慙。願無若彭澤，歸興急筍籃。願師韓魏公，芳猷六合盦。霖雨徧蒸黎，造就森楩楠。咸與躋仁壽，宏茲樂且湛。異時可扶杖，重飲菊花潭。

【校記】

〔一〕『昨』，原作『作』，據句意改。

酬劉孟輿、敖金甫見和《閒眺有懷》，五叠前韻

文章中有化人城，壽世疇堪智力爭。鐵板銅琶蘇學士，曉風殘月柳耆卿。花裁詩骨珊珊瘦，珠囀歌喉串串清。何幸淵雲今接武，敢辭倒屣出門迎。

青蓮夢好筆花開，絶艷平分幕府來。楚賦荒唐神女笑，虞歌酸惻鬼雄哀。城邊飲馬詩尋窟，

野外呼鷹記作臺。異曲同工千古定，黄雞何事更交催。

公然屈宋屬衙官，新雨歡聯舊雨歡。露冷蒹葭秋未老〔一〕，香分縞紵願初完。嫏嬛假我圖書富，笠屐從君眼界寬。聽到雙聲皆白雪，巴詞漫向曲中彈。

牙琴日日久摩挲，欲撥鵾絃奈恨何。薄海蜻鷗知己少，空山猿鶴古人多。浮名敢説留皮豹，惜别真成望柳駝。惆悵白駒淹不得〔二〕，縶維無計問庭柯。

【校記】

〔一〕『未』，《續集》作『漸』。

〔二〕『淹不得』，《續集》作『秋駕促』。

孟輿復以前韻見和〔一〕，六疊答之

法雨横飛護世城，五侯風味敢相争。雕龍技老劉通事，駕鹿身閒衛叔卿。鴻爪雞聲徵閲歷，酒旗歌扇待澄清。梁園橐筆心猶壯，到處喧傳擁篲迎。

壁水閒扉傍晚開，新詩又捲怒濤來。飄零香惜芙蓉瘦，激楚音憐蟋蟀哀。古藻紛披多寶塔，奇觀如上秘書臺。山陰應接真難暇，爲報吟鞭緩緩催。

寒氊三尺老儒官，無婦能謀斗酒歡。笑我久經狂態滅，勞公尚説谷神完。鶯花夢冷前程淡，鱸膾風高去路寬。爲是君親恩未報，冠塵時復倩人彈。

伐檀坎坎自挼挲〔二〕，尸素吟成奈愧何。碧血鷩銷芳草易，朱門憾惹落花多〔三〕。淡交幸見人如菊，異域微聞鳥似駝。安得從君天禄夜，藜光分照紫芝柯。

【校記】

〔一〕《續集》於『孟輿』前有『劉』字。

〔二〕『挼』，《續集》作『煩』。

〔三〕『憾』，《續集》作『恨』。

紅樵明府查點保甲，用余送行詩韻，即事見寄，復走筆七疊和之

憶從鳧舃到金城，牙角潛消雀鼠争。但見芃苗膏夏雨，那聞豻獄讞秋卿。同寅誼比雲山厚，令甲風涵繡水清。試看花驄行縣日，一鄉未送一鄉迎。

井鉞參旗夾道開，壺餐競向隊中來。照心有鏡神姦懾，引虎無倀鬼蜮哀。樂利村村謌玉燭，嬉遊處處慶春臺。祇憐佛子留難住，又被超階羽檄催。

知難風雅戀儒官，尊酒從公且盡歡。良法幸徵三代復，成親還冀百年完。江湖滿地恩波潤，星月行天映照寬。莫忘驪駒將駕處，者番蒼赤淚珠彈。

一編青史細摩挲，如此循良見幾何。花徑正欣酬唱密，笛聲争奈別離多。搔頭欲避遼東豕，擁鼻難埋塞北駝。漫擬繡川清德頌，棠陰甘露記盈柯。

十月二日，紅樵大令偕其弟地山暨幕賓劉孟輿、敖金甫、胡念然過訪，因邀集米紱卿比部、松山昆季，以『相見又無事，不來還憶君』分韻賦詩，拈得『見』字

浮雲過太虛，瞬息百千變。人事亦偶然，安可執成見。試看今年秋，菊酒開芳讌。偏飽郇公廚，滿思山肴薦。無奈花寂寥，未足名葱蒨。何幸老謫仙，軒車倏垂眷。撫塵致綢繆，殘英勞顧盼。藉申斗酒約，恰有隻雞便。倉卒邀吟朋，次第來羣彥。筵前喜氣增，簾外香風旋。團欒履舄交，咳唾珠璣濺。樺燭亦輝光，青衿皆歎羨。笛聽緩緩吹，詩任遲遲繕。渾忘蟻醆疎，微覺蟆更轉。姑留不盡歡，倍惹無窮戀。鸞鶴待高翔，彈指去如電。明年花開時，此會知誰健。問菊菊弗言，霜鐘來一片。

十月十日，樵伯召集同人餞菊，孟輿以『出門無所詣，動即至君家』分韻，得『門』字，成九言體一章

黄花笑我青氈冷不温，我笑黄花晚節需人尊。賞鑑若非彭澤有陶令，胡爲朔風凛凛猶開罇。昨者重踐頴川黍雞約，紛紛冠蓋蚤已爛盈門。元龍氣高暫爲李膺斂，仲舉榻好憑教徐穉捫。座間驚耳未聞獅子吼，孟輿每以方山子謔樵伯。簾外唤茶但覺鸚哥存。陣陣花香酒香催短晝，熒熒星影燭影摇黄昏。賤子起語諸公且莫喧，聽我歌夫彈鋏歌一言。自從倉史詛誦文字繁，世事滄海桑田如瀾翻。蠟代薪記石家錦繡谷，觴酌月傳太白桃李園。豪華幾輩終古不銷歇，惟有人倫真樂無忘諼。不見年前此地尚頽垣，今日雕甍畫楝紛騰騫。年前園中蔓草雜蔬菜，今日瓊葩玉蕊饒芳蓀。菊得主人主亦喜得客，千秋百世誰敢來争墩。風光爾許相對不成醉，未免孤負花前鴻爪痕。主人含頤坐客俱首肯，糟牀滴瀝隨意傾金盆。興酣揮毫落紙雷霆奔，藐爾南皮之會何足論。明春亭沼林木位置畢，秋雨黄花應倍增紛緼。後堂恰有往歲鷗盟在，畢竟幾時絲竹纔留髡。

貞女行爲金堂張卓氏作

古今異事那有此，八十餘年老處子。摧蘭折玉不銷磨，貞操能令頑懦起。憶余秉鐸與兹邑，忠孝弗彰防溺職。忽然一紙公狀來，生氣凛烈將人逼。粤東卓女字張家，桑梓錚錚夙慧誇。羹湯已愔阿姑性，女幼養夫家。琴瑟應無别調差。誰料男兒真薄倖，少年便想錐刀競。合歡未種種將離，忘却高堂貧且病。貧病高堂慘莫支，兩縷命懸寡女絲。生營滫瀡没窀穸，都是剖心貯苦時。年去年來長集蓼，蛾眉暗染秋霜早。藥店幾成出骨龍，團欒空羨旁妻好。旁妻有子解迎養，蜀道青天劇難上。蠶叢剛近杜鵑啼，藁砧又報黄泉喪。到來依舊守空房，破鏡塵封祇自傷。拚將雪鬟填溝壑，冷眼誰知有熱腸。芳徽委曲陳當路，報可不聞不肯去。賢哉令尹李青蓮，慷慨更倡麥舟助。一時義士齊指囷，會看綽楔輝鄉鄰。苦節從來少埋没，彼蒼者天原至仁。吁嗟乎！王褒樹，蘇武節，千秋同此一腔血。男兒不克礪清白，轉恐鬚眉愧巾幗。

殘臘志感

人生離合最多般，雨散雲飛轉瞬間。李令謝事去，幕中諸朋好皆散。祇有寒鴉憐冷署，黄昏仍帶暮烟還。

殘年又復盡他鄉，拊鏡頻驚滿鬢霜。不審雲鴻分舉後，可曾回首憶金堂。

庚戌

新正錦城聞皇太后上賓〔一〕，感賦

錦城佳氣鬱葱葱，兆姓愁生咫尺中。絲管聲寒犀浦月，魚龍隊散雪山風。上賓天早迎鸞馭，四海人皆哭梓宮。蟣蝨小臣悲望遠，祇堪慈祐祝無窮。

【校記】

〔一〕《續集》於『新正』前有『庚戌』二字，於『新正』下無『錦城』二字。

三月八日復奉大行皇帝升遐遺詔述哀〔一〕

大孝尊親淚正濺，九重遺詔重淒然。幾曾寒語堯時鶴，争奈春啼蜀國鵑。泥首有心空望闕，攀髯無路可從天。不知帝里遺弓處，朝夕如何哭几筵。

【校記】

〔一〕『三月』，《續集》作『二月』。《續集》無『升遐』二字。

續禽言

播穀催耕鳥也，聲甚明。

播穀播穀，水深泥濁。種稗求禾，炊沙難熟。慎持兮播穀。

狗餓姑惡也，俗名狗餓，文不雅馴而意較舊爲忠厚。

狗餓狗竊肉姑督，過束緼，請火無。比鄰覆盆，千古誰與寃雲破，始非惡狗自餓。

酒醉鳥自呼，若嘲若歎，其聲清越以長。

酒醉兮酒醉，爲語酒人休憒憒。狂藥沉酣百事廢，有酒可醉且勿醉。

采紅花鶯語也，聲甚圓，恒以此發端。

采紅花，花正紅。花紅能幾何，愁雨復愁風。花紅堪采不急采，知否胭脂顏色改。

反遊仙

戊申秋，冉子石雲見寄《反遊仙》四絶，以彼之矛，陷彼之盾。方外聞之〔一〕，應自乾笑。久欲奉和，以才力弗逮而止〔二〕。今夏無事，聊爾效顰，待質故人，用博一粲。

碧落原爲一氣浮，神仙事起費雕鎪。金光瑶草何人見，況説層城十二樓。

漢武精誠賽始皇，蟠桃味美詡親嘗。晚來三尺輪臺詔，存得江山賴此方。

淮南道共八公修，雞犬人間也不留。手板橫腰閒守廁，何如端冕作諸侯。

手爪麻姑絶世無，擲來粒米便成珠。蔡經死後青鸞杳，世上空留采藥圖。

三臺漫詫五雲高，閬苑蓬壺總寂寥。不是人間勝天上，智瓊何事嫁弦超。

幾輩清修夢不圓，偏容樵子遇真仙。看棋依舊尋常事，柯爛歸來便百年〔三〕。

歸妹西行卜可工，翩翩踪跡遂難窮。看來月亦逋逃藪，容得姮娥住此中。

蝨簡競傳事杳冥，漫勞五岳佩真形。有人窺破元元理，不向松根乞茯苓。

【校記】

〔一〕『聞』，《初集》作『讀』。

〔二〕『以』，《初集》作『爲』。

〔三〕『便』，《初集》作『竟』。

初秋夜坐

雨霽斂浮雲，天空了無滓。月華似水澹，棲鳥帶烟止。庭樹秋欲來，蕭瑟聲初起。感兹節物變，搔首頻徙倚。徙倚夫如何，美人隔千里。

節母詩爲漢州謝寶之茂才母劉孺人作

凉秋雨不歇，寂坐正無事。有客晚叩門，言爲徵詩至。探懷出錦箋，琅琅數百字。備述慈母慈，貞操特殊異。方其失所天，萱齡剛廿四。上有皤皤親，下有呱呱嗣。俯仰資隻身，寸髮千鈞繫。忍死稱未亡，井臼敢辭瘁。琴寒寡女絲，簣掩湘娥淚。錬指慰朝饑，罔或蘭馨匱。丸熊佐宵讀，罔聽蛾術避。閫職父兼師，育成璠璵器。光恠早騰躍，黌宮先拔幟。閭里羡芳徽，輶軒採高誼。巀嵲懷清臺，指日被榮賜〔一〕。我讀篇未終，五體欲投地。殉節與存孤，從古分難易。矧兹冰蘗場，撑拄尤多累。金石竟自堅，白首完初志。能生泉壤歡，弗貽巾幗愧。彼蒼酬母節，川來當不啻。玉樹問君家，颺朏誰姿媚。

【校記】

〔一〕『被』，《續集》作『邀』。

讀鄒丹崖學博詩鈔〔一〕，即用見贈十絶元韻題後録六首

岷峨又見謫仙人，咳唾從風玉屑新。不待筆花重入夢，怒毫灑處總如神。

無數騷才唱惱公，蘭苕翡翠漫言工。誰知造化生春手，盡在鄒陽暖律中。

知從仙客悟牙琴，流水高山瀹道心。偶向素交彈古調，絃間猶作海龍吟〔二〕。

脱盡拘牽見性靈，驚人字字挾風霆。任教阮籍顛狂甚，聞誦新篇眼也青。

此才何止敵參軍，偏不儒官换惠文〔三〕。應是蒼蒼無省記，忘人歷刼有修焚。

不相同處竟相同，緑鬢成霜冷署中。寒瘦一氈甘澹泊，公偏憐我我憐公。

【校記】

〔一〕『學博』，《初集》作『先生』。

〔二〕『海龍』，《初集》作『老龍』。

〔三〕『儒官』，《初集》作『儒冠』。

蒿里吟弔凃次伯茂才

一夜朔風吹惻惻，少微黯淡天無色。明晨有客新都來，羽化喧傳凃次伯。次伯昆季今詩豪，雙丁二陸聲華高。鯨鏗震發雷霆怒，奇鶬妖螾紛騰逃。我從己酉春之仲，蒐葺騷材徵屈宋。遺編乞得長公書，僕抄近人詩，于余生芷塘處覓得君兄元伯《松竹山房集》。露盥薔薇讀珍重。拔戟真成一隊奇，小蘇和筆尤淋漓。環珮娟娟隔秋水，西方時結榛苓思。可幸三生緣非淺，琅函尺許容披揀。去秋令嗣以君《擁翠山房詩集》屬予商訂。火齊珊瑚間木難，五色十光迷過眼。藻不空綺不虛鋒，頻從大雅見春容。千金明珠少按劍，應無熱血憤填胸。庸知伐毛兼洗髓，青鞋布襪仍泥滓。緑髮難期脈望圓，紅蟫又抱芸香死。紙上長呼呼不起，神仙富貴東流水。生材詰屈空爾爲，冥冥造化此何理。展君詩讀楓樹根，寒蘆響答寒潮奔。霜華滿地銀蟾白，依稀疑是玻璃魂。噫吁噦！君從何處來，更向何處去。欲問啼鵑鵑未啼，有人怕過西州路。謂芷塘。

凛凛歲云暮三首

凛凛歲云暮，蕭蕭飢馬鳴。浮雲變慘淡，白日揺光晶。弱植看蘭茖，芳蕤失前榮。人生異金石，安能長拄撐。朝愁晚復嘆，一逝鴻毛輕。牛羊上墟壠，知我誰姓名。何如事竹帛，殘響或錚錚。

凛凛歲云暮，晝短苦宵長。殘燈耿疎蕊，皎皎珊瑚光。我今寡所營，爲人兆何祥。起視霜天高，鴻鴈正徜徉。試問南飛翼，何時過我鄉。擬作尺素書，相煩遠寄將。上言久别離，下説頭毛蒼。

凛凛歲云暮，出門憶昔時。牙牙小孫女，投抱捋我髭。阿婆唤不去，似知珍别離。别離纔幾何，歲月忽如馳。昨秋女父至，言能索粉脂。摩挲老頭顱，倘荷皇天慈。長鋏歸去來，猶及于歸期。

辛亥 咸豐元年

元旦試筆

斗柄寅回處，曈曨曙色新。歡聲喧爆竹，晴意暖春雲。日有黄人守，觴應緑蟻醺。承平須雅頌，斑管莫輕焚。

清明夜占

昨歲清明節，無花空有春。今年寒食夜，聽雨重懷人。路恐楊朱誤，交惟李白親。泠泠西溪水，何日是歸晨。

臥聽雞聲壯，燈寒欲放歌。新愁閒處少，舊夢老來多。砌又翻紅藥，門仍掩緑蘿。未從漁父去，真覺負烟波。

古鏡

余于成都市得古鏡一枚，陰紋奇譎，黝質斕斑，數百年物也，作長句紀之。

圓月一輪光炯炯，土花難蝕蟾蜍影。暗隨金椀出人間，不待龍工淘智井。神物晦明偏有時，市廛混跡縈蛛絲。菱葉蕭條秋雨漬，虬鬚剥落春風吹。壺川老子見之笑，售以千錢得所好。硼砂錫粉相磨治，盤龍瞬息生光耀。皎若榑桑初日升，瑩如碧沼暮烟澄。毫釐鑑物豈云頗，肝膽照人非不能。珍重摩挲日數數，當年想見江心鑄。下窺不少羣靈趨，懸象因無一粟誤。豪貴權門争購求，羽换宫移秋復秋。珠簾翡翠誰家屋，繡幙鴛鴦何處樓。閲盡繁華真逝水，咸陽倐欻刼灰紫。元精耿耿不銷鎔，幾度沉淪仍崛起。位置須尋白玉臺，宦囊羞澀休疑猜。芙蓉恰有孫枝兆，會傍菱花得意開。

俠客行

壯士匣中三寸鐵，電光一閃元黄裂。鉏奸鏟惡無留行，憾事能彌造化缺。荆卿未足道，聶政那堪論。借頭不償樊將軍，抉眼皮面空紛紜。絶跡飛行别有神，師虬髯師友崑崙。劍過但聞鬼母哭，負心人作下酒物。

逐鴉詞

鴟鴞鴟鴞聲可惡，何時竊據泮宫樹。夜寒月黑啼向人，蝴蝶夢中驚飛去。恃汝訓狐智，怙汝鵂鶹才。不兆佳祥兆禍栽，喜鵲慈烏無敢來。慈烏不來鵲不近，豈容聽汝長餐椹。赫然一怒召服不，檄大庭。弓彎救月，矢激流星。射汝猙獰之醜態，尸汝詭俶之殘形。擘肌爲脯皮爲羹，百歲千秋無汝鳴。梧桐成陰竹結實，九苞專等鳳凰集。

五月十日曾庶常樞元至署，喜而有作

今年夏五月，薰風一何異。纔吹荷花開，又吹故人至。雲軿天上來，袖滿爐烟氣。驚我雞皮蒼，憐余馬齒墜。摶沙兩聚散，彼此談深細。側耳諸生徒，感慨欲嘘唏。西窻重剪燭，忽忽如夢寐。

夢寐復如何，都門憶昔年。雲龍新契合，翰墨舊因緣。君校佉盧字，我歌粲木篇。（樞元以武英殿校録分校廿四史，僕因得讀漢唐四裔諸傳。）肺肝互傾吐，形跡同棄捐。黄鵠一分飛，各各墮青氈。（庚戌成進士，余選金堂訓導，樞元亦選慶符教諭。）畢竟棟梁材，不受藤蔓纏。懸布蘇再上，翱翔到木天。

得館選。

木天君已到，千里隔雲泥。曾聞貴易交，有如富易妻。君偏敦古處，枉駕惠輪蹄。可恨求書人，環流相攀躋。前者絹方收，後者箋又携。毫揮腕欲脱，墨灑烟都迷。緇衣空適館，悢悢難具提。

具提苦未能，彈指告將去。公牘有程期，白駒留難住。霖雨忽然作，瀟瀟竟夕度。明晨三尺泥，滑澾前村路。去雖不可得，留亦不可數。執手重踟躕，今生思再遇。再遇知何時，惆悵江天樹。

采蓮曲

昔日采蓮去，蓮葉方田田。今日采蓮來，蓮花盡便娟。一解。昔日與今日，中間才幾何。蓮花開正繁，蓮子已成窩〔一〕。二解。飄飄鴨觜船，摇蕩輕烟裡。妾是苦心人，那忍采蓮子。三解。蓮葉烟深處，鴛鴦睡欲迷。移船暫相避，憐汝是雙棲。四解。

【校記】

〔一〕『窩』，《初集》作『窠』。

夏日清課

繞榻茶烟雨後，横窻竹影晴初。帶熱徐陵不至，拈毫學註蟲魚。
生怕菊苗瘦損，頻頻侵曉開軒。自笑下帷董子，那能目不窺園。
松下偶爾尋詩，烟深忘却來路。心隨倦鳥將歸，重被夕陽留住。
才覺聞根悟徹，風過池蓮水香。何處一聲玉笛，梅花又落滄浪。
小園日涉成趣，無事柴門不關。揀得凉多便坐，赢來三伏清閒。

題畫

疎疎籬落影横斜，薜徑全爲竹樹遮。世上紅塵飛不到，何人此處臥烟霞。

秋夜偶成

蕭齋人静夜凄清，岸幘空庭踏月行。落葉打窻寒有韻，候蟲入户病無聲。眼前事逐浮雲改，鏡裡頭憑短髮爭。恰恰閒情消不盡，鄉山猿鶴未忘盟。

猿鶴盟深夢未寒，山中消息久漫漫。著書心嬾思焚硯，報國才疏擬掛冠。烽火近知何處少，林泉終讓故鄉安。幾時鱸膾償初願，頻把飛鴻拭目看。

冬初晚眺

晚樹鬱蒼蒼〔一〕，鴻飛去路長。烽傳千道急，箸借幾人忙。散步餘秋氣，輕裘變客裝。青山何處買，獨立對滄浪。

勝地聞三學，神仙此結廬。烟寒行藥路，夢冷化人居。我欲尋遺跡，因之讀素書。龍鸞那可問，杖策重徐徐。

【校記】

〔一〕『蒼蒼』，《初集》作『青蒼』。

除夕

爆竹聲殘別緒遥，最難爲客是今宵。多情賴有高朋在，頻把雞豚慰寂寥〔一〕。紱卿比部與松山參軍昆季每除夕輒攜尊酒相與過存〔二〕。

檀板金尊雜笑歌，當筵不問夜如何。怕他兒女團欒處，爲憶征人泪轉多。

【校記】

〔一〕『頻』，《初集》作『苦』。

〔二〕『參軍』，《初集》作『二尹』。《初集》無『相與』二字。

壬子

試筆

下手曾聞霹靂聲，毛錐事業總無成。敬通老去心猶壯，不見麒麟不放卿。

新正值内子六十生辰志慨

裙布釵荆四十春，壺中甲子忽重輪。簪裾誤我窮如昨，井臼勞卿老尚親。鴻案久虚朝夕對，魚書空詡往來頻。翻愁此後無多日，雨淚遥添柳眼新。

黄家灘

縠紋小漲碧粼粼，照見橋南柳眼新。棖觸天涯游子恨，灘頭來往七年春。

浣花溪道中

憶昔羈栖處，頻年過草堂。秋寒楂葉暗，春暖菜花香。瀟灑尋詩地，莊嚴選佛場。重來曾幾載，人事已滄桑。

夏日即事〔一〕

剥啄聲清午夢長〔二〕，醒來散髮度回廊。風前野竹摇新翠，雨後池荷發嫩香。去住無心憐蛺蝶，升沉自主羡鴛鴦。不知擾擾干戈地，幾輩能乘五月凉。

【校記】

〔一〕《續集》於「夏日」前有「辛亥」二字。按：與底本編於「壬子」下有抵牾。

〔二〕「清」，《續集》作「消」。

秋風〔一〕

西風颯颯下庭梧，流火光中歲又徂。弔影自危南去鴈，安眠人羡夜棲烏。眼前景物分今古，紙上勳名知有無。太息狼烟消未得，幾回翹首企天弧。

風檐鈴語夜郎當，似訴旄頭特地長。閫外幾人專節鉞，軍前何事待平章。酸心碧血纔秋草，淚眼青燐丈國殤。宵旰憂勞誰仰慰，羽書一讀一徬徨。

好音時盼嶺雲西〔二〕，鐵馬金戈信不齊。壯士豈無三尺劍，雄關偏惜一丸泥。星垂壁壘空芒角，秋滿河山厭鼓鼙。難得劉琨相對飲，更深起舞聽鄰雞。

曉角吟成玉露寒〔三〕，蟲聲淒斷石闌干。也知邱壑逃名易，生恐神仙救世難。清夜幸分鷗夢穩，殘年那放酒杯寬〔四〕。不需更覓銷愁法，贏得愁銷鬢早斑〔五〕。

【校記】

〔一〕《初集》《詩鈔》題作《秋夜偶成》。

〔二〕『盼』，《初集》作『望』。

〔三〕『吟成』，《詩鈔》作『孤吹』。

〔四〕『那』，《詩鈔》作『肯』。
〔五〕『贏得愁銷髩早斑』，《詩鈔》作『縱得愁消兩鬢斑』。

重陽前夕枕上占〔一〕

蓼花才瘦菊花黄，點綴疎籬夜有光。枕上忽增遲暮感，明朝風雨又重陽。

【校記】

〔一〕『枕上占』，《續集》作『口占』。

鷹

棧雲來往一身輕，無敵曾傳自獵名。勸爾不須凡鳥擊，草間狐兎劇縱横。

柏上烏

檽星門外森森柏，參天盡作青銅色。虬枝拏攫葉丰茸，老烏恃之成安宅。年年朔風動地起，累百累千來不已。高處争爲捷足謀，營巢且有從心喜。朝迎朝日去，暮帶暮烟回。嘔啞啼達曙，繒繳無嫌猜。胡爲一旦難託宿，夜深止向誰家屋。滔滔似出東山師，零雨三年竟不復。人言禽鳥得幾先，我思擇木當偶然。爲災爲祥鳥豈悟，明年試驗烏棲處。

冬夜讀史遣悶〔一〕

戰骨模糊血未乾，將軍黄鉞重登壇。磨牙豕已湘東下，破釜舟仍壁上觀。避寇有才初不忝，補牢無術轉偷安。洗兵長冀天河水，孤負龍泉秋水寒。

浩浩長江湧怒濤，洞庭見説渡楊么〔二〕。樓船信斷焚千舸，金粉愁難剩六朝〔三〕。投筆孰追班定遠〔四〕，前軍人望霍嫖姚〔五〕。腐儒老死尋常事，死抱吴鈎恨莫銷〔六〕。

誰掃欃槍息禍胎，鐃歌傾聽日千回。篝狐火續年前焰，嗷鴈聲餘事後哀〔七〕。不信蒼天成殺運，偏教赤子誤庸才〔八〕。夔門劍閣誠堪守，管鑰還防賣國開〔九〕。

幾度參横月落時，無端搔首繫遥思。官卑禄薄難藏拙，人老情多不諱痴。話到杞憂天欲笑，夢回鈞奏我仍疑。茫茫刼火灰何日，轉惜金鈴墮地遲。

【校記】

〔一〕《續集》《詩鈔》無『冬夜』二字。

〔二〕『渡』，《詩鈔》作『戰』。
〔三〕『難』，《詩鈔》作『空』。
〔四〕『孰』，《詩鈔》作『那』。
〔五〕『前軍』，《續集》作『前鋒』，《詩鈔》作『銘功』。
〔六〕『死』，《詩鈔》作『冷』。
〔七〕『事後』，《詩鈔》作『劫後』。
〔八〕『偏』，《詩鈔》作『儘』。
〔九〕『賣國』，《續集》《詩鈔》作『入夜』。

編詩

婚宦勞勞誤此生，新詩幾卷漸裝成。明知未必千秋在，敝帚全抛未忍輕。

祭詩

垂老依然受墨磨，年年心血箇中多。從今但願藏弓早，字裡行間衹笑歌。

候蟲吟草卷八

癸丑歸省草

新正錦官道中雜詠〔一〕

竹樹層層暈曉烟，宜人景色是新年。兒童也怕韶光負，早向平原放紙鳶〔二〕。

菜花初綻柳初稊，芳草如茵緑未齊。一路詩情都入畫，玉簫聲又板橋西。

榿林斷續不成村，時露遥山角一痕。記取者番消受好〔三〕，最如人意在黄昏〔四〕。

【校記】

〔一〕《續集》無『雜詠』二字。

〔二〕『早』，《續集》作『競』。

〔三〕『消受』，《續集》作『生受』。

〔四〕『在』，《續集》作『是』。

駟馬橋

琴劍風流兩寂寥，多年無復客題橋。不知沽酒臨邛市，幾輩當罏恨未銷。

錦城夜月

柝聲將罷又雞聲，醒後開門月滿城。底事嫦娥偏少睡，照人春夢太分明。

偶成

不把他鄉異故鄉，種成桃李半宫墻。今年可喜春風早，容我看花夙願償。

喜故人子至

不見南飛鴈，經冬復歷春。燈花明昨夜，鵲語噪今晨。客到初疑夢，書來始信真。平安題兩字，差慰宦遊人。

書中三百字，讀罷問從頭。客歲徵師急，吾鄉備豫不。烽烟嚴楚塞，鎖鑰重黔陬。莫倚河山固，公然廢遠謀。

聞道黔彭内，頻來尚有年。秋高魚入夢，酒熟地行仙。土好桑根徹，亭將鷺堠聯。衣袽終日戒，端賴長官賢。

屈指辭親串，於今已八霜。功名嗟潦草，塵世感滄桑。拊劍雄心在，回頭去日長。行當尋舊侶，歸釣水雲鄉。

夜感

欃槍南望尚峥嶸，羽檄交馳夜有聲。不見夷吾江左出，祇應愁煞庾蘭成。

思患從來重豫防，參旗井鉞本巖疆。危樓百尺籌邊早，此事還憑李贊皇。

五月初旬〔一〕，擬賦遂初，已具文在告矣，已而爲相知諸君子及門下士所阻留，棧豆之戀，良用恧然，草此寄意

人海升沉困打包，早催霜雪上眉梢。乾坤到此千秋窄，骨肉頻年兩地拋。宦冷漫云閒有味，愁多翻與病爲巢。商量祇好投簪去，省學元亭作解嘲。

賦到驪駒去未能，捫懷倍覺汗顔增。了無善政留庠序，偏把多情累友朋。歧路茫茫遲撒手，照人耿耿重孤燈。就中定有難完債，鱸膾何時慰季鷹。

【校記】

〔一〕《續集》於『五月』前有『癸丑』二字。

告病未諧，因乞假省墓，諸君子競投詩送行，匆匆就道，不及徧酬，謹依張禾雨先生五古元韻〔一〕，賦短章留别

一氈此繫匏，瞬息八年久。平心自檢校，逐物成孤負。甄陶苦未能，補救復何有。虞淵日欲西，䲔堂祖偏右。競推貯繡腸，漫詡扶輪手。雪立來英俊，鶯鳴多好友。景升爵三雅，子建才八斗。扳談風雨驚，染翰蛟龍走。結契在性情，遺榮輕組綬。所期古處敦，相戒外緣誘。骨肉奚翅真，雲天難比厚。我擁書百城，並無桑十畝。敢言歸田樂，甘作逃名叟。鏡奈兩鬢霜，胸加二豎耦。果決滯投簪，踟蹰空搔首。那堪判襼時，重擾離筵酒。瀟灑南郭綦，殷勤東家某。斫地歌慷慨，傾觴神抖擻。餘韻繞秦青，老淚彈歐九。千重渺渺波，幾樹依依柳。驪駒已駕門，哽咽唯指口。後會安可知，斜陽滿山阜。

【校記】

〔一〕『張禾雨』，集中或作『張和雨』。

攜手上河梁三首

六月六日由任所起程，米比部紱卿、何刺史肯堂、陳参軍松山昆季及佘明經望之相送至姚家渡，重張祖筵，傍晚始得開舟，而諸君子猶竚立河干〔一〕，不肯遽反。古道照人，致足感也。拈『攜手上河梁』五字，賦詩三章，借誌友朋高誼云〔二〕。

攜手上河梁，分手即天涯。感兹惜別意〔三〕，卮酒安能辭。人生無百年，聚散曾幾時。清流激頹波，助我鳴聲悲〔四〕。僕夫屢催促，旁觀紛歎咨。蒼蒼諸老公，悢悢夫何爲。古誼本難測，應惟知己知。

知己得不易，臨歧重彷徨。翦燭訂前期，中心惻以愴。東西二千里，鴈飛嫌路長〔五〕。黔蜀雙江限，一葦焉能杭。轉盼逐浮雲，孤帆天際張。此别雖云暫，此情良可傷。後會知何時〔六〕，垂垂短鬢霜。

相對指雙鬟，青眼看彌青。聯袂坐船頭，舟子戒叮嚀。温語未及終，薰風吹揚舲。白日不可留，晚烟暝前汀。回首緑楊岸，髣髴猶雲軿。雲軿一揮手，明發惟晨星。感激發長歎〔七〕，魚龍應淚零。

【校記】

〔一〕《續集》無『子』字。

〔二〕《續集》無『云』字。

〔三〕『茲』，《續集》作『君』。

〔四〕『鳴』，《續集》作『吟』。

〔五〕『嫌』，《續集》作『愁』。

〔六〕『何時』，《續集》作『何如』。

〔七〕『發』，《續集》作『起』。

曉發韓灘

夾隄楊柳罥朝烟，千里槎乘六月天。載有琹書兼有畫，怕人錯認米家船。

出金堂峽望見雲頂山

古寺深林内，岧嶢逼斗牛。名傳唐代改，山原名石城，唐天寶六年乃改雲頂。蹟有宋賢留。宋余玠築城山椒，遺蹟猶存。嶺複雲疑雪，松寒夏亦秋。何時淩絶頂，千里豁吟眸。

晚泊臨江寺

江干初晚泊，老樹鬱葱蘢。不見月中寺，惟聞烟外鐘。梵聲清到枕，塵夢冷忘胸。似此空潭淨，那須問毒龍。

泊内江縣

四面山如畫，玲瓏簇一城。船依江岸泊，燈逼月華清。楊柳烟中樹，梅花笛裡聲。向來曾旅宿，無此好風情。

過富順縣

一片輕烟淡，城隅照眼來。西湖何處是，老樹幾時栽。山潤雲爲鎖，江空地不埃。匆匆難過訪，回首重徘徊。

舟中漫興

風高黄雀畫船輕，一日行兼幾日行〔一〕。料得花枝閒折處，有人替我算歸程。

江涵樹色緑於油，照眼斜陽控紫騮。帽影鞭絲清入畫，羡他乘馬勝乘舟。

【校記】

〔一〕『一日行兼幾日行』，《續集》作『鎮日中流欵欵行』。

石灰溪曉歌

昨夜停橈處，溟濛雨意微。鴉寒暗不動，螢冷溼能飛。竟夕無蚊擾，遥山有夢歸。曉來又新霽，山水足清暉。

瀘州阻雨

夜聽瀟瀟雨打篷，愁聲千疊滿江中〔一〕。少年到此頭應白，何況多年白髮翁。霧苦雲頑不肯晴，怒濤湧出大江聲。漁郎底事輕身命，一葉依然破浪行。

【校記】

〔一〕『愁聲』，《續集》作『愁心』。

重慶換船後適阻江漲，舟中延望塗山，撫今追昔，率成七古一章

一竿頑鐵撑空起，山有鐵桅一株。塗山曾此娶神禹。人間祠廟多荒唐，不祀夏王祀真武。琳宫紺殿紛崔巍，常從肘腋生雲雷。深宵星見江中落，白晝船從鳥道回。江中鳥道渾閒事，俯視茫茫但一氣。想見過門不入時，啼猩飛鼯來魑魅。幸教疏鑿開鴻濛，幾坏奪出蛟龍宫。元圭告成九土奠，遂令仙佛草竊尸神功。憶昔甲戌秋，來應渝州試。酷暑困炎蒸，十人九瀉痢。我亦河魚疾不支，死生反掌命如絲。老兄扶我臥山店，凉風習習饒清吹。清吹山店朝復朝，奇方倏忽

逢山樵。投劑便似冰雪沃，時遇樵子教以蘿蔔菜拌酒醋食之，病遂得輕減。起來兩眼青寥寥。粥糜漸進痾漸失，呵護共詫神明力。我疑有神亦夏王，魂魄多應故鄉憶。是秋獻賦荷恩偏，求點同登弟子員。先兄京菴與瀛同入州庠。駑鈍無才報知己，蕭蕭華髮纔青氈。况復桑田幻滄海，荆株三祇兩株在。舊夢遊踪尚宛然，回首經今四十載。咨嗟復咨嗟，聚散真搏沙。可憐塗山頭，白骨叢野花。顛風昨夜鈴如訴，今朝行人果斷渡。試問此後能否幾回過，神禹捧腹不言真武怒。

銅鑼峽

一峽雙江鎖，奔流不放行。往來疑路絶，峻險本天生〔一〕。雨過烟棲樹，烽閒酒臥兵。詰奸須子細，豺虎正縱横。

【校記】

〔一〕『峻險』，《初集》作『隘險』。

延江雜詩

由涪陵買舟走延江上水，即景抒懷，語無倫次，閱者分别觀之。

出山既不易，還山良獨難。蜿蜒千里中，中有千重灘。放舟若懸溜，瞥眼過重巒。挽舟如登天，捷足困槃跚。向學張儀泝，習坎窮委端。水當泛濫時，積險驚星攢。失勢偶一退，豈惟力空殫。緬想躋蹬情，寤言生永歎。

磧下數崎嶇，險莫三灘若。邊灘、曲尺子、老君洞。扁舟每入峽，引睇先膽落。山頭角槎枒，江口齦迮遻。古洞窅深黑，猛鬼欲出搏。背岩繫長繂，安危懸一索。眾篙併力争，孤櫂隨機撥。延緣曲尺間，性命老聃託。此險已不堪，奚堪險繼作。

龍虎戰一灘，修羅挺刀杖。敗血作波飛，天險早難上。造物縱狡獪，年深思變相。自從癸未夏，崩石墮高嶂。堆積象馬牛，灩澦等奇創。棄載曳空船，艱危增百狀。茲行有天幸，水力岷江讓。溝澮多平夷，三灘斂跌宕。布帆出破冢，公然慶無恙。邊灘在老君洞、曲尺子下，舊時較二灘稍平，自石墜江心後，遂險絶。

夜雨來空江，喧豗雜雷電。危崖怖欲落，沸耳聲千變。詰朝試推篷，雲衣連一片。晶簾垂瀑布，幅幅珠璣濺。井底窺青天，一髮時隱現。似被苔蘚蝕，蔚藍鬱蔥蒨。茲途雖屢經，此景詫初見。始知富媼奇，閲歷真難徧。無恡古聖賢，髦期勤不倦。

獽蜑有遺種，獽蜑民見《華陽國志》。緣崖架巢屋。江干推挽利，借以供饘粥。舟昨滯新灘，尺進恆丈縮。梢子將伯呼，響應半山谷。斯須石穴間，襤褸下叢竹。趫捷疑猿猱，疎野信麇鹿。短縆齊引手，船走如健犢。出險得就夷，賞功胡不速。多者十餘錢，少或四五六。歡笑入雲去，令人增感觸。理亂兩無聞，何處尋仙福。

連日峽中行，陡然發奇想。不知混沌初，誰揮巨靈掌。兩扇擘崔巍，千秋共來往。藤蘿互糾結，風濤恣泱漭。岩日夏生寒，灘雷晴更響。地險歷百變，天光時一敞。苔磴耐幽尋，披襟愜勝賞。遥憶夔門下，高從巫山仰。窮猿愁莫攀，飛鳥劣能上。奇詭夙所聞，規模將安放。白首重摩挲，何由説打槳。

江上牽船夫，寸絲不掛體。雨淋更日炙，斃躠翻自喜。昨午有奇勞，舟臨鹿角子。船頭飛雪浪，浪飛尋丈起。船尾鳴怒濤，濤鳴聒人耳。擇音苦未得，挺險烏能已。尻高後來肩，頂及前去趾。力盡沙爬蟹，船猶磨旋蟻。欸乃齊聲呼，聲與水聲抵。肌膚積垢塵，汗浹都如洗。晚來泊舟處，其樂仍忘死。一飽坦腹眠，明朝健如彼。

隔宵算水程，帆卸侵晨中。朝來檢琴書，鼻息噓蜺虹。詎知鹽灘大，掀簸冠群兇。水石一噴薄，霞艳裂虚空。舟師色沮喪，冒險恐無功。扶余坐巑岏，行李搬艨艟。備盡維繫方，搜尋鎛隙通。竭蹶閲三時，纔出蛟龍宫。羣然賀向余，余心轉冲冲。塵途多險巇，所歷恆此同。勿矜膽力壯，慎始還慎終。

六月二十六日由龔灘起岸，途中遇雨

行健輿夫雇，還家日可期。欲晴翻得雨，求速轉成遲。樹老鶯聲斷，烟寒蝶夢痴。詰朝明鏡裡，凋落有吟髭。

便道過裴生麟之〔一〕，留宿話舊〔二〕

三年纔一見，一見越三年。今夜巴山雨，前秋蜀國絃。離懷雲共集，别夢月難圓。幸有歸家便〔三〕，相思好着鞭。

【校記】

〔一〕《續集》於『便道』前有『癸丑乞假歸』五字。

〔二〕『話舊』，《續集》作『夜話』。

〔三〕『歸家』，《續集》作『還鄉』。

廿九日抵家

嘗恐滄桑有變遷，歸來正值早秋天。故鄉竹樹葱蘢處，風景依然是昔年。
連村新霽晚烟浮，烏雀柴門噪不休。大似羌村歸杜老，鄉鄰觀者滿牆頭。
八十龍鍾鶴髮兄，也扶鳩杖出門迎。寒暄况味無多問，知我倉皇説不清。
山荆花甲一輪過，婚嫁頻年受折磨。今日鬢邊親切看，霜華比我二分多。
諸孫嬌小半雛麟，屋角牆坳探望頻。幾度喚來來不應，多緣此老是生人。
行李攜持用十夫，漫勞宦况問生徒。箇中除却書千卷，長物依然一事無。

掃墓

松楸不掃墓門烟，壠上回頭已八年[一]。生對椿萱空有夢，長瞻岵屺早無緣。雞豚枉自謀三鼎，涓滴憑誰達九泉。看到紙灰蝴蝶幻，千行淚落一聲鵑。

少年抵死冀揚名，南北東西半此生。張鷟辭華虛烏夢，皋魚風樹慘烏情。青氈未了千秋願，皓首才邀一命榮。況説恩綸遲拜領，時已請貤封，因道梗尚未到。那堪泉路告歸耕。

【校記】

〔一〕『已』，《續集》作『又』。

訪芳圃夜話

別久簪重盍，鬚眉共老蒼。孤燈寒繐帳，芳圃新喪繼室〔一〕。殘月淡花牆。露冷芙蓉瘦，秋高蟋蟀忙。一般賓鴈影，零落不成行。芳圃弟雲峯、余兄京菴俱先後下世〔二〕。

四十年前事，饑寒共汝謀。捫懷如昨日，彈指欲千秋。世態浮雲幻，吟朋宿草稠。不堪霜白處，別夢又孤舟。

【校記】

〔一〕《初集》無『新』字。

〔二〕《初集》無『後』字。

中秋壽志郇兄

迎門笑語見聰强，可喜髯翁壽正長。具有谷神同滿月，何嫌蓬鬢染秋霜。杖藜原憲貧非病，止酒淵明老不狂。只是孟光先下世，晚來鴻案少相莊。時嫂歿已五年。

筵前金粟送香新，誰與如來證夙因。德齒尊推天下達，前身應向月中詢。門生接脚多三世，泮水回頭欠九春。兄以嘉慶壬戌秋入州庠。但願荆花長並好，伏生奚事望蒲輪。

猶子瑞堂及次子愘先後入泮，詩以志幸

雙鴻齊起西江濱，舊夢尋來跡未陳。嘉慶甲戌，先兄京菴與瀛同受知毛閣學。此日兒曹能繼武，也應深喜玉樓人。

龍門逐隊六鱗同，兩尾先登自命通。惆悵阿咸仍點額，未能望眼慰衰翁。志郇兄子文灝最長，時尚未獲知遇。

庭桂歎

庭中三株桂，先人手自栽。殷勤加護惜，意擬王氏槐。三株漸長成，各各挺條枚。條枚日葱蒨，金粟次第開。每當清秋時，香氣撲人來。鄉鄰歎遺澤，望之同瓊瑰。冰霜備歷鍊，一株忽枯頹。如鼎折左足，似星傾中台。兩株雖尚存，茶然心欲灰。遊子薄言歸，花下重疑猜。托根共厚地，獨隕胡爲哉。所幸摧老幹，猶得生新荄。荄新劇可愛，林立須滋培。兩株不及蔭，搔首空徘徊。

感崧維明經見訪作〔一〕

露白葭蒼後，柴門日夕開。晚晴乾鵲喜，秋老故人來。蕭索驚詩鬢，綢繆借酒杯。談深忘夜永，寒月上階苔。

舊夢分明記，重尋已逝波。乾坤同感慨〔二〕，歲月各蹉跎。壯志虛投筆，深宵誰枕戈。聞雞不起舞，休問夜如何。

【校記】

〔一〕《初集》題作《崧維明經見訪，感而有作》。

〔二〕『感慨』，《初集》作『散淡』。

誡子

今古重讀書，重其知道義。道義苟或虧，仍爲不識字。汝曹幸成立，芸香亦有繼。當思藐藐身，中處參天地。豈僅簪紱榮，俯仰遂無愧。況復惰窳安，簪紱且難冀。神禹一寸陰，皋魚兩行淚。時時發深省，勿懈日新志。

余生蚤失怙，倚依惟慈親。重以飢驅迫，常爲漂泊人。高堂奉旨甘，汝母劇艱辛。再抱終天憾，偷生悲鮮民。今茲列鼎祭，何如菽水珍。孝養我既疎，不勞採望頻。汝當念汝母，兩顙髮垂銀。風燭與浮漚，一逝不可振。欲謀膝下懽，無若敦天倫。

弟兄喻手足，友于本天性。試看稺齒時，跬步相偎併。一朝知識開，輾轉忘至行。或受枕席讒，或爲錐刀競。方寸判畦畛，衣冠成優孟。繄豈有來生，云胡不自鏡。騂騂角弓篇，泥泥行葦詠。汝等解誦詩，諒能辨利病。永保稚齒心，和氣爲家慶。

娶妻主中饋，所貴在貞淑。無非復無儀，即此閨房福。汝輩伉儷人，均本儒家族。谿勃一事無，温恭兩字足。中婦獨夭喪，斷絃須早續。依舊求荆布，勿徒艷綺縠。鴻案苟相莊，得隴休望蜀。試看姬妾多，幾家能雍睦。

涉世本立身，立身還須早。少壯不努力，轉盼成醜老。勿云時勢艱，難以抒懷抱。我今竊微禄，事較往昔好。瘠磽寢邱地，差足謀温飽。新舊鄴架書，亦可供搜討。能以勤自勗，更守儉爲寶。暴殄與貪饕，痴情一筆掃。苦蔕有甘瓜，荆棘生美棗。

吾州美風俗，古樸素著稱。日昨賦歸來，事多駭未曾。恃强或弱肉，舞智時愚凌。浮雲變蒼狗，白璧玷青蠅。跬步有坑塹，苦口誰糾繩。汝曹當此際，隄防恐不勝。履須惕虎尾，陷必嚴春冰。聰明勿稍炫，勢力無相矜。内蠹不自作，外侮庶難乘。

古意

十月初六起程回任，道中茫茫，百感交集，漫拈古詩作起句，成短章四首。

行行重行行，雞鳴天欲曙。越鳥辭故巢，又向蠶叢去。雲移水底星，霜白草根露。朔風破曉動，裘敝力難禦。歸來曾幾何，倏已歲云暮。安得橘殼中，逍遥一生住。

孟冬寒氣至，百卉紛離披。湍流無回波，棠陰難再曦。曠觀天地間，逝者皆如斯。我不識人愁，人亦不吾知。老妻偏有悟，淚下如綆縻。愴然酸我心，一別成兩悲。

明月皎夜光，蒼然天宇空。妖狐戴髑髏，暗拜深山中。欻忽發長嘯，湫袤驚蒙戎。歧路多荆榛，伏莽安所窮。昔別已惘惘，此別尤忡忡。何當復來歸，翹首望飛鴻。

去者日以疎，一疎成千古。茫茫草澤間，白骨相撑拄。名士與佳人，委蜕皆黄土。及時不自奮，時過疇能補。我欲尋松喬，飛蹻躡龍虎。三山不可望，孤篷摇去櫓〔一〕。

【校記】

〔一〕『篷』，原作『蓬』，據詩意改。

泊蘭市

村墟無柝警，鴈語覺更深。江水白於月，蘆花寒一林。短衾清客夢，落葉澹詩心。勝景杳然去，明朝何處尋。

桓侯不語灘〔一〕

船尾吹來落葉乾，竹聲蕭瑟水聲寒。有人巖半憑欄立，知是桓侯不語灘。

【校記】

〔一〕《續集》無『不語』二字。

宿扇背沱

燈火千家望早窺，養蠶堆阻落帆遲。霜華白後鐘聲到，畫出楓橋夜泊詩。

大佛寺

丈六金身在，年年閱逝波。登臨仙客少，憑眺酒人多。髻影彫青嶂，鐘聲冷緑蘿。山僧緣底事，秃鬢也婆娑〔一〕。

【校記】

〔一〕『鬢』，《初集》作『髪』。

渝州夜泊〔一〕

帆檣重疊壓驚湍〔二〕，孤艇重來夢未闌。照水旌旗山色變〔三〕，滿城燈火月光寒。漢家專閫誰楊僕，江左圍棋待謝安。白旄西兵本上上〔四〕，樓船何事任盤桓〔五〕。

【校記】

〔一〕『夜泊』，《初集》作『夜感』。

〔二〕『重疊』，《初集》作『層疊』。

〔三〕《初集》於句下有注云：『時正過兵。』

〔四〕『本』，《初集》作『稱』。

〔五〕『任』，《初集》作『重』。

曉出浮圖關

形勝全川讓此州，關頭來往幾春秋。山連黔楚東南濶，水帶沱潛日夜流。天險屢朝滋割劇，地靈終古孕琳璆。丸泥好慎浮圖守，西顧無貽廟算憂。

海棠香國

飛盡寒蘆瘦盡楓，新粧怎覓海棠紅。可憐香國頻頻過，不是霜中即病中。

資陽道中

夾道紅泥照眼鮮，麥苗肥處緑生烟。牧童短笛騎牛去，一幅天然小景懸。

折柳橋

雲山來去兩迢迢，匹馬頻經折柳橋。舊日青年今白首，不聽風笛也魂銷〔一〕。

【校記】

〔一〕『風笛』，《續集》作『玉笛』。

茶店子早發

旅館寥寥處，羈栖夢轉安。凍雲痴不墮，枯樹曉逾寒。路向山中小，天從嶺外寬。蓉城今日到，緩欸下重巒。

抵省寓

轅門官鼓聽猶新，夏去冬還日幾旬。風月頓非前度主，洪順店舊寓已換新主人〔一〕。雁鴻誰識舊來賓。燈前蟋蟀秋聲斷，墻角梧桐老態真。爲語兒曹須記取，有書可讀好安貧。

【校記】

〔一〕《續集》無此注。

回任

荒荒斜日掛城隈，千里閒雲送客回。沿路徧看楓葉下，到門猶見菊花開。篠烟依舊流琹榻，山色從新入酒杯。祇恐藤蘿應我笑，白頭何事尚重來。

除夕書感〔一〕

未了閻浮一局棋，閒雲依舊出江湄。續貂竟似蛇添足，穿屋翻嫌鼠有皮。鐵馬金戈縈昨夢，梅妻鶴子怨輖飢〔二〕。夜闌漫憶年來事，贏得奚囊數首詩。

【校記】

〔一〕『書感』，《續集》作『書懷』。

〔二〕『輖飢』，《續集》作『調飢』。

甲寅

元旦試筆

爆竹家家慶歲新，天涯斗柄又回寅。那堪甲子從頭數，虛度韶光六十春。

春風到處暗嘘枯，恰有閒情可自譽。杖履追隨兒輩少，不教最後飲屠蘇。

春日偶成

雙轂回旋日月輪，好風吹滿一城春。紅看雨後桃花嫩，緑滿窻前草色新。可是蒼天消浩刼，何妨白髮老閒身。欃雲暗處頻搔首，擬問成都賣卜人。

生日自嘲

滾滾飛花送遠春，交遊回首半陳人。心灰南郭時貪睡，紵浣西施悔效顰。久向秋高吟蟋蟀，誰從天上信麒麟。蒼蠅笑我青蠅弔，一任閒情自假真。

牛衣馬磨困當家，知是無涯是有涯〔一〕。隙裡光陰悲過客，壺中聚散悵摶沙。病多屢畜三年艾，河廣空乘八月槎。看罷芙蓉風力軟，漫餘清夢到梅花〔二〕。

盤錯曾聞事可爲，駑駘也欲効馳驅。幾番燕市尋屠狗，百尺瑢源學探驪。緑盎翻教書作祟，元駒那與夢相宜。一叢苜蓿欄杆長，斷酒人真作老師。

半領青氊歲月深，薫陶事業費沉吟。廣栽杞梓原無地，巧度鴛鴦早失鍼。鼓打大昕增感慨，鐘敲長樂漫追尋。留京時寓東華門外壹年。春來幾許閒風雨，又把殘紅換緑陰。

閒雲乍傍西山歸，又逐天涯朔鴈飛。玉壘霜淒梅亦瘦，芝田露冷鶴難肥。衹應岳叟留桐帽，何事塵客涴薜衣。去住一生誰自主，白頭吟望總心違。

手植垂楊簇蔚藍，樹猶如此客何堪。深秋鱸膾堅初志，駐景參苓識妄談。好夢拚虚峰六六，早年擬遊三峽，今不果矣。故園恰有徑三三。松蒼竹翠桃花笑，老我餘生待共探。

【校記】

〔一〕『知是無涯是有涯』，《詩鈔》作『試問吾生果有涯』。

〔二〕『漫』，《詩鈔》作『衹』。

五月十二日衹領貤封恭紀

竊禄渾無狀，陳情幸有因。殊恩緣錫類，曠典荷深仁。錦軸雲霞燦，龍章日月新。位卑怎仰答，銜結誓峨岷。

喜極翻增痛，悽然涕泗漣。微官成白首，薄命限青氈。鞠育恩難報，功名夢不圓。尚思蒙厚澤，佑啟子孫賢。

雲頂紀遊與陳松山同作

久思雲頂遊，苦乏招提便。徒于冷署中，日日開門見。客歲過山麓，船頭望葱蒨。雲流緑一窩，髣髴窺真面。仰止未及盡，舟去已如箭。心目染蔚藍，夢魂時眷戀。日昨陳仲弓，言曾絶頂羨。選勝約同遊，宿諸侵晨踐。出門盼山椒，螺髻互隱現。山靈若迎客，雲光來幾片。

漏天苦雨多，今夏頗覺少。過江見田疇，龜拆開瓦兆〔一〕。新秧分未得，黄萎同秋草。平秩失南訛，西成安可保。我欲向蒼天，雲中借腰裹。瓶水滴其髮，四野甘霖飽。油油禾黍滋，鬱鬱桑麻好。此語雖則狂，此情詎云狡。昊天不我弔，虛願浮雲杳。仰首雲開處，依然日杲杲。

違山三十里，已作雲中行。齦齶蔽景光，耿耿羅元精。登頓歷巉嶂，眼界彌晶瑩。道旁多野花，細碎不知名。薰風颯然來，雲拂衣裳輕。輿夫四足健，似有羽翼生。踏雲不踏土，時聞步虛聲。豈是淮南王，九轉丹鼎成。從兹排雲去，窈窕入蓬瀛。山靈那可問，鳥語正嚶嚶。

雲無出岫心，偃蹇山之隈。我亦無心雲，隨地與徘徊。巨巖忽壁立，當關不容開。龕列七辟支，金碧蝕莓苔。其二面摧剥，津梁疲可哀。何物老道士，瓢笠雲間陪。不肯道姓名，但云南海回。行將歸峨嵋，偶此窮崔巍。楚轅偏北駕，詼詭費疑猜。飄然去處去，安知來處來。

攬衣躡危磴，磴從人面起。險盡得平夷，瞥睹舊城趾。巍然列雲際，闢門猶未毀。孔仙蕭世顯，漢臣名可指。石上有二人名，餘漫滅不可識。邇來南風惡，平地生荆杞。山有有心人，雲墉尋故壘。巨石列礧硍，豫防良足喜。時附近團民于山椒修寨。但須探本根，相依求脣齒。衆志堅如城，天險乃堪恃。試看雲山南，礮臺在尺咫。獻賊破雲頂時，于隔江山椒築礮台。

夙聞道士坪，橫列天宮足。老松較雲多，雜以蒼筤竹。過關得空曠，森然盈兩目。薛徑陟百盤，攫身入雲腹。虬枝紛拏攫，筍輿時窘蹙。衆竅寂不譁，陰崖鬼欲出。漸覺衣裳單，寒逼肌生粟。泠然一聲磬，飛墮雲中木。彼此相顧笑，鬚眉山黛緑。即此是還丹，何須求辟穀。

林境太淒絶，寒陰難久停。飛磴緣雲上，倏忽漏空青。仰眺見蓮宇，傑閣輝瓏玲。入門過月池，荇藻涵芳馨。飛虹接紺殿，怳睹二儀形。照月池上爲隋二儀殿故址。轉轉益幽邃，禪關冷不扃。老僧聞客至，死灰心復醒。掃室布坐席，掃牀啟疏櫺。清供出伊蒲，淡泊無羶腥。相對兩忘言，檐外花冥冥。

齋罷日未晡，羣峰羅翠黛。勝賞紛填胸，路出飛鳥背。虛空無片雲，可窮宇宙大。誰知松石間，牆立兩成隊。相攜夾道行，耳目生拘礙。昔時天宮殿，今惟祖師在。山頭祖師殿即隋天宮殿故址。不啟八達窻，冥濛如一派。豈欲留雲住，借茲常養晦。抑豈怕雲飛，關防難稍怠。長嘯問老僧，雲濤答遠籟。

絕頂困攀躋，雲蹤勞下上。離石與唐柟，隨意試一往。石合柟生爲雲頂上最著名處。石頑如列囷，柟高不十丈。昔離今已合，古死近復長。異蹟本流傳，奇情殊惝恍。旁有祖師洞，亦復欠閒敞。云唐王頭陀，真訣于兹養。枯髏穴蟲蟻，舍利早黃壤。柟葉散晴嵐，石泉閟幽響。何處證聲聞，雲遊虛寤想。

攀蘿出雲背，去訪瑩碧池。方可三丈餘，深亦尋仞窺。想見張僧繇，於此洗墨時。林間風盡香，水底天爲緇。今被雲漢虐，涓滴難自持。池水時竭。胡不叱雲龍，八功守漣漪。雲光相蕩漾，一碧澄琉璃。爲人洗五濁，德澤那有涯。而乃等溝澮，盈竭賴天施。神泉看題碣，神竟何所之。池上有碑，書『神泉』字。

虛願半不酬，壯懷頗耿耿。山後陟層岡，快意時一騁。雲衣遠破碎，千里見墟井。三江淮韓灘，俯視若蛇蚓。嶄嶄棲賢窟，宛宛羅漢頂。白塔及紅岩，皆金堂山名。都入雙眸炯。神氣四飛揚，流連忘坐永。圓景岷峨下，暝色疊諸嶺。寒烟裊輕素，斷續歸路引。所得非所期，令人發深省。

夜久羣動息，孤燈寒未殘。陳君飲素豪，獨酌頗不歡。喟然擲杯起，相與憑雕欄。仰視河漢明，北斗掛檐端。一切空諸有，宵澄露欲溥。清梵出後殿，逸韻流層巒。老鶴時一和，悽唳沁心肝。倦來漫就枕，僧俗夢同安。始悟元妙理，非可跡象觀。禪縛不自解，空被白雲瞞。

夢覺聞晨鐘，栖鴉尚在夢。振策辭嬾雲，殘月下山送。清露拂人衣，昨宵傾珠甕。針將松葉穿，白欲草根凍。出林望羣岫，流雲溼者眾。旭日來滄溟，嵐烟綠愈縱。暢好乘雲車，神龍未可控。咄嗟此浮生，徒供造物弄。鼠臂與蟲肝，一吷成永痛。安得揖甯封，長棲白雲洞。

歸途循昨逕，逢速任自然〔二〕。意愜趣乃多，雲外有真詮。旅館馨朝膳，鼓枻渡前川。山靈恐無詩，催雨來綿綿。震霆相繼作，天地生喧闐。回瞻夜宿處，但見冷雲連。甘澤慰三農，心免雲漢煎。此雨更不料，快活勝登仙。行吟及城南，村村靄暝烟。明發脫詩稿，耳目餘芳鮮。

【校記】

〔一〕『坼』，原作『拆』，據句意改。

〔二〕『逢』，疑爲『遲』之訛。

書紀遊詩後代柬松山

紫雲山裡化人居，一宿空桑戀有餘。老去江淹慳彩筆，未能清夢寫華胥。

雲箋拂處重徘徊，讕語猶堪笑口開。爲欠名山詩數首，白頭歸去故重來。

禪榻茶烟景尚新，不教遊跡付沉淪。何如艷絶陳鸞座，百斛雲流腕底春。

雪泥鴻爪易模糊，雲裡偕行與不孤〔一〕。試問此山千載後，姓名知我兩人無。

【校記】

〔一〕『與』，疑當作『興』。

聞李紅樵觀察武昌殉難，感而有作

黄鶴樓中啼妖鳥，頹雲聲作壞牆倒。吮血猰貐去復回，城中人人不自保。惟公慷慨勵殘兵，誓與一城同死生。悲憤拚將馬革裹，倉皇恥作騎猪行。糧空方苦外援絶，内蝨那知有國賊。降旗暗把黄巾迎，左右健兒皆失色。城門開，貙虎馳，大厦難憑獨木支。一塊幸存乾淨土，痛哭孤臣畢命時。初，公跟役回川者言，城破後，公赴池水死，從者星散，有健僕護家小，雜難民出城而逃，故余原稿有『一泓止水深難測』云云。比讀公同鄉王明府《籜廊瑣記》，乃知公投池時水淺，猝不得死，家人救之起，扶逃民室中。公水米不進，旋縊于民家樓上。前役蓋見公投池後，即奔回，故所言如彼。今據王書更正之。傳聞賊義公，大索不得見。爲有憫公人，先把璠璵斂。公子粤西心膽裂，國恥家讐請交雪。千里飛師來擊賊，賊退周諮公殯得。鬢髮森怒張，猶見生前烈。朝廷重死綏，卹典旌忠節。成仁取義公無缺，老我臨風淚獨熱。金淵聚首才數月，肺肝傾倒忘疏拙。篋中酬唱詩疊疊，筆墨如新香未歇。不意送行初，即此成永訣。秋草遠茫茫，何處可尋萇宏血〔一〕。恰有通論慰公魄，盤古製下百憂結。石火電光誰不滅，能争千古斯豪傑。君不見撫臣畏賊縋城逃，終罹法綱死歐刀。一般頸血濺征袍，公重泰山渠鴻毛。

【校記】

〔一〕『宏』爲『弘』之諱字。

送人還鄉

君從故鄉來，復向故鄉去。秋風送行舟，落葉飄歸路。相去日以還，相離日以長。路遠有時盡，情長何時忘。

抉目行爲蘄州殉難魏雨山别駕作

自古彭殤同一死，死忠死孝乃男子。或比泰山或鴻毛，輕重所争頃刻耳。君不聞謝君雲舫殉天津，專祠屹立桂湖濱。雲舫謝君新都孝廉，令天津殉難，事聞，贈布政使銜，准立專祠。又不聞殉難蘄州魏別駕，仰邀褒卹亦其亞。疆場兩君昭偉節，魏君之死死尤烈。方其運糧時，倉卒逢蛇豕。拔戟奮先登，義激頑懦起。居然折馘並搴旗，眾寡相懸終莫支。銜鬚未遂靴刀志，延頸授命甘如飴。賊思屈公公怒目，被抉雙眸罵愈毒。節斷肢分始無聲，滿腔熱血仍蓬勃。吁嗟乎！常山舌，睢陽齒，元精耿耿光青史。得公此目足成三，豈獨能繼謝公美。日昨哲嗣達三學博。哀狀來，屬余作志銘泉臺。公眸惜不蘇門掛，待看蛾賊化寒灰。

燈

冷署誰良伴，孤燈契獨深。攤書娱老眼，起草助閒吟。有喜花先報，無聊夢不侵。劇憐寒夜雨，點滴照余忱。

除夕懷故鄉諸詩友

風前回望西山雲，除却梅花便憶君。可奈籌邊公事劇，相逢未暇細論文。冉石雲

瀟灑騷壇過一生，新詩幾卷盡刊成。羡他滿遂千秋願〔一〕，雅韻何緣説再賡。田旦初

八斗長才近罕儔，秋風吹老鷫鸘裘。年來幸遇何平叔，博得聲名隘九州。冉右之

守住嫏嬛作隱淪，茂才中有葛天民。十年一見偏猶吝，始信因緣兩字真。田硯秋

小穎才華敵大蘇〔二〕，故鄉如此弟兄無。何緣坐對荆花老，不管天涯望眼枯。冉崧維、棁菴昆季

灘頭夜聽大江聲，冒雨勞伊遠送行。此後祖鞭須猛着，莫教花月誤平生。冉柯亭

玉山朗朗映腸輪，慧業前生有夙因。却恠鴟夷緣底事，甘爲貨殖傳中人。裴麟之

苦吟何處叩禪關，鶴影居然下碧山。畢竟閒雲留不住，明朝過訪已飛還。僧履雲

【校記】

〔一〕『願』，《初集》作『志』。

〔二〕『才華』，《初集》作『詞華』。